KB252814

목월시의 형상과 영향

홍희표

새미

개정판을 내며

얼큰쌉쌀 뭇귀신의 속말도 알아챈다는 지평선에 나는 서 있다. 이제는 오감(五感)에서 나아가 육감(六感)까지, 아니 마음의 눈까지 환히 열리는 그런 고갯마루 위에서 살고 싶은 염원이다.

나는 행복하게도 신석초·서정주·박두진·박목월 선생님들을 곁에 모시고 도타운 일깨움 속에 시쓰기를 일구어 왔다. 그러나 지금은 그 큰시인들이 이승에 계시지 않는다. 달빛이 연못을 꿰뚫듯 그런 그리움의 한 방편으로 이 글쓰기는 시작된 것이다.

이 어줍은 연구서가 나온 것은 1990년대 초, 어느덧 10여 년이 흘렀다. 성급하게 학위논문을 서둘러 간행하다 보니 오자, 탈자 투성이였고, 욜랑욜랑 세월 따라 절판이 되었다.

비문, 목차, 제목 등을 다시 고쳐 보았다. 그래서 새로운 연구서가 된 느낌이다. 다시 보니 부끄럽지만 감회가 깊다. 또한 도안동 연구실을 오가며 이승이 시인이 곁에서 이 수정 개정판을 위해 많은 수고를 해 주었다.

시쓰기는 세계와 인간을 끊임없이 새롭게 보게 하는 어떤 근원적인 힘을 주는 것 같다. 그런 큰 힘을 심어주시는 목월 선생님이 그리웁다. 오오냐! 그러지 말레이! 하는 그 해으름 목소리가 그리웁다.

2002년 5월 도안동에서

홍 희 표

목월의 시세계를 찾아서

목월 선생을 먼 발치에서 뵌 것은 필자가 ≪현대문학≫지에 시추천을 받던 1966년경이라고 생각한다. <한국문인협회>에서 주최한 한 문예강좌에서 선생의 첫 번째 육성을 접했다. 시인의 시쓰기를 '눈물로 바위 가는 작업'이라고 강조하셨는데, 지금도 그 말씀이 충격적으로 가슴 안에 살아 있다.

그러다 아주 가까운 거리에서 모시게 된 것은 1970년대 무렵이다. 선생은 유성 온천을 즐겨 찾으셨고, 그 곁에는 호형호제하는 박용래 시인이 있었다. 그 덕분에 필자는 목월 선생을 모시게 되고, 스스럼 없이 원효로에 있던 선생의 자택도 왕래하게 되었다.

어느 날 유성 과수원 오솔길을 걷는데, 선생이 갑자기 손을 잡으시며 "홍형, 시골에서 시쓰기가 어렵지!" 하신다. 보름달처럼 넘치시던 인정과 아낌, 크고 부드러운 그 손길을 결코 잊을 수 없다.

이제 이곳 유성 온천가도 예전 같은 전원적인 호젓한 맛이 없어져 자주 가지 않게 되었지만, 무엇보다도 그 원인은 목월 선생과 박용래 시인이 이승에 안 계신 때문이 아닐까. "니, 뭐락카노, 뭐락카노!" 선생의 음성이 지금도 들리는 것 같다.

1980년대 후반기에 멀리 갈매기 한두 마리쯤 보일 듯한 대학원 연구실에서 필자는 목월 선생의 시세계를 찾아 떠났다. 그러나 가도가도 능력 없음과 배움 없음을 실감하지 않을 수 없었다. 그런 절망의 끝에 한동안 서 있으면 선생의 시편들이 필자를 위로해 주었고, 은사님의 채찍질과 <현대시

학교실> 회원들이 격려해 주었다. 그 덕택에 이 정도나마 부끄러운 탐색의 여정을 끝마칠 수 있었던 것이다.

목월시는 달의 상상력을 널리 활용한다는 점에서 신라 향가와 고려가요의 전통에 뿌리를 두고 있으며, 자연관에서는 강호가도의 시가를, 그리고 방법론에서는 민요의 그것을 계승하고 있다. 당대에서는 소월, 지용, 그리고 영랑의 시와 상관관계를 맺고 있으며, 미당, 청마와는 대조적인 위치에 놓여진다. 그리고 그의 시는 박용래, 박재삼, 임강빈, 신경림을 비롯하여 많은 후대 순수 서정시인들에게 깊은 영향을 준 것으로 이해된다.

이러한 점에서 목월시는 전통시와 해방 후의 현대시를 맺어주는 하나의 교량적 위치를 차지한다. 또한 그의 시는 기법과 정서면에서 한국 서정시의 전통을 계승하고 그것을 개성적으로 변용함으로써 분단 이후의 남쪽에서 대표적인 순수 서정시의 세계를 이룩해 냈다고 할 것이다.

이 어설픈 작업은 목월 선생을 흠모하는 그리움의 한 흔적이라고 할 수 있겠다. 이 부족한 연구 작업의 길을 이끌어 주신 인연 도타운 은사님께 깊이 감사드린다.

1992년 추분
목산제에서 홍희표 삼가

차 례

I. 들머리

1. 문제제기

경상도의 향토적 정감이 감도는 시풍에 민요적 율조와 여운이 담긴 분위기의 시를 들고 나온 목월 박영종(木月 朴泳鍾, 1916~1978)은 일제강점 말기 어두운 시대에 새로운 '자연의 발견'으로 신선한 충격을 주면서 등장한다. 그 후 그는 40여 년 동안의 시작생활을 통하여 향토적 정서와 성숙된 표현 및 형태적인 정제미를 보여줌으로써 한국 서정시의 한 영역을 개척해 왔다.

대체적으로 목월은 5년을 주기로 하여 시집을 간행하였는데, 그때마다 그는 뚜렷한 시적 변모를 보여 주었다. 그의 시는 크게 보아 『山桃花』까지의 초기시, 『慶尙道의 가랑잎』까지의 중기시, 그리고 『어머니』 이후 마지막 시집에 이르기까지의 후기시로 나누어 볼 수 있다. 초기시에서 주로 볼 수 있었던 언어미학 추구에서 오는 음악적인 효과와 토속적인 소재를 다루던 경향이 중기시에서는 서술적 이미지에의 집착과 형태상의 실험으로 변모한다. 중기시, 후기시에 이를수록 초기의 정형률은 거의 찾아볼 수 없고, 주제는 거의가 현실생활에 관심을 둔 생활적인 것에 한정되었다. 자연적 사물어가 현실적인 생활감각어로 서서히 대치된 것이다. 후기시에서는 기독교에 깊게 침잠하여 신과의 만남에 따른 초월의 경지에서 인간의 존재론적 탐구에 골몰한다. 이런 존재론적 탐구를 통해 언어기능이 가지는 암시성과 이미지의 조형성이 시도되고 있다. 대체로 후기시의 시적 주제는 죽음의 두려움으로부터의 벗어남을 갈망하면서, 기독교적 부활의 낙원을 지향하는 경향으로 생각해 볼 수 있다.

지금까지 목월시에 대한 연구는 크게 두 가지로 특징지어 요약할 수 있다. 그 하나는 대부분 그에 관한 연구가 초기시에 대한 탐구에 집중되어 있다는 것이다. 여기에서 그는 청록파의 대표시인으로서 민요풍의 가락을 바탕으로 목가적이고 애상적인 감미로운 시정을 주로 형상화한 점이 크게 부각된다고 하겠다. 이것은 목월시에 대한 기본적인 평가로 볼 수 있는 김동리의 글에서부터 시작한다. 이러한 관점을 취하는 글들을 다시 두 가지로 분류할 수 있는데, 그 하나는 그의 시가 한국시의 주류를 이루는 순수 서정시라고 긍정적으로 평가하는 입장이며, 다른 하나는 그의 시가 현실 도피적이라고 부정적으로 비판하는 경우가 그것이다. 특히 1980년대에 접어들면서 민족문학론의 급격한 대두와 아울러 일부에서는 목월시가 부정적으로 논의되고 있는 것도 사실이다. 그것은 김소월과 마찬가지로 그의 시에는 역사의식이나 적극적인 사회의식이 없다는 사실에 근거하고 있다. 이러한 부정적인 평가는 그의 시가 분단 이래로 오늘날까지 지나치게 높이 평가되어 온 사실에 대한 자연스러운 반동이며 비판이라는 점에서 의미를 지닌다.

초기시에 대한 연구의 집중과 함께 한 가지 지적할 연구 태도상의 특징은 목월 연구가 대부분 부분적 연구에 머물고 있다는 점이다. 그에 대한 연구는 주로 초기시를 살펴보는 데 머물거나, 아니면 전체작품을 대상으로 하되 운율, 동시세계, 내용파악 등 하나의 관점에서 부분적으로 살펴보는 정도에 그쳤다고 하겠다.

따라서 본 연구는 목월시의 전반적인 내용을 집중적으로 살펴보고자 한다. 특히 방법론적 고찰을 바탕으로 하면서 주제론적인 내용과 의미의 분석 그리고 문학사적 상관관계 정립에 중점을 두기로 한다. 이러한 작업을 통해 목월시의 시세계를 올바로 규명하며 그의 시가 지닌 문학사적 의미나 위치 또한 재정립하고자 한다.

2. 연구사

목월시에 대한 논의는 목월을 ≪문장≫지에 추천한 정지용으로부터 시작해서 여러 평자들에 의해 오늘날에도 지속되고 있다. 지금까지 논의된 목월시에 관한 연구를 몇 가지 유형으로 분류하여 파악해 보고자 한다.

(1) 주제나 내용의 특징에 따른 연구

먼저 김동리는 "박목월이 발견하는 시원이 자연이요, 시정이 고독과 애수요, 시풍이 민요조로 동일한 가락과 어휘로 느껴진다."고 지적하고, "나는 목월의 시가 소월, 지용, 미당 등 일급 시인에 열할 수 있는 그 리드미컬한 생명감의 유로를 높이 평가하는 바이다."[1]라고 언급하고 있다. 김동리의 이러한 논의는 청록파 3가시인의 시적 특질을 '자연의 발견'이라는 공통점으로 요약한 데에서 그 특징을 찾아볼 수 있다.

또한 목월시가 향토적인 '자연'을 추구하고 있다고 주장하는 김동리와 맥을 같이 하는 것으로 김춘수의 「청록집의 시세계」란 글이 있다. 김춘수는 목월 초기시의 특질을 사상성에서 찾고 있으며 목월시의 한계를 다음과 같이 지적한다.

> "그러나 木月이 選擇한 피지칼한 세계가 固有한 그것에 局限되고 있다는 점에서 素月의 系譜를 잇고 있는 同時에 素月과 함께 詩가 普遍性 乃至 國際性을 잃고 있다."[2]

즉, 김동리가 말한 자연'을 보다 포괄적으로 지적한 것일 뿐이다. 청록파

---

1) 김동리, 「삼가시와 자연의 발견─박목월·조지훈·박두진에 대하여」(≪예술조선≫, 1948. 4), p.6.
2) 김춘수, 「청록집의 시세계」 (≪세대≫, 1963. 6), p.234.

의 한 사람인 박두진은,

> "초기에는 소박한 自然을 背景으로 한 짙은 鄕土色이거나, 짙은 향토색
> 을 배경으로 한 소박한 自然이었으며 中期에는 '人事와 人間的인 사랑'의
> 세계를 지나 차츰 '生活'의 세계로 옮겨오고 있다."3)

고, 목월시의 흐름을 '자연'에서 '생활'의 세계로 옮겨가는 과정이라고 지적한다.

김종길은 목월의 시적 정서의 핵심을 '향수'라고 지적하고 있다.

> "그러고 보면 木月로 하여금 처음 詩를 쓰게 한 것도 鄕愁지만 또한 30
> 여 년 동안 꾸준히 詩를 쓰게 한 것도 鄕愁라는 것을 우리는 알 수 있다.
> 왜냐하면 鄕愁가 평생 그의 '정신의 바탕'이 되고 그의 작품에 깊은 정서
> 를 제공하는 원천이 되고 있기 때문이다."4)

즉 목월의 다정다감한 인간적 바탕의 핵심이 바로 '그리움'이며, 이 그리움의 정서가 '향수'라는 포괄적 개념으로 파악되어진다는 분석인 것이다.

윤재근은 「목월의 시세계」에서 목월의 일생은 서정의 지향이었다고 말하며, 민족의 운율과 자연이 합일하여 원형의 정서를 서정시로 담았다고 주장하고 있다.

> "木月의 갈증은 어디에서 연유된 것일까? 詩心이 어떤 것인가를 스스
> 로 재인식한 때문이었다. 즉 木月은 '時志'라고 할 때 그 '志'의 實相을 새
> 롭게 자각한 것이다."5)

한편, 김우창은 한국시의 일반적 결함을 '형이상학적 추구의 부족'이라

---

3) 박두진, 『한국현대시인론』 (일조각, 1974), pp.134-136.
4) 김종길, 『진실과 언어』 (일지사, 1974), p.165.
5) 윤재근, 「목월의 시세계」 (≪현대문학≫, 1976. 6), p.274.

는 입장에서 목월을 논하고 있다.

> "朴木月의 詩가 보여주는 것은 고요가 아니라 부드러움이라고 말하는
> 것이 적절할는지 모른다. 대부분의 그의 詩의 이미지들은 산그림자라든가
> 구름이라든가 아지랑이라든가 靑鹿이라든가 달이라든가 부드러움에 관계
> 되는 것들이다. (中略) 결론적으로 말하여 그의 詩의 풍경은 자연과 인간
> 의 진정한 混融의 소산이 아니라 주관적인 욕구에 의하여 꾸며낸 자기만
> 족의 풍경이다."6)

이러한 평가는 목월의 시가 자연과 인간의 진정한 혼융의 소산이 아니
라 주관적 욕구에 의하여 꾸며낸 자기도취의 풍경으로서 모순을 지니고
있음을 말해 준다.

또한 오세영은 목월에 대하여 "자연에 대한 친화력과 목월시의 철학적
배경엔 기독교가 자리잡고 있다는 사실, 그리고 한국 현대시인 중에서 그
누구보다도 섬세한 포말리스트였다."7)고 그의 시에서의 신앙면과 형태면
에 주목하고 있다.

정창범은 목월시의 근원을 그의 동시에서 찾고 있다. 따라서 목월시는
유년시절의 정서에서 연유하는 것이라는 주장이 된다.

> "…한편 「길처럼」, 「산그늘」, 「가을 어스름」에서는 주로 朴木月 자신
> 이 태어나서 자란 경상도 어느 마을(乾川)을 에워싼 자연, 그리고 집뜨락
> 에 깃든 자연의 이미지가 나타나 있으나 「靑노루」엔 또 다른 차원의 자
> 연이 서려 있다."8)

김춘수의 주장처럼 자연의 신비에의 극소화된 탐색이 아니라 비전으로
서의 창조된 자연이라는 것이 정창범의 보다 긍정적인 견해이다. 말하자

---

6) 김우창, 「한국시의 형이상」, 『궁핍한 시대의 시인』 (민음사, 1977), p.55.
7) 오세영, 「자연의 발견과 그 종교적 지향」 (≪한국문학≫, 1978. 5), p.198.
8) 정창범, 「목월시의 시적 변용」 (≪현대문학≫, 1979. 2), p.430.

면 목월의 '자연'은 향토적인 현실의 풍경이 아니라 공간을 초월하여 상징화된 자연이며 실재로서의 한국적 자연9)이 되는 것이다.

목월에게 있어서의 '자연'의 시적 수용이 거두고 있는 성과를 신동욱은 새로운 시각으로 언급하고 있다.

> "자연이 제공하는 아름다움은 그것이 영원함의 의미를 우리에게 일깨워 주기 때문인 듯 하다. 그것은 항상 엄연한 존재이고 또 변함없는 자세로 군림하며, 그리고 거대한 원리적인 힘으로 인식하게 하며, 영원한 조화의 주인으로 인식되는 가장 큰 생성적 대상이기 때문이기도 하다."10)

이처럼 신동욱은 시대의 어려움을 자연의 귀의처로 삼아 승화하고 극복했다고 주장한다.

정한모는 청록파 시인들을 논의하면서 이들의 공통점이 '자연'임을 지적하고 있다. 아울러 목월 개인에 대하여 덧붙여 말하기를,

> "木月은 향토적인 자연의 素材를 끌어 올려 하나의 心魂의 自然을 창조하면서 韓國 現代詩의 韻律을 마련해 주었고, 동시에 번역시의 形態로 시작된 한국 현대시의 無政府狀態를 바로 잡는 데 크게 기여해 주었다."11)

라고 목월시의 특징과 시사적 위치에 대하여 언급하고 있다.

또한 이승훈은 목월시에서, 초기시와 후기시와의 커다란 편차에 주목한다. 초기시의 세계를 '화해의 논리'로, 그리고 중기시를 '불화의 양식'으로 제시한다. 또한 후기시가 '천상적인 화해의 양식'12)을 드러냈다고 언급한다.

---

9) 정한모, 「청록파의 시사적 의의」,『청록집기타』(현암사, 1968 해설).
10) 신동욱, 「박목월의 시와 외로움의 의식」,『우리 시의 역사적 연구』(새문사, 1981), pp.265-266.
11) 정한모,『현대시론』(보성문화사, 1982), pp.201-203.
12) 이승훈,『목월문학탐구』(민족문화사, 1983), pp.78-98.

김재홍은 목월시를 한국적 정서를 발굴하고 민족어를 완성하기 위해 성실하게 노력해 온 분단 후 남쪽의 최대 시인 중의 한 사람이라고 평가하고 있다.

> "그는 누구보다도 천부적인 시인적 자질을 지녔으면서도 또한 그 누구
> 보다도 끈질긴 匠人정신으로 오로지 시의 길을 생각하면서, 생의 깊이를
> 획득하고 언어미학을 성취하려 노력한 탐구적 시인이다."13)

아울러 그는 목월시를 존재론과 현상학 등 철학적인 면과 신앙시적인 면에서 조명하고 있다.

한편, 김형필은 목월시의 특징과 본질을 밝히기 위해 네 가지 분야의 내용으로 살펴본다. ㉠초록의 시학 ㉡향수의 시학 ㉢생활의 시학 ㉣신앙의 시학으로 분류14)하여 그 안에 나타나는 시의 요소들을 찾아 목월시의 총체적 고찰을 시도하고 있다.

(2) 운율과 시어를 중심으로 한 연구

정지용은 「시선후평」에서 "박목월은 민요조로 시를 쓰며, 그것이 소월보다 목월쪽에 더 많으며 그것만 충분히 정리하고 나면 목월시가 바로 조선시다."15)라고 목월시의 시적 운율의 민요적인 점과 그 가능성을 지적하고 있다.

이와 같이 민요적인 특성을 지적한 이는 그 외에도 여럿이 있지만 백철은, "대체로 지방적인, 민속적인 데서 소재를 골랐고, 그 바탕에 가하되 민요적인 가락을 가다듬어 애수적인 버들피리 소리를 듣는 감연한 서정을

---

13) 김재홍, 「목월박영종」, 『한국현대시인연구』 (일지사, 1986), p.346.
14) 김형필, 『박목월시연구』 (이우출판사, 1988), pp.36-80.
15) 정지용, 「시선후평」 (≪문장≫, 1940, 2권 7호), p.94.

만들었다."16)고 지적하면서 향토성과 밀착된 민요적인 가락을 목월시의 특징으로 보고 있다.

홍기삼은 목월시의 기본 리듬 단위를 7·5조로 보면서 「나그네」를 예로 들고 있다.

> "「나그네」처럼 우리말의 아름다움이나 운문의 가능성을 짙게 보여준 작품은 드물다. 이 시의 기조를 이뤄준 토운은 7·5조의 변형이다. 素月의 시에서 보여주던 7·5조의 변형은 이곳에서 극도로 언어와 감정의 수다스러움, 페이소스의 노출 등을 절약하게 하면서 아름다운 이미지와 잘 배합되어 있다."17)

한편, 김종길은 일견 불규칙하게 보이는 목월의 시가 말소리의 장단을 고려하고 보면 규칙적인 리듬을 구현하고 있다고 지적한다. 그 예로 「靑노루」는 2·3조의 기본적인 리듬이 단위가 되어 있다는 것이다.18)

또한 김춘수는 목월의 「閏四月」을 예로 들어 7·5조의 율격이 소월의 민요시들과 연결되고 있음을 지적하면서, 각 행이 명사로 끝나는 극도로 절제된 언어형식을 통해 대상을 객관화시키고 있으면서도 그의 시적 대상이 고유한 것에 국한되어 있다고 비판하고 있다.19)

그러나 이처럼 목월시의 운율을 민요조와 자수율 중심으로 이해해 온 견해에 대하여 음보격 중심으로 이해하고자 한 연구들도 있다.

신동욱은 목월의 시를 자수율로 분해하여 인식하기보다는 그 음보의 율조로 받아들여 단조로움의 미적 특질을 설명하였다. 「閏四月」의 "산직이 외딴 집/눈먼 처녀사/문설주에 귀 대이고/엿듣고 있다."를 7·5조의 자수율로 이해하기보다는 그 박율(拍律)의 율조로 파악한다.

---

16) 백철·이병기, 『국문학전사』 (신구문화사, 1961), p.446.
17) 홍기삼, 「나그네·閏四月」 (≪월간문학≫, 1970. 6), p.229.
18) 김종길, 「운율의 개념」, 『진실과 언어』 (일지사, 1974), p.85.
19) 김춘수, 「"문장" 추천 시인군의 시 형태」, 『김춘수전집 그 시론』 (문장사, 1982), pp.77-80.

즉, 그는 목월시가 단조로운 박율의 반복을 통해 확산적 자아가 아니라 내면세계에 갇혀 있는 폐쇄적 자아를 구체화함으로써, 정서와 리듬의 합일을 구현하고 있다고 지적한다. 그것은 목월시의 리듬에 대한 포괄적인 규명을 시도했다는 점에서 의의가 있으나 역시 그 범위는 초기시에 국한된다.

목월시에 대한 운율연구 중에서 특히 목월의 시형식 및 리듬을 포함하는 방법론에 대한 포괄적 접근을 시도한 이는 권명옥이다. 그는 metre가 목월시 운율의 가장 변별적 요소임을 지적하면서 목월이 metre를 자유롭게 사용하고 있음을 지적한다.

그는 또한 목월시가 기본적으로 7·5조의 전통적 3음보 metre를 사용하고 있으나 작품에 따라서는 다양한 변조를 드러내고 있으며 전통적 metre를 계승하면서도 고정된 틀에 얽매이지 않고 자유로움을 획득했다고 본다. 그러나 연구 범위가 역시 초기시에 국한되어 있는 아쉬움이 있다.

목월시의 시어에 관한 연구는 크게 활발하지 않다. 먼지 성낙희는 목월의 시에 나타난 감각 표현을 통해서 초기시라 볼 수 있는 『山桃

---

20) 신동욱, 「박목월의 시와 외로움」 (《관악어문연구》 제3집, 1978. 12), p.251 참조.
21) 권명옥, 「목월시의 연구」, 『목월문학연구』 (민족문화사, 1983), p.157.

花』의 작품과 중기시라 볼 수 있는 『蘭·其他』의 작품을 구체적으로 비교하였다.

> "『山桃花』가 모두 영롱한 詩語들로 공들여 다듬어진 海邊의 맑디맑은 조약돌과 같은 것들이라면 『蘭·其他』는 그야말로 장독대나 우물결에 저절로 쑥쑥 자라 올라 보라빛 소박한 꽃을 달고 있는 흔한 蘭草와 같다고나 할까."22)

자연송과 인생송의 구체적인 비교와 함께 덧붙여진 언급이다. 정태용은 서술어가 거의 생략된 목월시가 물체만 보여줄 뿐 그것이 어떻게 아름다운 가는 알 수가 없다고 비판한다.

> "詩로서는 너무나 去頭截尾 해버려 詩的 美를 느낄 수가 없다. 게다가 對句形式으로 된 三·三調에서도 去頭截尾해버린 느낌을 받는다. 너무 단조로우니까 字數도 「青노루」처럼 변화있게 배열했으면 좋겠고, 敍術語를 써서 어느 정도의 造塑性을 가미했더라면 얼마나 좋았을까 싶다."23)

정태용은 목월의 시 「佛國寺」가 생략이 지나쳐서 효과를 거두지 못하는 경우도 있다고 지적한 것이다.

한편, 김인환은 목월시에 나타난 몇 가지 핵심적인 요소, '달·구름·물·길·산'에 대한 분석을 통하여 목월을 향토적인 시인이라기보다 전통을 이어받으면서도 자연에 현대적인 감각을 부여하여 새로운 미학을 확립한 시인으로 평가하고 있다.24)

특히 최원규의 연구는 목월의 애용 시어를 '오오냐'로 보고 이 말의 사전적 의미인 "아랫사람에게 대답할 때 혼잣말로 긍정하여 대답하는 소리"25) 그대로 목월의 시정신을 근원적 자연으로 되돌아가는 것이라고 언

---

22) 성낙희, 「목월의 시에 나타난 감각표현」 (<숙대학보> 제9호, 1969), p.103.
23) 정태용, 「박목월론」 (≪현대문학≫, 1970. 5), p.341.
24) 김인환, 「목월시와 자연」 (문교부 연구보고서 어문학 5권, 1971).

급하고 있다.

권명옥은 「佛國寺」의 시어들이 그저 목록적으로 나열된 것이 아니라 어떤 주도자의 의도에 의해 임의로 배열된 구성물임을 분석을 통해 밝히고 있다.26) 그는 철저하게 목록적 진행만을 보이고 있는 이 시가 시로서의 미학을 지닐 수 있는 까닭은 통사적 상응에서가 아니라, 이 시가 지니는 리듬에서 연유하는 것이라고 지적하고 있다.

이와 같이 핵심 시어나 운율, 그 밖의 제반 형식에 관한 연구들이 목월 시 전반에 걸쳐서 확대된 연구로 전개될 때 목월의 시를 비교적 정확하게 평가할 수 있을 것이라 여겨진다.

(3) 그 밖의 연구

한편 이 밖에도 목월시에 대한 연구는 다음 몇 가지 경향을 지닌다. 먼저 목월과 다른 시인을 비교해서 목월시의 특징을 살려내려는 시도가 있는데 이승훈,27) 박철석,28) 감태준29)의 연구가 이에 해당한다. 다음으로는 신앙시의 측면에서 목월시의 특성을 살펴보려는 시도가 있다. 그 시도로는 오세영,30) 신규호,31) 최규창,32) 신익호,33) 김형필34) 등이 있다. 이러한 연구들은 후기 목월시를 신앙시로 이해하고자 하는 시선이라고 하겠다.

---

25) 최원규, 「목월의 시정신연구」, 『한국현대시론』 (학문사, 1982).
26) 권명옥, 앞의 책, pp.38-39.
27) 이승훈, 「두 시인의 변모」 (≪문학과 지성≫, 1977. 8), p.404.
28) 박철석, 「목월과 두진의 시」 (≪현대문학≫, 1978. 2).
29) 감태준, 「미당과 목월의 초기시 비교연구」(한양대 대학원 석사학위논문, 1982).
30) 오세영, 『현대시와 실천비평』 (이우출판사, 1983), p.107.
31) 신규호, 「목월시의 기독교적 귀결」 (≪월간문학≫, 1988.1), pp.271-291.
32) 최규창, 「성숙한 신앙의 고백」, 『오늘은 자갈돌이 되려고 합니다』 해설 (종로서적, 1988), pp.107-117.
33) 신익호, 『기독교와 한국 현대시』 (한남대 출판부, 1988), p.211.
34) 김형필, 『박목월시연구』 (이우출판사, 1988), pp.80-93.

아울러 시문학사적인 관점에서 목월시를 자리매김하려는 노력이 있다. 이는 목월시가 차지하고 있는 시사적 위치의 규명을 통해서 그의 시가 미친 영향을 살펴보고자 하는 의도라고 하겠다. 그 시도에는 김종길,35) 문덕수,36) 정태용,37) 정한모,38) 김재홍39) 등이 있다. 이렇게 본다면 목월시의 연구는 대상시기의 면에서나 논의 관점에서 제한적으로 진행되어 왔음을 알 수 있다. 그렇기 때문에 목월시에 대한 전체적인 면모가 집중적으로 드러나기 어려웠음이 분명하다고 하겠다.

이 점에서 목월시의 연구는 이제 본격화되어도 좋을 시점에 이르렀다고 판단된다. 남쪽 시인들에 치중됐던 연구에서 벗어나 이제 카프계열 시인 및 월북시인들이 조금씩 연구되는 입장에서 분단 남쪽의 시인들이 본격적으로 연구되어야 하리라는 것은 당연한 일이기 때문이다. 이러한 남쪽 시인들에 대한 체계적이고 깊이 있는 연구에서 분단극복의 문학사가 비로소 쓰여질 수 있는 기틀이 마련될 수 있기 때문이다.

3. 연구방법과 범위

박목월 시연구는 지금까지 초기시 연구에만 집중해 온 것이 사실이라 할 것이다. 그러나 이제 그의 시에 대한 연구는 부분적인 연구보다 유작시까지 포함한 전체적인 면에서 종합적인 시연구가 필요하다고 하지 않을

---

35) 김종길, 『시론』 (탐구당, 1965), pp.39-55.
36) 문덕수, 「박목월론」 (≪문예춘추≫, 1965. 6), pp.196-204.
37) 정태용, 「박목월론」 (≪현대문학≫, 1970. 5), p.340.
38) 정한모, 『현대시론』 (민중서관, 1973), p.207.
39) 김재홍, 「목월시의 성격과 시사적 의미」 (≪현대문학≫, 1988. 3), pp.100-101.

수 없다. 이 점에 유의하여 본 연구는 목월시에 나타난 운율론적 고찰과 방법론적 분석을 통해 목월시세계의 전체적인 면모를 집중적으로 살펴봄으로써, 목월의 문학사적 위치를 재조명하는 데 연구의 범위를 한정하였다. 본고에서 연구자가 탐구하고자 하는 연구 내용은 다음 여섯 개의 분야로 한정된다.

첫째, 기존 연구자료를 검토하여 목월 연구사에 비판적 성찰을 가함으로써 기존 연구의 성과와 문제점을 찾아본다.

둘째, 운율 분석을 통하여 목월시의 율격장치, 전통율격의 계승과 변용 문제를 살펴봄으로써 자유시로서 목월시의 특성과 한계를 규명한다.

셋째, 이미지의 유형을 다섯 가지로 나누어 목월시의 방법론적 특성을 분석한다.

넷째, 상징은 현대시를 형성하는 기본 원리 중 하나이다. 목월시에 나오는 대표적인 상징물들을 찾아내 고찰해 본다.

다섯째, 목월시의 주제적인 면을 동심지향과 휴머니즘, 자연탐구의 의미, 인간사의 애환, 존재론적 탐색, 신앙에의 길 등을 중심으로 해서 탐구해 보고자 한다.

여섯째, 고전시가와의 영향관계를 통해 목월시의 전통적인 한 맥락을 추출해 보고, 당대 시와의 상관관계, 후대시에의 영향관계를 통해 목월의 문학사적 위치를 점검해 본다.

연구방법에 있어서 역사주의적 비평방법과 형식주의적 연구방법을 병용하고자 한다. 특히 운율, 이미지, 상징, 주제와 문학사적 위치에 대한 연구·분석 등은 형식주의적인 방법을 중심 방법으로 한다.

끝으로 본 논문의 텍스트로는 그간 발간된 목월의 전 시집을 참조하되 특히, 1946년에 발간된 『靑鹿集』(을유문화사)과 1984년에 발간된 『朴木月詩全集』(서문당), 1987년에 발간된 유고시집 『소금이 빛나는 아침에』(문학사상사)를 기본으로 사용했음을 밝혀둔다.

II. 생애사 및 시집 개관

1. 생애사

박목월(朴木月)은 1916년 1월 6일 경상북도 월성군 서면 건천리의 모량이란 마을에서 박준필(朴準弼)씨의 4남매 중 맏이로 태어났다. 본명은 영종(泳鍾)이며, 소국(素國)이란 아호로 불리기도 하였다. 목월의 부친은 대구 농업학교를 나와 경주 수리조합 이사로 근무하고 있었고, 모친은 열렬한 기독교 신앙을 지니고 있었으며 그에 입각하여 자녀들을 교육시키고 보살폈다.

> "내가 소년 시절을 보낸 곳은 경주(慶州)다. 지금처럼 개화된 경주는 물론 아니다. 그 당시만 하더라도 신라의 고도로서의 폐허다운 애수를 짙게 간직하고 있었다. 40여 년 전, 경주는 달빛이 하얗게 비치는 골목길이 어린이들의 놀이터요, 풀이 우거진 봉황대나 잔디가 아름다운 왕릉이 어린이들의 생활 무대였다."1)

이와 같이 목월의 시에 지속적으로 작용했던 자연에 대한 탐구는 집근처에 위치한 신라의 고도 경주에서 어릴 때 자라면서 받은 영향으로 생각된다.

목월은 1933년 대구 계성중학교 2학년 재학시 17세의 나이로 동시 「통딱딱·통딱딱」을 ≪어린이≫ 잡지에, 「제비맞이」를 ≪신가정≫지에 발표

---

1) 정창범, 『달빛되어 떠난 청노루나그네』(문지사, 1984), p.19, 재인용.

하였다. 어린 나이에 목월은 영종이라는 본명으로 동요작가로서 데뷔했던 것이다. 그가 동요 작가로서 등장할 때 관계한 윤석중의 말에 의하면 그의 동시는 상당한 수준으로 평가되었던 것 같다.

> "1932년 봄에 방 소파가 남기고 간 ≪어린이≫ 잡지를 개벽사에 들어가서 내 손으로 꾸며내게 되었을 때, 영종이 보내온 「통딱딱·통딱딱」이라는 동요를 잡지 첫머리에 4호 활자로 짜서 두 면에 벌려 대문짝만하게 내주면서 편지로 사귀게 되었다. 내 나이 스물두살 때였으니 다섯살 터울이니까 그는 열일곱살이었을 것이다. 뜻하지 않은 후대를 받은 영종은 동요창작에 몰두하였고 짓는 족족 나에게 부쳐 왔으며 연달아 잡지에 내게 되었다."2)

1935년 계성중학교 4년제를 졸업하고는 경주금융조합에 취직해 있다가 1938년 유익순(劉益順)과 결혼했다. 1939년에 경주금융조합에 재직중 정지용의 추천으로 ≪문장≫지 9월호에 「길처럼」, 「그것은 年輪이다」가 1회 추천, 12월호에 「산그늘」이 2회 추천되었다. 그 후 1940년에 이르러 ≪문장≫지 9월호에 「가을 어스름」과 「年輪」이 3회 추천 완료됨으로써 문단에 정식 데뷔를 했다.

> "北에 金素月이 있었거니 南에 朴木月이가 날 만하다. 素月의 툭툭 불거지는 朔卅龜城調는 지금 읽어도 좋더니 木月이 못지않어 아기자기 纖細한 맛이 좋다. 民謠調에서 詩에 進展하기까지 木月의 苦心이 더 크다."3)

정지용은 추천사에서 이상과 같이 말하여 목월의 시적 가능성을 크게 강조하고 있다. 목월(木月)이란 아호 겸 필명은 이때 자신이 지은 것으로 알려져 있다. 1941년에는 금융조합을 휴직하고 두 번이나 일본으로 공부하러 갔으나 문학은 홀로 공부하는 것이 올바르다는 믿음 끝에 귀국하고

---

2) 정창범, 앞의 책, pp.43-44, 재인용.
3) 정지용, 「시선집」(≪문장≫, 1940. 9), p.94.

말았다. 그는 귀국 후에도 암흑기로 평가되는 시대에 계속적으로 시를 창
작한다.

> "일제도 수단방법을 가리지 않고, 마지막 발악을 했다. ≪文章≫도 폐
> 간되고, 우리들에게는 글을 발표할 자리뿐만 아니라 우리글 그 자체도 빼
> 앗기고 <世紀의 深淵>은 완전히 <밤>이 되었다. 그러나, 마음 꾸준히
> 作品을 썼다. 그것으로써 나를 달래고 위로하고, 또한 詩를 쓰는 그 사실
> 안에서 삶의 길을 고눌 수 있는 등불을 밝혔을 것이다."4)

　해방이 되면서 목월의 시작 활동은 본격화되기 시작하였으며, 1946년에는
조지훈·박두진과 함께 3인시집『靑鹿集』5)을 간행했다. 이 무렵에는 동시
의 창작에 더욱 힘을 기울였는 바, 1946년『朴泳鍾童詩集』과『초록별』을
펴냈다. 목월은 1948년 8월 대한민국 정부가 수립되던 해 서울로 이사하
여 이화여고, 서울대 음대 강사를 역임했으며, 1953년에는 서라벌 예술대
학, 홍익대학 등의 강사로 출강한 바도 있다.
　6·25전쟁 후인 1955년 12월에는 첫 개인시집『山桃花』를 간행하였다.
1956년 수상집『구름의 抒情』을 펴냈다. 또한 1958년에는 수상집『토요
일의 밤하늘』과 자작시 해설집인『보라빛 素描』등을 펴내기도 하였다.
1956년에는 동생 영호의 죽음을 겪은 후 그의 시세계에 변모를 보이기 시
작한다. 1959년에는 시집『蘭·其他』를 펴냈으며 수상집『女人의 書』를
냈고, 1962년에는 시집『晴曇』을 간행하였으며, 그리고 수필집『행복의
얼굴』을 내기도 하였다. 또한 1962년부터 세상을 떠나기까지 한양대학교
문리대 국문과에 교수로 근무하였는 바, 1976년에는 동대학 문리대 학장
을 역임하기도 했다. 1968년에는 시집『慶尙道의 가랑잎』을, 연작시집
『어머니』를 간행하였으며, 수필집『밤에 쓴 人生論』,『구름에 달가듯이』
를 펴냈다. 이 무렵 다시 3인 공동시집(조지훈, 박두진, 박목월)『靑鹿集

---

4) 박목월,『보라빛 素描』(신흥출판사, 1956), pp.61-62.
5)『靑鹿集』은 장정에 전용준, 소묘에 김의환, 국판갱지 114면으로 을유문화사에서 간행되었다.

以後』, 『靑鹿集·其他』를 펴내기도 하였다. 수필집 『불꺼진 窓에도』와 1970년에 수필집 『사랑의 발견』, 『뜨거운 點하나』 등을 냈으며, 같은 해 5월부터 이듬해 4월까지 『砂礫質』을 ≪현대시학≫에 연재했다. 그리고 1971년에 모교인 계성학교 개교 65주년 기념 시집인 『朴木月 詩選集』을 간행하기도 했다. 1973년에는 이때까지의 시와 산문을 총정리한 『朴木月 自選集』 10권을 묶어냈다.

1975년에는 선시집 『百一篇의 詩』와 그리고 1976년에는 시집 『無順』을 펴냈으며, 전기인 『陸英修 女史』도 간행한 바 있다. 또한 1978년에는 원효로 효동장로교회에서 장로 안수를 받았다. 그러던 중 같은 해 3월 24일 새벽 산책길에서 돌아온 뒤 지병이던 고혈압으로 영면, 용인 모란공원에 안장되었다.

목월의 문단 추천 제자인 이승훈은,

"나이가 들수록 나에게 강한 인상으로 남아 있는 것은 인생을 성실하게 살라는 당부이다. 물론 선생님께서는 그런 말씀을 구체적으로 하신 적은 없었던 것 같다. 언제나 행동으로 보여 주셨다."6)

라고 회고하고 있다. 이는 말하자면 시의 기교나 방법보다 성실한 삶의 자세를 강조한 목월의 면모를 증언한 것이라 하겠다. 또한 목월의 고향 친구인 손경발은

"목월은 참 재주가 있었던 사람이제, 사치하지 않고 낭비를 몰랐제, 바지 엉덩이가 다 떨어져 나가도 부끄러운 줄 몰랐는기라. 다 떨어진 농구화를 신고 다녔는데……. 그는 자신을 항상 외로운 사람이라고 말하곤 했제, 목월의 부친은 교회에 다니지 않았지만 모친께서는 독실한 기독교 신자로 목월을 항상 신앙의 힘으로 키웠고ㅡ."7)

---

6) 이승훈, 「목월선생님 생각」 (≪심상≫, 1988. 3), p.112.
7) 정창범, 앞의 책, p.62, 재인용.

라고 회고하여, 목월의 성실 소박한 면과 다정다감한 인간적인 면을 설명해주고 있다. 사후인 1979년 1월에는 미망인 유익순 여사에 의해 신앙시들만을 모아 유고시집 『크고 부드러운 손』이 간행되었다. 다시 1984년에는 목월의 대부분의 시가 『朴木月詩全集』으로 묶어 서문당에서 간행된다. 1987년에는 유고시만을 모은 박목월 유고시집 『소금이 빛나는 아침에』가 문학사상사에 의해 간행되었다.

다음에는 목월의 문단활동에 대해서 간략히 살펴보기로 한다. 목월은 1946년 4월 김동리, 서정주, 유치환, 조지훈, 박두진 등과 함께 <조선청년문학가협회>를 결성, 그 준비위원으로 일하기 시작해서 <조선문필가협회>를 결성하는 데 적극 참여했고, 그 상임위원직을 맡았다. 또 같은 해에 어린이 잡지 ≪아동≫을 편집·발간했으며, 이듬해 1947년에는 어린이잡지 ≪동화≫의 주간이 되었고, 1948년에는 산아방(山雅房)이라는 출판사를 경영했다. 1949년에는 학생잡지 ≪여학생≫을 편집·발행했고, 같은 해 12월 대한민국 정부수립 이후 민족문학 단체의 단일화를 기하기 위하여 <조선청년문학가협회>를 통합 <한국문학가협회>를 만들고 그 사무국장이 되었다. 1950년에는 시지 ≪시문학≫을 편집·발행했으며, 6·25전쟁이 일어나자 <한국문학가협회>의 별동대를 조직해서 사무국장직을 맡았다.

1951년 대구에서 창조사라는 출판사를 경영했으며, 1957년 2월 <한국시인협회>를 창립, 이의 출판간사직을 맡았었다. 1959년 문학이론서 『문학강화』를 발간했고, 1960년에는 『세미동시집』이라는 번역시집을 냈다. 1962년에는 아동문학이론지 『동시의 세계』를 펴냈다. 1968년에는 아동문학이론지 『소년소녀문장독본』을 발간했고, 1968년 10월에는 월간시지 ≪심상≫을 발행했다. 특히 목월은 1960년부터 ≪현대문학≫지 시추천위원으로, 또한 ≪심상≫ 시추천위원으로 각종 신춘문예 심사위원 등으로 수많은 후배이자 시인들을 배출하였다. 그가 추천하여 배출한 시인으로는 허영자, 이승훈, 김종해, 유안진, 유승우, 신규호, 정문호, 이건청, 오세영, 신달자, 김명배, 한기팔, 신협, 손석일, 조우성 등이 있다.

끝으로 목월의 수상 경력을 살펴보면, 1955년 제3회 「아세아자유문학상」 수상을 비롯해서, 1968년에는 시집『晴曇』으로 「대한민국문학상」 본상을 수상했고, 또 이 해에 「고마우신 선생님」상을 수상하기도 했다. 1969년에는 「서울시문화상」을 수상했고, 1972년에는 「국민훈장 모란장」을 받았다.

목월은 그야말로 분단 후 남쪽 문단, 특히 시단에서 시종 지도적인 위치에 놓여있었음을 알 수 있게 된다. 실제 문단활동을 주도적으로 꾸준히 전개하면서도 세상을 떠나는 그 날까지 시창작을 성실하고 깊이있게 지속해 갔다는 점에서 목월의 인간적인 성실성과 시적 열정을 짐작할 수 있게 된다. 그가『陸英修 女史』라는 친체제적인 전기를 집필한 것이 순수한 서정시인으로 흠집이 되는 것은 분명하나 그렇지만 그가 시와 시단에 바쳐 온 뜨거운 애정과 성실성은 의미있는 일이 아닐 수 없다고 하겠다.

2. 시집 개관

목월은 약 40년 가까운 창작생활 중 모두 9권의 창작시집을 간행했다.[8] 그런데 그 내용을 살펴보면 중간에 이미 발표된 시들 중에서 1968년에 뽑아 엮은『靑鹿集 以後』,『靑鹿集·其他』, 그리고 1971년 대구계성학교 개교 65주년 기념으로 펴낸『朴木月詩選集』과 또 1975년의 선시집『百一篇의 詩』가 중복됨을 알 수 있다. 말하자면 이 4권의 시집에만 처음 실린 작품은 단 한 편도 없다는 뜻이다. 그러므로 이 항목에서는 이 4권의 시집

---

8) 동시집을 제외하고 본격 시집만을 지칭한 것이다. 그중 생전에『靑鹿集』,『山桃花』,『蘭·其他』,『晴曇』,『慶尙道의 가랑잎』,『어머니』,『無順』을 간행했고 유고시집으로『크고 부드러운 손』,『소금이 빛나는 아침에』가 있다.

에 대해서는 별도로 다루지 않고, 본격 시집인 9권에 대해서만 간행된 연도, 출판사 및 전반적 내용과 게재된 작품명을 정리해 보겠다.

(1) 『靑鹿集』

조지훈·박두진과 함께 간행한 3인 공동시집으로 1946년 을유문화사 간행이다. 여기에는 데뷔작 「길처럼」, 「年輪」 등을 포함하여 모두 15편의 목월 작품이 수록되어 있다.

이 시들의 주된 경향은 전통적인 민요조에 바탕을 두고 있다. 그리고 거의 전편에 나무나 꽃 등의 식물 이름과 새 이름이 나오는 등 향토적 소재가 주조를 이룬다. 따라서 자연을 주로 '담백한 수채화'로 노래했다고 볼 수 있다. 참고로 여기에 수록된 시들을 보면 다음 과 같다.

임/閏四月/三月/靑노루/갑사댕기/나그네/달무리/박꽃/길처럼/가을 어스름/年輪/귀밑 사마귀/春日/산이 날 에워싸고/산그늘

(2) 『山桃花』

1955년 12월 영웅출판사 간행으로 된 이 『山桃花』는 목월의 첫 개인 시집이다.

「佛國寺」를 포함하여 총 36편이 실렸으나, 8편이 이미 『靑鹿集』에 수록된 작품이다. 그리고 그 내용도 대체로 『靑鹿集』의 연장선상에 놓여진다고 할 수 있다. 여기에 수록된 시들은 다음과 같다.

달/山桃花1/山桃花2/山桃花3/佛國寺/해으름/구름 밭에서/九黃龍/고사리/봄비/밭을 갈아/임에게1/임에게2/임에게3/임에게4/樂浪公主/靑밀밭/桃花 한 가지/牡丹餘情/月夜/山色/餘韻/雲伏嶺

(3) 『蘭·其他』

　1959년 신구문화사 간행으로 된 이 제3시집은 앞의 시집들의 내용과는
달리 자연사 대신에 인간사에 바탕을 둔 시인 자신의 삶에 구체적인 관심
을 가지고 서술되었다. 가족 이름이 구체적으로 제시됨이 한 특징적 예가
되며, 현실적 삶의 애환이 토로된다.

　형식도 종래의 압축·간결성에 벗어나 산문적으로 풀어진 형태가 많이
시도되었으며, 총59편 중에 산문시로 볼 수 있는 것만도 8편 가량이나 수
록되어 있다. 여기에 수록된 시들은 다음과 같다.

　夜半吟/思鄕歌/下棺/生日吟/閑庭/某日/書架/素饌/한 票의 存在/넥타
이를 매면서/春宵/나그네/詩/春日/靑雲橋/吐含山/王陵/步廊/庭園/뻐꾹
새/孝子洞/背景/눈물의 Fairy/사투리/致母/銀杏洞/갈매기집/따스한 것을
노래함/먼사람에게/晋州行/木浦港/층층계/後日吟/山·素描1/山·素描2/
山·素描3/山·素描4/山·素描5/山·素描6/山·素描7/山/心象/近處/寂寞한
食慾/雅歌/唐人里 近處/木瓜樹有感/大佛/蘭/訥談/終點에서/廢園/藤椅
子에 앉아서/遠景/閑庭/少年/雅歌

(4) 『晴曇』

　1964년 일조각에서 간행된 제4시집 『晴曇』도 앞의 『蘭·其他』와 비슷
한 현실적인 개인적 삶의 문제를 주 내용으로 하고 있으며, 일상어가 그대
로 시어로 활용됨으로써 자연에 몰입했던 초기시의 영역을 뛰어넘어 중기
시의 새로운 모습을 보여준다. 「家庭」, 「밥床 앞에서」 등을 포함하여 43
편이 수록되어 있다. 여기에 수록된 시들은 다음과 같다.

　家庭/밥床 앞에서/咏歎調/겨울 薔薇/訪問/電話/果肉/小曲/傾斜/四月
上旬/韓服/秘意/對岸/돌/上下/深夜의 커피/作品五首/꽃나무/失物/風景/
轉身/回歸心/이 時間을/同行/枕上/蕭瑟/날개/열매/磨勘/無題1/無題2/無

題3/氣候有感/雪嶽行/白菊/尋訪/魚身/나무/動物詩抄/水曜日의 사과/迂
廻路/一泊/連續

(5) 『慶尙道의 가랑잎』

  목월이 50대에 들어서서 간행한 제5시집이다. 1968년 민중서관에서 나
온 이 제5시집은 제목이 시사하듯 도시문명과는 관계가 벌어진 고향의 소
박한 사람들에 대한 근원적 그리움과 만남을 노래했다. 그리고 경상도 사
투리를 과감하게 시어로 사용한 점이 다른 시집과 특히 구별되는 점이다.
「壁」·「蘭 잎새」와 53편이 수록되어 있다. 여기에 수록된 시들은 다음과
같다.

  蘭艸잎새/隕石/落書/春分/더덕순/往十里/純紙/龍舌蘭/白菊/某日/無
題/夏蟬/某日/삭임질/花蕊/殘雪/同行/부름/無題/「토오쿄오」에서/靑坡洞
/山/三·三日/老眼/權威에 대하여/名啣/敗着/無題/來年의 뿌리/某日/乙
支路의 첫눈/外出/十月 上旬/門/一日/木炭畵/無題/푸성귀/離別歌/萬述
아비의 祝文/小曲/杞溪 장날/恨嘆調/天水畓/道袍 한 자락/靑瓷/노래/月
色/頌歌/淸河/논두렁길/醬맛/문고리/동정

(6) 『어머니』

  1968년 삼중당에서 간행된 『어머니』란 제6시집은 엄밀히 말해서 시와
산문 「어머니에게 드리는 글월」이 함께 수록된 책이다. 시와 산문 모두
'어머니'만을 대상으로 했는데, 신앙적 존재로서 승화된 어머니에 대한 사
랑과 고향의 추억이 한 덩어리가 된 내용으로서 「어머니의 微笑」·「어머
니의 손」 외 73편이 수록되어 있다. 여기에 수록된 시들은 다음과 같다.
  어두워 드는 뜰/영원히 남는 것/부륵쇠/어머니가 조용히 흔들어 깨웠다/

水曜日의 밤하늘/어머니가 앓는 밤에/갈밭 마을로 이사를 했다/산 비둘기/아기를 낳는 새벽에/레몬/갈밭 마을의 명주고름 같은/달빛이 하얀 숲길/갈림길에서/바다로 기울어진/아랫 마을로 가는 길섶에/아랫 마을 개울가에/對/겨울밤/가볍게 열리는 문/外家로 가는 길/첫서리 온 아침/어머니의 손을 잡고/他鄕에서/少年時節/家庭/어머니의 音聲/집에는/깊은 밤에/어머니의 香氣/목마른 사슴/어머니의 발/봉오리 벌던 모란꽃/어머니 옷깃에/어머니의 눈물/四行詩 한 首/뽕나무의 새까만 오디에/讚歌/당신의 呼名/慶州의 五月은/어느날/어머니의 옆모습/쓸쓸한 獨白/불꺼진 窓/앓는 밤/어머니에의 祈禱1/어머니에의 祈禱2/어머니에의 祈禱3/어머니에의 祈禱4/어머니에의 祈禱5/어머니에의 祈禱6/어머니에의 祈禱7/어머니에의 祈禱8/하늘에는 榮光·지상에는 平和/肖像/눈 오는 밤/至純한 길/母子/마음에 그려오는/늘 微笑하는 어머니/讚歌1/讚歌2/讚歌3/어머니의 손/정월 초하룻날/여든이 되셔도 어머니는/초록빛 선명한/乙支路 入口에서/어머니는 머리를 빗는다/어머니의 微笑/母性/무지개를 빚으려는

(7) 『無順』

　1976년 삼중당에서 나온 이 제7시집은 1970년 5월부터 1971년 4월까지 시지 ≪현대시학≫에 연재된 「砂礫質」 등 모두 72편이 실려 있다.
　한 가지 소재를 가지고 여러 가지 사물의 형태와 존재를 정서로 다원화하여 여러 편의 시를 형성하고 있는 것이 특징이다. 주된 내용은 인간개체로서의 고독 및 죽음의 문제를 심각하게 다루면서 이에 대한 극복으로 신에 대한 깊이 있는 접근을 시도하고 있다. 여기에 수록된 시들은 다음과 같다.
　간밤의 페가사스/回首/限界/빈컵/兩極/中心部에서/雲上에서/겨울 扇子/天使에게/露臺에서/잠결에/路上/나의 子時/埋沒/지금/어제의 바람/弔

歌/廻轉/다른 入口/江邊四路/砂礫質/天上/立冬/돌/平日詩抄/素描·A/素描·B/無題/발자국/銃聲/山철쭉/山에서/자갈돌/눈썹·A/눈썹·B/눈썹·C/밸런스/場面/鯉魚/왼손/자갈돌/마른 빵 부스러기/한 방울의 물/밤에/볼일 없이/假橋/中心에서/座向/江 건너 돌/紫水晶 幻想/돌과 그림자/跏趺坐/龍仁行/俗離山에서/西方에서/산책길/無題/無限落下/同寢/겨우살이/耳順/순한 머리/樂器/첫날밤/오늘의 눈썹/밤구름/그냥/지팡이/비둘기를 앞세운/샘/이 週日/틈서리

(8)『크고 부드러운 손』

목월의 사후 1주년 후인 1979년에 영산출판사에서 신앙시만을 모아 목월의 부인 유익순 여사의 손으로 엮어진 유고시집이다. 총71편 중 이미 간행된 시집에 묶여 발간된 것이다.

주된 내용은 신앙에 깊이 귀의한 후에 쓰여진 것들로 신성지향적이며 인간으로서의 자신의 참모습을 깨달은 성숙을 노래하고 있으며 신앙 고백적인 신앙시의 요소를 가지고 있다. 여기에 새로 수록된 시들은 다음과 같다.

新春吟1/新春吟2/아침마다 눈을/빛을 노래함/日曜日 아침에도/밭머리에 서서/神이 거니는 잔디/牧丹 앞에서/羊을 몰고/三月로 건너가는 길목에서/가을의 기도/내리막길의 기도/얼룩진 보자기의 네 귀를 접는/밤에 쓴 詩/겨울의 日常/포인세티어/거룩한 밤에/無題/작은 베들레헴에 불이 켜진다/오늘 밤 지구를 에워 싸고/聖誕節의 촛불/開眼/이 후끈한 세상에/無題/사람에의 祈願/機上吟/母性/불이 켜진 창마다/핏줄

(9)『소금이 빛나는 아침에』

목월의 사후 여러 지면에 발표된 유작시만을 다시 모아 1987년 문학사

상사에서 간행된 또 하나의 유고시집이다.

평이한 말씨로 영원을 지향하는 생활감정이나 인생관, 현실을 초월한 행동철학이 내포되어 있다. 「밭에는 밭냄새」·「小曲」 등을 포함하여 62편이 수록되어 있다. 여기에 수록된 시들은 다음과 같다.

밭에는 밭냄새/小曲/가랑잎/물거품의 시간 속에서/紫水晶 幻想/굴비/헤르만 헤세/산 기슭/오늘의 畵面/降雪 三題/4月이 되면/다람쥐/미나리 냄새/여니날/果肉/찻잔을 들며/病床吟/낫을 갈며/내일의 사과/물방울/墨냄새/凝視하는 돌/함박눈/雪精/大漢門/새날의 화초/서울/바다에서/물거품/白露/찌/좀도둑 君에게/墨/漏水/水原에서/鍾閣行/알지 못하는 이/람프/그것/뉘우침의 여울목에서 종이 울린다/부드러운 잠의 노래/深秋吟/아내에게/또 다시 家庭/祝福/歸路/그믐밤의 귤/나의 종말/無題/한국의 달밤/釜山에 다녀와서/어느날 午前/元曉路 뻐스/소녀를 노래함/어머님, 당신의 눈물어린 눈동자에/某日/新年頌/복숭아와 孫女/三月 某日/幸福의 얼굴/光復節에/소금이 빛나는 새날 아침에/松仙

III. 시적 형상화의 실재

1. 운율론적 접근

(1) 목월시의 율격적 위상

목월시의 전반적인 양상을 연구하는 데 있어 우리가 간과해서는 안될 중요한 부분 중의 하나는 그의 시가 지니고 있는 율적(律的) 특성이다. 이는 시가 원시적 종합예술 형태에서 갈래지어 나올 때, 음악성을 그 본래적 자질로 하여 출발했다는 점과 장르 자체의 성격상 율독을 배제하고는 율문으로서의 시적 속성을 올바로 가름하기 어렵다는 데서 찾아 볼 수 있다. 더구나 목월의 경우에 있어서는 그가 자유시의 형태로 작품을 발표하기 이전부터 율격적 특성과 깊은 연관을 맺고 있는 동시를 발표하였다[1]는 사실이 이러한 율격적 측면에서 목월시를 검토하는 데 하나의 관련이 될 수 있다는 점을 시사한다고 하겠다. 나아가서 그의 초기시가 주로 지닌 7·5조의 수용과 변용은 목월시의 전반적인 특질을 해명하는 데 있어 율격 문제의 중요도를 더해 준다고 하겠다.

그런데 그에 대한 선행의 연구들은 내용과 관련된 주제의식, 제재적 특성과 그것의 변모과정, 그리고 청록파가 지닌 문학사적 의의를 천착하기 위한 연구들이 대부분이었다. 위에서 제기하였듯이 목월시의 율격 특성을

---

1) 목월은 ≪문장≫지를 통해 등단하기 이전에 박영종이란 본명으로 이미 1933년경부터 동시를 잡지사에 투고하기 시작하였음.
　김용덕, 「목월의 동시세계」 (민족문화사, 1983), p.230.

구명하는 것이 긴요함에도 불구하고, 그의 시에 대한 율격 모색이 등한시된 데는 다음과 같은 문제적 요인이 작용했기 때문이라 하겠다.

먼저 신문학기 이후 우리 시문학의 흐름 속에 자유시가 형성되면서 운율에 대한 문제가 비교적 소원하게 다루어져 온 감이 없지 않은데, 목월의 시도 역시 여기서 예외일 수는 없지 않았다는 것이다. 이는 현대시가 특히 1930년대 들어서서 모더니즘의 영향하에 이미지 중시라는 한 파행적인 국면과 맞닿아 우리시가 지닌 음악적 구조에 대한 진지한 해명이 없이 시어의 수사적인 기교나 상징성에 기울어져 있었음과 관련을 맺고 있다. 이러한 시작 태도는 시비평에 있어서도 그대로 반영되어 한 편의 시작품, 또는 한 시인을 조망하는 데 있어 시의 기본요건이라고 할, 운율에 대한 검토를 결여하는 결과를 초래하고 말았다.

다음의 요인으로 들 수 있는 것은 우리 시가의 운율적 토대가 될 기저자질에 대한 이론의 틀이 아직도 실험단계에 머물러 있다는 점이다. 이러한 겉으로 드러나지 않는 운율의 율격적 질서를 찾아내는 일은 율격틀에 대한 체계적인 모색과 작품에 대한 검증으로부터 실현될 터인데, 한국 시가문학 연구에 있어 율격론의 전반적인 진행상황이 아직 만족할 만한 수준에 이르러 있지 못하다는 것이다.

이렇듯 운율연구의 가장 기본적인 전제조건이라 할 운율의 기저자질에 대한 논의 자체가 미진한 상태에서 율격 특성이 시작품 속에서 구체적으로 어떻게 실현되었는지를 살펴보는 일은 하나의 모험일 수도 있다. 이러한 요인들이 결국 목월시의 경우에도 율격 특성을 해명하는 데 있어 지속적인 장애 요인으로 작용해 왔다고 할 것이다.

따라서, 목월의 시를 주제론적 분석이나 시사적 중요성에 기대어 분석하고 올바로 평가하는 데 있어서 이러한 율격 문제의 고찰은 필수적인 과정이라고 하겠다.

그러면 목월시의 율격 모형은 어떻게 설정할 수 있을 것인가. 목월시의 분석은 다양한 율격틀 중에서 어느 것을 준거로 삼아야 할 것인가 하는 문제가 제기될 것이다. 이를 밝혀내기 위해서는 한국 시가 율격론의 흐름을 간략히 개괄해 볼 필요성이 따른다.

한국 시가의 율격체계 정립을 위한 노력은 대략 3단계로 묶음 지을 수 있겠다. 음절율에 입각한 자수율적 파악기를 제1기로 볼 수 있으며, 운율 자질의 층형대립에 둔 복합율격론적 파악기를 제2기, 음절의 특가적 대비에 둔 단순율격론적 파악기를 제3기로 파악할 수 있다.[2] 그리고 최근에 새롭게 논의되고 있는 의미율격론[3]을 첨가할 수 있을 것이다.

자수율론은, 율격 형성의 기저자질이 음절이며, 음절수로서 그 율격적 정형성을 측정해 낼 수 있다는 논리이다.[4] 자수율적 이해는 한국 시가의 율격이 왜 음절수에 근거하여 파악되어야 하는가에 대한 실증적 검증이나 이론적 통찰이 선행되지 않은 일종의 선험적 이해에 입각하고 있다는 특징을 지닌다.[5] 시가의 율격적 정체를 해명하려 하거나 전체 체계를 확립하려는 데 관심을 보이지 않고, 당대 시가의 강한 음절 정형 지향성을 자수율 모델로 상정하고 있는 데에 그 한계가 있다. 선험적 자수율의 한계를 극복 과제로 삼은 것이 1950년대서부터 70년대에 이르기까지 정병욱에 의해 실현된 제2기이다. 여기에 이르면 한국 시가 율격의 기층단위는 음절이 아니라 음보이며, 율격의 구성이 등시성의 원리에 의한다는 관점을 견지하게 된다. 규칙성의 기준을 음절이 아닌 음보에 둠으로써 음절수로는 해명이 불가능했던 우리 시가에 율격적 이론 정립의 정형성의 새로운 가능성을 터준 것이다.

제3기로 들어서면서는 단순율격론적 입장을 견지하면서, 율격의 기층단위는 음보이며 그 등가성은 시간적 등장성에 의한다는 2기적 특성을 계승

---

2) 성기옥, 『한국시가율격의 이론』 (새문사, 1986), p.59.
3) 김대행, 『우리시의 틀』 (문학과 비평사, 1989), pp.44-63.
4) 이러한 자수율적 율격론을 주도한 것을 보면 이광수, 「시조와 자연율」 (<동아일보> 1928. 11. 2-7), 이병기, 「율격과 시조」 (<동아일보> 1928. 11. 28-12. 1), 조윤제, 「시조자수고」 (≪신흥≫ 4호, 1930).
5) 성기옥, 앞의 책, p.59.

한다. 그러나 아직도 음보의 등시성을 상정할 객관적 실체를 찾아내는 일은 미지수로 남아 있다고 하겠다.

한편, 최근에 이르러서 김대행은 기존의 음운론적 요소, 통사론적 요소와 운율의 관계를 논의함으로써 의미율이라는 율격이론을 설정하고 있다.6) 앞으로 정밀한 논의의 여지가 있는 것이 사실이지만 운율론의 새로운 지평을 제시한 것이라고 하겠다.

이러한 율격 이론의 전개 양상에 목월의 시는 어떠한 지위를 차지하고, 어떠한 모습으로 투영될 수 있겠는가. 흔히 목월의 초기시는 7·5조라는 음수율적 특질로 그 율격적 특성이 해명되곤 했었는데, 그러면 목월의 시에 있어 율격 분할의 기본자질이 음수율로 산정될 수 있다는 것인가? 그리고 7·5조의 정체는 무엇인가?

우리는 목월의 시를 율적으로 개괄하는 데 있어 음수율적 모형 설정에는 무리가 따름을 곧 발견할 것이다. 목월의 시 역시 한국 시가 율격의 기층단위인 음보율의 적용이 그의 시가 지니고 있는 율격 통일성을 밝히는 데 유효함을 살펴볼 것이다. 우리 시가의 율격 단위인 음보를 이루고 있는 음절, 그 음절 속에 내포된 음지속량을 확인하고, 이러한 동량의 음보가 행과 연에 어떻게 배치되어 있는가를 검증하면서, 목월의 시가 우리의 전통적인 율격과 어떠한 양상으로 계승 변이되고 있는가를 확인해 나가려 한다.

(2) 동시에 나타난 율격 장치

율격이란 반복으로 인해 기대되는 음악적 결과에 대한 확인의 기쁨을 그 미학으로 지닌다. 언중에게는 보편적으로 지니는 율격적 기준에 대한 기대가 무의식적으로 있게 마련이고, 이러한 기대에 맞추어 읽으려는 본

---

6) 김대행, 앞의 책, p.21.

능이 있다. 이러한 속성을 가장 잘 반영하고 있는 예술 형태가 민요라 할
수 있다. 민중에게서 민중으로 구비 전승되는 과정에서 민요는 그 전승자
의 호흡에 잘 맞도록 다듬어질 수밖에 없었으며, 이러한 민중의 집단 무의
식을 반영한 민요는 또한 시가문학에 필연적으로 영향을 줄 수밖에 없었
다. 이는 민요와 시의 상관성이 다른 그 무엇보다도 운율적 특성과 결합되
어 있음을 우리에게 제시해 준다고 할 것이다.

  그러면 목월과 이러한 민요조의 율격과는 어떠한 관련을 맺고 있는가.
우리는 민요시의 대표적인 시인을 소월로 꼽거니와 정지용의 소월과 목월
비교는 목월시의 율적 특성을 해명하는 데 한 시사가 된다.

> "北에는 素月이 있었거니 南에 朴木月이가 날 만하다. 素月이 툭툭 불
> 거지는 朔州龜城調는 지금 읽어도 좋더니 木月이 못지 않아 아기자기 섬
> 세한 맛이 좋다. 民謠調에서 詩에 발전하기까지 木月의 苦心이 더 크다.
> 素月이 천재적이요 독창적이었던 것이 신경감각 묘사까지 미치기에는 너
> 무나 민요에 시종하고 말았더니, 木月이 謠的 修辭를 충분히 정리하고 나
> 면 木月의 詩가 바로 朝鮮詩다."7)

  소월시의 율격 표출이 잘 짜여진 유기적 조화를 이루고 있음은 그의 율
격 장치가 구체화되는 과정에서 의미 또는 정서와 조화롭게 결합할 수 있
었던 데서 가능했으리라. 이러한 소월의 율격 표출을 효과적으로 생명력
있게 만든 요인 중의 하나가 곧 그가 민요의 율조를 그의 율격 양식 속으
로 끌어들여 민중의 호흡에 잘 맞은 민요시를 이루어냈다는 데 있다.

  고대 이래의 역사적 배경을 전통으로 하여 생성된 3보격이 소월에 와서
자유시의 형태로서 실질적인 질감을 얻어 민요시란 이름으로 구체화된 것
이다. 민요시인으로서의 이러한 소월의 시사적 위상과 목월과를 비교한
정지용의 선후평은 이런 의미에서 목월시의 율격 장치를 해명하는 데 하
나의 전체적인 준거가 될 수 있다. 선후평의 요지는 소월이 민요를 독창적

---

7) 정지용, 「선후평」 (≪문장≫, 1940. 9).

인 자기 시세계로 끌어들이기까지는 한계를 지니고 있음에 비하여, 목월은 이러한 민요를 자신의 시세계로 재구성하기 위해 고심한 흔적이 보인다는 것이다. 곧 소월이 민요조의 율조를 대중의 호흡에 맞는 자신의 민요시로 직접 쓴 데 비하여, 목월은 여기에 자신의 율격 장치를 만들어내려는 창의적인 노력을 더 보여주었다. 이는 그의 초기시가 향토성에 시적 특성이 있었다[8]는 지적과도 관련을 맺고 있다. 곧 그가 집착한 의미 정서는 향토성과 연관을 지으면서 여기에 민요조의 율격 장치가 조화롭게 결합할 수 있었다는 것이다.

목월시가 이러한 전통적인 민요 율조와 조응되는 모습은 그가 자유시를 발표하기 이전에 박영종이란 이름으로 이미 동시를 발표하였다는 데서 그 단초를 찾아볼 수 있다. 이후 목월은 아동문학에만 전념했던 어느 문인보다도 활발하게 동시 분야에서 활약했다.[9] 여기서 우리가 목월을 동시 작가로서 의의를 부각시키는 것은 그의 시작 과정에서 동시가 지닌 리듬과 상관성 때문이다. 그렇기에 민중의 율적 관습에 길들여진 민요 중에서도 단순성과 반복성을 기본원리로 하는 동요의 창작에 주력하였다는 것은 목월시의 율격에 대한 검토에서 빼놓을 수 없는 참고사항이 될 것이다. 그렇다면 목월에게 있어 동시란 무엇이었으며, 그것이 동시 이외의 일반적인 시와 어떤 관계에 놓여 있는가?

목월은 동시도 시의 일종이라는 데서부터 그의 문학의 출발점을 삼았다. 그러므로 동시가 단지 어린이들의 정서에만 맞닿아 있는 것이 아니라, 성인 독자에게도 감동과 기쁨을 줄 수 있는 예술성을 지니고 있다는 데서부터 출발한다. 따라서 목월시 중에서 동시를 살펴보는 것이 목월의 율적 특성을 살피려는 연역적 방법이 될 것이다.

목월은 그가 동시라는 이름으로 발표한 작품 이외에도 그의 초기시집

---

8) 김동리, 「자연의 발견」, 『문학과 인간』(백민문화사, 1948).
9) 목월의 동시는 ≪소년중앙≫을 거쳐 윤석중에 의해 <소년조선일보>에 거의 매호 실리게 되는데, 이러한 목월의 동시는 『朴泳鍾童詩集』(조선아동회, 1946)과 『초록별』(을유문화사, 1946)이란 두 권으로 묶여 출간된다.

속에는 동시와 일반시를 구별하기 힘들 정도로 동요적 내용과 율격 및 수
사법을 간직하고 있는 작품들이 허다하다. 그러므로 동시는 그의 시에 나
타난 율적 특성을 규명하려는 하나의 준거가 될 뿐만 아니라, 궁극적으로
는 그의 시가 지닌 본질을 이해하는 데 중요한 한 요인이 될 것이다.

> 장독 뒤 울밑에
> 牧丹꽃 오무는 저녁답
> 木果木 새순밭에
> 산그늘이 내려왔다
> 　워어어임아 워어어임
>
> 길 잃은 송아지
> 구름만 보며
> 초저녁 별만 보며
> 밟고 갔나베
> 무질레밭 藥草길
> 　워어어임아 워어어임아

—「산그늘」에서

≪문장≫지에 추천된 작품인 이 시에서 우리는 목월시가 지닌 동시적
특성을 엿볼 수 있다. 율격적인 면에서 동시적인 리듬감이 살아날 뿐만 아
니라, 시의 분위기 그 자체도 동심의 세계와 같이 순진무구하다. 자연의
순정함과 인간의 순수한 마음이 잘 조화되어 향토적 서정으로 형상화된
그의 전형적인 초기시 형태의 하나이다. 주로 2음보의 단순한 반복으로
비교적 율독의 장애를 덜 느끼는 「산그늘」에서 동요적 형상성을 찾아내
는 것은 그리 어려운 일이 아니다. 자연을 관조하는 시선이 어른의 그것으
로는 느끼기 어려운, 때묻지 않는 동심의 눈빛으로 살아 있다. 세계와 자
아는 그대로 교응된 미분화의 상태로 놓여 있다.

여기에 여음의 삽입이 도중에 차단되려는 율적 질서의 단절을 막아준다. 본래 여음은 의미를 더해주기 위해 마련된 장치이기보다 하나의 노래 형식에 통일성을 부여해 주며 리듬의 규칙성에서 이탈하려는 장애적 요소를 공동체 안으로 끌어들이는 강한 통어력을 지니고 있다. 그러기에 개인의 서정적 노래말에서보다 대중이 무리지어 부르는 민요에서 전체 노래말에 규칙적인 질서를 주어 동일한 화음과 만나는 기쁨을 주기적으로 부여해 준다.

본래 여음은 악기와 관련된 구음10)에서 이루어졌다고 하겠는데, 여기서는 짐승의 울음소리를 변조시켜 여음으로 사용하고 있다. 이러한 점은 속요가 지닌 여음의 특성이 민요와 관련을 맺는다면, 목월의 여음은 동요적 특징과 관련을 맺고 있는 부분이라고 하겠다. 다음과 같은 동요는 목월시의 이러한 동요적 성향과 부합된다.

> 내일 모래 설날이다
> 떡방아 찧자
> 엄마토끼 누나토끼
> 흰 수건 쓰고
>
> 오콩콩콩 쌀 한 되 찧고
> 오콩콩콩 조 한 되 찧고

— 「토끼방아」에서

우리말 음성이 지닌 어감을 잘 살려 여음을 만들어 낸 동시이다. 2보격 노래 뒤에 이어지는 여음은 반복의 효과를 주면서 흥취를 더해준다. 인간과 사물을 동일시하는 아이들의 상상력이 형상화된 잘 짜여진 동시이다. 그러한 순진스런 마음의 세계가 우리를 잃어버린 고향으로 돌아가게 만든

---

10) 정병욱, 『한국고전시가론』 (신구문화사, 1983), pp.125-126.

다. 어른의 세계에서 동시가 지니는 의미는, 잃어버린 향수와 인간성을 새롭게 느끼게 해주는 데 있다고 하겠다. 삶의 횡포와 미망이 없는 아늑한 땅, 어머니의 태반과도 같이 고통이란 존재하지 않던 땅에 대한 영원한 회귀의식이 목월 동시가 지닌 율격 체계와 시 언어 속에 내포된 의미체계가 교응함으로써 가능할 수 있었다.

—「꽃주머니」에서

동심의 세계와 만남이 이루어지는 목월의 정신은 자아를 버린 몰입과 애정의 그것이다. 자신을 고집하지 않고, 현실에 집착하지 않음으로써 그는 향수어린 동화의 세계로 귀향할 수 있었다. 그러면서 우리의 전통적인 율격인 3음보를 각 연 단위로 장치함으로써 자연스럽게 노래 불리워질 수 있도록 음악적인 배려를 해두고 있다. 목월은 시의 이미지에 결코 집착하지 않는다. 그러면서도 언어의 회화성을 잘 살려낸 것이 그의 시가 지닌 역설의 미학이다.

그가 시를 이루어내는데 주의를 기울였다면 그것은 형식적인 문제인 것 같다. 결코 외면상으로는 의식되지 않는 듯 하나, 그의 시행이나 연의 배열법을 보면 그가 이러한 의장을 통해서 시적 율동미 형성에 얼마나 고심하였는가를 드러내 준다. 한 편의 시를 이루어내는 데 우선 문제시되었던 것은 어떠한 이미지를 떠올릴 것인가 하는 측면이었다. 그에게 시의 운율적 자질이 그렇게도 중요하게 다가왔던 것은 그의 시작의 출발점이 동시에서부터 이루어졌다는 것과 상당부분 관련을 맺고 있음을 보게 된다. 목월 자신이 동화와도 같은 유년기의 서정 속으로 회귀함으로써, 동심의 순연한 정념이 투영된 운율을 그의 시 속으로 끌어들일 수 있었다.

> 옛날 옛날 옛날에
> 흥부 집은 오막집
> 하얀 돌담 외딴집
>
> 오막집 울안에는
> 박포기가 자라고
> 오막집 울밖에는
> 옹달샘이 소웃고
>
> 흥부는 尙州골에
> 배품팔러 가아고
> 尙州골은 七十里
> 해 저물어오는데

―「흥부와 제비」에서

목월의 동시에 대한 관심이 향수에의 복귀로 나타남을 이제까지 보아왔다면 「흥부와 제비」는 여전히 그러한 정조를 기저에 깔고 있으면서도 그 소재적 모색이 새롭다. 전개되어 오던 구전설화를 동요 형식으로 재구성한 이 작품에서 우리는 그의 율격 의식을 구체적으로 검증하게 된다. 3·4조 혹은 4·3조 2음보를 갖춘 이 작품은 목월이 음절수를 고려하면서 율적 규칙을 따르려고 한 의도적인 흔적이 엿보인다. '옛날 옛날'의 단어 반복이라든지, 2연에서 '솟고'를 '소웃고'로, 3연에서 '가고'를 '가아고'로 표기한 점은 한 음보가 지닌 음절수의 균형을 이룸으로써 등시성을 가하려는 율격 장치라고 할 수 있겠다.

여기서 우리는 한국 시가 율격의 기저자질이 음보임에는 분명하나, 음절수 또한 2음보의 균등한 시간 현상을 구성하는 중요한 자질이 됨을 확인하게 된다. 한 행이 각각 7음절로 짜여져 시각적인 정형성을 이루면서 그것이 3+4, 또는 4+3으로 비균등 분할 원칙에 의해 나누어지는데, 이 비균등 분할의 음보는 정음(停音)과 휴지(休止)에 의해 노래 불리워질 때는 우리의 의식에 장애를 일으키지 않고 균일한 리듬으로 다가온다. 이 비균등 분할의 개념은 본래 구조주의적 근거[11]를 가지고 있는 것으로 음절수에 있어 서로 상이한 층위를 설정함으로써 두 음보가 서로 대립항을 이루는 것을 말한다. 크기가 서로 다른 음보들의 결합으로 이루어진 이러한 층량보격[12]은 질적인 특성이 다른 음보가 서로 결합하여 행을 형성하는 율격양식으로 민요나 시가문학에서 동량보격과 더불어 음보를 구성하는 두 가지 특성 중의 하나라고 할 것이다.

목월은 한국 시가 율격의 양식적 순수성을 가장 잘 보존하고 있는 2보격에[13], 구전되어오던 설화에서 그 내용을 빌어 동화적 꿈의 세계를 재현시키고 있다. 노래로 불리워지는 동요로서의 자격을 지닌, 동작이 수반되는 연희적 성격이 들어있는 2음보격은 「흥부와 제비」에서 뿐만 아니라, 앞의 예에서도 자주 나타나는 목월 동시의 전반적인 율격적 특성의 한가지이다. 본래 2음보는 질적으로 동일한 같은 음보 두개로 이루어져 있으며 음보 뒤에 정도가 다른 두 개의 휴지가 오는데, 「흥부와 제비」의 경우를 보면,

> 옛날 옛날/옛날에-
> 흥부 집은/오막집
> 하얀 돌담/외딴집

---

11) 서우석, 『시와 리듬』 (문학과 지성사, 1981), p.171.
12) 성기옥, 앞의 책, p.164.
13) 위의 책, p.165.

> 오막집/울안에는
> 박포기가/자라고–
> 오막집/울밖에는
> 옹달샘이/소웃고–

음보의 크기는 4음격 음보로서 균등한 양을 갖추고 있으며, 첫째 음보 뒤에는 음보말 휴지가 오고, 둘째 음보 뒤에 행말 휴지가 와서 중간 휴지를 지니고 있지 않은 것이 특색이다. 이런 단순한 구조의 율동성을 지닌 2음보는 반복 주기가 짧고, 중간 휴지의 실현이 없이 한 개의 음보말 휴지와 행말 휴지로 이어져 있기 때문에 템포가 빠르다.14) 목월은 이러한 음보를 그의 동시의 율격 모형으로 주로 선택하였으며, 이는 그의 시를 관류하는 율격의식에 커다란 영향을 주고 있음을 이제 확인하게 될 것이다.

이러한 동시에 나타난 율격의식이 목월의 일반시의 율격을 규명하는 데 있어 더불어 비중을 두는 것은 그의 동시가 문학소년기에 일시적으로 쓰여진 것이 아니라, 이른바 성인시를 써오는 동안에도 이와 병행해서 꾸준히 동시를 써왔다는 데15) 근거한다. 그러므로 그의 동시에서 드러나는 율격 특성은 특히 그의 초기시에서 일정량 그의 시작에 영향을 미치게 되며, 이러한 율격의식은 그의 시작품이 지닌 전반적인 양상을 조감하는 데도 빼놓을 수 없는 논거가 될 것이다.

(3) 전통 율격의 계승과 변용

목월의 시가 동시에 대한 관심으로부터 출발하고 있다는 점은 그의 시가 지닌 율격 특성을 해명하는 열쇠가 되고 있음을 우리는 이제까지 살펴보았다. 구조와 율격이 단순해서 의식적인 노력없이도 쉽게 부를 수 있는

---

14) 위의 책, p.165.
15) 김용덕, 「목월의 동시세계」 (민족문화사, 1983), pp.230-233.

리듬을 지닌 이러한 동시는 목월 시문학의 율격 특성에 커다란 영향을 주게 된다. 동요는 본래 일정한 구조를 가진 가락이 반복되고 변화되어 한 노래를 이루므로 그 율격 모형도 가장 폭이 좁을 뿐만 아니라 그 성격도 한정되어 있다. 아울러 아동 자신의 관찰력과 감수성을 가장 순수하게 나타내고 있는 놀이적 성격을 지닌 일종의 민요이다. 그런데 민요는 그 민요를 부르는 집단의 언어가 지닌 특성을 가장 잘 반영하고 있으며, 이러한 민요의 리듬은 그들의 고유한 시가문학에 영향을 주기 마련이다. 시의 음율이란 언어를 통해서 구현하게 되며, 율격이란 언어의 한 현상이 규칙적으로 조직화되고 질서화된 것이기 때문이다.

율격의 기본단위는 언어가 지니는 변별적인 음운 자질에 의해 이루어지는데, 민요는 율격으로 구전되어지면서 그들의 집단무의식을 반영한 양상을 띠기 마련이다. 그러므로 민요는 시가문학이 지닌 정신적 영역에 뿐만 아니라 형식적 영역, 특히 운율에 삼투되기 마련이다. 그리하여 그 시가문학의 전통적 율격을 형성하게 되면 이는 장르의 변천과 더불어 계승되고 변이되는 것이다.

목월의 시가 동요와 상관성을 지니고 있다는 점은 이러한 측면에서 그의 시에 배태되어 있는 율적 특성이 전통적인 율격과 어떠한 형태로든 관련을 맺고 있으리란 것을 암시한다. 본래 목월의 시에 있어 운율의 연구는 그의 시가 지닌 형식적 특성이나 전통성을 해명하고, 그의 작품이 지닌 미적 실체를 밝혀내려는 데 있다. 율격은 시가의 형식적 특성을 해명하는 중심 방법이며, 미적 표상의 중요한 장치이므로, 작품의 미적 고찰에 있어 율격론적 접근은 기본적으로 수반되어야 한다. 아울러 그것이 전통적인 맥락에서 어떠한 연관을 맺고 있는지를 검토해 볼 필요가 있다.

㉠ 7·5조의 수용과 변이

자유시 운동이 전개된 신문학기 초기부터 새로운 시형식이 실험되어지

고 정착되는 과정에서 운율에 대한 문제는 그 중요성에 견주어 볼 때 소
원했던 감이 없지 않은 듯 하다. 특히 현대시의 경우 운율적인 자질을 무
시해도 된다는 이미지 위주의 시정신과 방법론에 치중하여 우리의 언어가
지니는 율격이나 율동을 무시한 채 시어의 수사적 기교와 상징성16)에만
기울어져 있었음이 사실이다. 또한 율격을 구태의연한 고답적인 비자율성
으로 규정하고, 우리의 전통을 무시한 채 일본 시가나 서구시의 형태를 답
습하려는 외래 지향 일변도로 치달아 이들을 어떤 공통분모로 추출하여
설명할 가능성을 남기고 있지 않다.

그러나 우리의 시문학사에 기념비가 될 만한 작품들을 면밀하게 검토
해 보면 민중의 호흡에 배치되지 않는 운율의 전통적 관습과 연계되어
있음을 확인하게 된다. 그러한 율조 중의 하나가 곧 7·5조이다. 목월의
시를 율격적인 면에서 고려하는 데 있어서도 7·5조는 전형적인 한 이론
의 틀이 된다.

그러면 7·5조는 어떠한 성격을 지니고 있는 율조인가. 우리는 7·5조
율동을 우리의 고유한 율격 자질이 아닌 일본 7·5조의 수용으로 인식하려
는 경향이 강했다. 이러한 이식문화론적인 관점은 이미 1920년대 주요한17)
이나 양주동18)에서부터 비롯된다. 이러한 논의는 조지훈을 거쳐 선명히
논리화 되어지고, 김대행19)에 이르러 일본의 율조라는 견해에 따라 한국
의 7·5조 음수율을 민요적 성격을 지닌 전통률로 보려는 논리의 부당성
을 지적하게 된다. 이리하여 7·5조는 일본 율조의 한국적 수용이라는 결
론에 이르게 되었다.

그러나 우리는 이 이면에서 줄기차게 전개되어 왔던 7·5조의 전통론에
대한 견해를 반추해 볼 필요성이 있다. 7·5조 율동하면 대명사처럼 따라

---

16) 조동일, 「현대시에 나타난 전통적 율격의 계승」(≪운율≫, 1980), p.118.
17) 주요한, 「노래를 지으려는 이에게(1)」(≪조선문단≫ 창간호, 1924. 10), p.63.
18) 양주동, 「시와 운율」(≪금성≫ 3호, 1924. 5), p.81.
19) 김대행, 앞의 책, p.22.

다니는 것이 소월의 시이며, 이러한 7·5조를 그의 시적 율동의 기본 패턴
으로 삼고 그의 시작 과정을 일괄한 소월을 우리는 한국의 가장 대표적인
전통적 시인이라 부른다. 이때 전통적 시인이란 명칭은 분명 그의 시적 정
서와 의미 연관만을 두고 지칭될 수 있는 것이 아닌, 그것과 유기적으로
결합되어 있는 전통적인 율조를 고려하여 지칭된 이름이다. 이러한 소
월의 7·5조 율격을 민요적 율조,[20] 또는 전통적 율조[21]로 파악하고 있음
은 7·5조에 대한 또 다른 율격 특성을 해명하는 논거가 된다.

　이러한 관점으로 본다면 7·5조는 우리의 전통적인 율조와 관련을 맺고
있는 한국적 율동으로 받아들일 수 있게 된다. 이렇듯 7·5조가 한국의 토
속적 율조와 관련을 맺고 있음은 백제의 노래인 「井邑詞」에서 찾아볼 수
도 있다. 즉 「井邑詞」 후렴구인 "어긔야 어강됴리 아으다롱디리"를 율독
해 보면 자수에 있어서는 한 음절 벗어나 있으나 7·5조를 변형시켜 3박을
이루는[22] 형태를 띠고 있음을 보게 된다. 이렇듯 7·5조의 연원을 「井邑
詞」에서부터 상정하여 그것이 변형되어 정착된 음조라고 본다면 7·5조의
율동은 우리의 전통적 율격으로 확고히 자리를 잡게 된다. 아울러 우리의
감성적 반응에 근거하는 한 7·5조 율동은 우리에게 친숙한 한국적 율동으
로 받아들여질 수 있다.[23]

　목월의 시를 분석해 보면 7·5조가 우리의 전통적인 율조와 맞닿아 있다
는 다소 심증적이었던 추론이 보다 사실적인 객관성을 갖게 된다.

> 松花가루 날리는
> 외딴 봉오리

---

20) 이병기·백철, 『국문학전사』 (신구문화사, 1959), pp.313-314.
21) 조연현, 『한국현대문학사』 (성문각, 1969), pp.441-443.
　　오세영, 『한국낭만주의 시 연구』 (일지사, 1980), p.318.
22) 서우석, 앞의 책, p.40.
23) 성기옥, 앞의 책, p.254.

윤사월 해 길다
꾀꼬리 울면

산지기 외딴 집
눈 먼 처녀사

문설주에 귀 대이고
엿듣고 있다

—「閏四月」 전문

　목월의 시에서 7·5조 율동을 보면 그것이 기계적으로 한 연을 이루는 것이 아니라 변형되고 있음을 보게 된다. 때로는 6·5조, 혹은 8·5조 음수율의 가감이 이루어지는데 이러한 형의 변이는 그의 초기시에 아주 빈번히 나타난다.

호젓한 淸平驛
三等待合室

설핏한 눈발에
해다저므네

車票를 파소
票가 없대요

서울은 百餘里
길 끊어지고

앞 뒷산 눈보래
해다저무네

—「祝靈山Ⅲ」 전문

6·5조의 음수율이 고정되어 쓰인 동시적 성격을 지닌 위의 작품은 형태적으로는 구별되는 듯하나, 막상 율독하여 보면 7·5조 율동과의 뚜렷한 차이를 발견해 내기 어렵다. 3·3·5의 3음보 첫음보와 둘째 음보에 장음 내지 정음을 두고, 셋째 음보의 다섯 음절을 촉급하게 율독함으로써, 음절 수의 차이를 극복하고 등시성을 이룰 수가 있는 것이다. 이러한 음보율에 의한 7·5조 율동의 변이에 대한 극복 양상은 8·5조에서 더 균등한 음량으로 분할되어짐을 보게 된다.

> 문설주에/귀 대이고/
> 엿듣고 있다.

―「閏四月」에서

> 열 두 고개/넘어 가는/
> 타는 아지랑이

―「三月」에서

이러한 7·5조 율동의 음절수에 의한 변형은 우리 시가문학의 가장 전통적인 음보인 3음보로 설명되어졌을 때, 그 정형성과 규칙성을 획득할 수 있음을 알 수 있다. 이는 일본시가 율격의 단위는 음보라는 데서도 그 실마리를 찾아 볼 수 있다.

목월의 시가 우리의 전통적인 율격의 맥락과 접목되어 있음을 7·5조의 양태와 변이에서 살펴보았다. 목월의 작품 중에서 이러한 7·5조의 율조를 미학적인 차원으로 잘 이끌어낸 작품은 「나그네」이다.

> 江나루 건너서
> 밀밭 길을
>
> 구름에 달 가듯이

가는 나그네

길은 외줄기
南道 三百里

술 익는 마을마다
타는 저녁 놀

구름에 달 가듯이
가는 나그네

─「나그네」 전문

　우리의 귀에 너무도 익숙한 위 작품은 각 연을 구성하는 음량이 7·5
조를 근간으로 하여 구성되어져 있다. 이 7·5조의 율동은 위에서 보듯이,
모든 연에 균등하게 배열되어 있는 것이 아닌 다양한 음절수로 변이되고
있음을 알 수 있다. 이렇듯 서로 상이한 음절로 짜여져 있으나, 우리는 각
연에서 규칙적인 리듬이 반복되고 있음을 느끼며 또한 그렇게 율독한다.
그런 까닭은 바로 7·5조 율동의 규칙성이 그 음절수에 기인하는 것이 아
닌 음보에 토대를 두고 있음을 말해 준다. 가령 「나그네」에서 7·5조의 음
절에서 벗어나는 1행과 3행의 경우 "江나루/건너서/밀밭 길을"이라든지,
"길은/외줄기/南道 三百里"로 분할되어 측량 3보격을 형성하고 있음을
보게 된다. 그런데 특히 3행의 경우 첫 음보와 셋째 음보가 그 음절수에
있어서는 배가 넘게 결합되어 있는데도 등장성(等長性)을 그 생명으로 하
는 하나의 음보 단위가 될 수 있는 것은, 오랫동안 우리의 관념 속에서 익
숙하게 반응을 보여온 3음보 율격에 대한 기대심리에서 기인된다고 할 수
있겠다.
　이렇듯 7·5조는 목월의 시에서 4·3·5조, 3·4·5조를 근간으로 하고 있
으면서 그것이 6·5조, 8·5조 또는 6·4조 등으로 음절수에 변화를 주어 7·

5조 리듬의 단순성에 생동감을 주고 있음을 보게 된다. 이는 기존의 전통 율격인 3음보가 지닌 커다란 틀은 고수하면서 극복하려 한 목월시에 나타난 전통율격의 한 형태라 하겠다.

㉡ 3음보와 4음보의 양상

목월시의 율격은 7·5조의 전통적인 리듬에 기초하고 있으면서도 우리 시가문학에서 실현될 수 있는 다양한 율격 모형을 두루 나타내고 있음을 보게 된다. 그의 율격양식이 이렇듯 다양한 층위를 보이는 것은 그가 우리 시가문학에서 율격 형성의 직접적인 구성요소인 음보 유형을 보다 폭넓게 그의 시 속으로 수용하고 있음을 말해준다.

본래 율격 양식을 우리 시가문학에서 유형화했을 때 10행 2보격에서~ 18행이다. 그런데 목월의 시에서 5보격은 음보 내의 구조적 긴밀성이 너무 약하다[24]는 면에서 볼 때, 동시적 율동의 영향 속에 전통적인 7·5조 운율이 두드러지게 나타나고 있는 목월의 시에서 5보격이 거의 쓰여지지 않고 있음은 당연하다고 하겠다.

그러면 우리가 목월의 시에서 추출해 볼 수 있는 음보의 모형은 2보격, 3보격, 그리고 4보격이 된다. 이들 각각의 음보는 또한 그 음절의 수에 따라서 여러 가지 유형으로 설명될 수 있겠으나 그것을 보다 단순화시켜 검토해 보기로 하겠다.

첫째는 그 음보의 양상이다. 2보격은 한국 시가 율격의 가장 순수한 전통성을 지닌 모형으로 그 율격의 단위가 통사의 단위와 일치되는 경향이 다른 어느 보격보다 뚜렷하다.[25] 단순하고 짧은 구조의 문장이 짧고 빠른 율동과 어울려 동요적인 특성을 지니기도 한다.

---

24) 위의 책, p.147.
25) 위의 책, p.165.

山은
九江山
보라빛 石山

山桃花
두어송이
송이 버는데

봄눈 녹아 흐르는
옥같은
물에
사슴은
암사슴
발을 씻는다

—「山桃花1」 전문

　시행의 단위와 음보의 단위를 일치시켜 어떤 규칙성을 발견하려면 도저히 율독되지 않는 것이 위의 시이다. 이는 율격 시행과 작품 시행이 어긋나 있음을 보여주는 예이다. 그러므로 「山桃花1」이 어떠한 질서를 띤 음보 형태로 반복되고 있음을 알아차리기 위해서는 시행을 음송될 수 있도록 재배열해야 한다.

山은/九江山
보라빛/石山

山桃花/두어송이
송이/버는데

봄눈 녹아/흐르는
옥같은/물에

사슴은/암사슴
발을/씻는다

　이렇듯 시행을 음보에 알맞게 재배열하게 되면 2보격의 정형성을 보이
게 된다. 그런데 작품 시행과 율격 시행이 일치하는 데서 오는 율동적 폐
쇄성을 막기 위하여 자유시가 정착되는 과정에서 정형적인 율격 양식은
그 형태적인 구도를 달리하고 있음을 보게 된다.
　둘째는 3음보이다. 3보격은 우리 시가문학에서 이미 살펴본 목월시가
지닌 7·5조의 특성도 바로 3음보로 해명할 때 율격 전통성이 밝혀질 수
있음을 보아왔다. 3음보가 우리의 전통적 리듬과 가장 잘 부합됨은 이것
이 서민계층의 리듬이며,26) 자연적 서정성이 있으며, 변화감과 사회 변화
기를 대변한다는 점27) 등을 들 수 있겠다. 이러한 성격을 지닌 3음보는
목월시의 주조를 이루고 있는데, 이러한 3음보에 대한 천착이 곧 목월이
우리의 전통적인 시가와 맥을 함께 하고 있음을 밝히는 요체가 될 것이다.

산빛은
제대로 풀리고

꾀꼬리 목청은
틔어 오는데

달빛에 木船가듯
조는 菩薩

꽃그늘 환한 물
조는 菩薩

―「山色」 전문

---

26) 오세영, 앞의 책, p.318.
27) 김준오, 『시론』(문장사, 1982), p.100.

목월의 초기시에서 이러한 유형의 3음보격을 찾아내는 일은 대단히 수월하다. 2보격의 예에서 보아왔던 것처럼 작품 시행과 율격 시행을 다르게 배열함으로써, 정형시가 지닌 구태의연한 틀을 해체시키면서도 고요한 운율적 규칙성을 유지하고 있다.

그런데 목월시에 나타난 3보격은 정서의 표출에 있어서 2보격과 크게 다른 것이 없다. 3보격은 여말의 고려가요나 우리의 전형적인 민요에서 나타나듯 시대적 격변기에 주로 등장하여 당대 사회적 암울함을 담고 있는 것이 일반적이나, 목월의 경우에는 상당한 거리가 있다. 특히 그가 민족의 가장 암담했던 역사의 한 국면을 살아왔음에 비추어 볼 때, 이는 한 특이한 현상이라고도 할 수 있겠다.

목월의 3보격 율동에는 그의 초기시 전체를 관류하는 천진성이 흐르고 있다. 동심의 세계에서 보게 되는 사물에 대한 경이와 찬탄이 있다. 자연과의 교감 속에서 대상과 자아가 분리되지 않은 몰아적 상상의 세계가 있다.

> 배꽃가지/반쯤 가리고/달이 가네.
>
> —「달」에서

> 芳草峰/한나절/고운 암노루
> 아래ㅅ마을/골짝에/홀로 와서
> 흐르는/내ㅅ물에/목을 추기고
> 흐르는/구름에/눈을 씻고
> 열 두 고개/넘어 가는/타는 아지랑이
>
> —「三月」 전문

> 머언 산/靑雲寺/낡은 기와집
> 山은/紫霞山/봄눈 녹으면
>
> —「靑노루」에서

　동적이고 자유로운 감정표출이 어딘가 안정성을 잃은 듯도 하지만 그러한 느낌은 3보격이 지닌 심리적인 율독에 기인하는 것이지 작품의 어조가 주는 정감 때문이 아니다.

　마지막으로 살펴본 것이 4음보이다. 4보격은 양식적 순수성을 지닌 기본 보격에 해당하지는 않으나 모든 보격 가운데 가장 쓰이는 빈도가 많은 양식이다.28) 4보격의 2보격이나 3보격과 가장 큰 차이점은 중간 휴지가 온다는 점이다. 행말 휴지가 행과 행 사이를 구분해 준다면 중간 휴지는 한 행을 반분함으로써, 중간의 휴지를 표지화해 내게 된다. 목월시의 경우 이러한 4보격의 예는 그다지 흔하지 않고, 4음보가 나타난 경우에 있어서도 의식적인 율격 장치를 만들어낸 면모가 보인다.

> 대를 심어 바람 막고
> 대를 쩌서 퉁소 뚫고
> 　　꾸룩꾸룩 비둘기야
>
> 장독 뒤에 더덕 심고
> 장독 앞에 모란 심고
> 　　꾸룩꾸룩 비둘기야
>
> 웃말 색시 모셔두고
> 반달 색시 모셔두고
> 　　꾸룩꾸룩 비둘기야
>
> 햇볕나면 밭을 갈고
> 달빛나면 퉁소 불고
> 　　꾸룩꾸룩 비둘기야.

—「밭을 갈아」에서

---

28) 성기옥, 앞의 책, p.202.

물론 위의 작품도 율격 시행과 작품 시행이 일치하고 있지는 않다. 가사의 율조가 지닌 2행 연속 4보격과 동일하게 배열되었으며 음수율에 있어서도 4·4조 동량의 형태를 지니고 있다. 여기에 후렴구를 넣어서 4보격 율독에 질서를 유지시키고 있으며, 읽는 사람으로 하여금 심미적인 기쁨과 안정감을 주고 있다.

(4) 자유시에서의 율적 특징과 한계

지금껏 목월의 시가 율격에 대한 자각에서부터 출발하고 있음을 살펴왔다. 그는 한 편의 시를 쓰는 데 있어서 의미나 이미지를 상정해 내고 있다. 그리고 목월시의 율격틀이 된 그러한 율격 양식은 우리의 전통적인 리듬에 맞닿아 있는 것이어서 읽는 이의 호흡에 잘 들어맞는다. 그것이 곧 7·5조 음절에 기초한 3음보를 주조로 하는 2음보와 4음보였으며, 그러한 음보는 그가 동시에 대한 관심을 보이면서 시험한 율격 의식과도 공유되어 있는 것이다.

그러면 그의 후기시에 있어 율격의식은 어떠한 양상을 보이게 되는가? 그의 후기시를 일괄하는 율격 특성은 산문화 경향을 보인다는 말로 요약할 수 있다. 초기시에서 보이던 언어 절제로 인한 간결미, 함축적 이미지, 그리고 속도감 있는 리듬 등은 후기시로 오면서 차츰 약화되어 부분적으로 나타난다. 『靑鹿集』에서 보이던 4·4·5음 3보격, 행의 분할과 서술어 생략형 등을 통해서 그가 꾀하려던 형식적 장치와 운율의식, 『山桃花』에서 전통적 율격의식을 지속적으로 보이면서 3보격을 행의 분할과 음보의 첨삭으로 변화를 모색하던 그는 차츰 율격에 대해 관심을 덜 갖고 내용 위주의 시에 중점을 두게 된다. 이렇듯 율격이 풀어지면서 그의 시가 지녔던 미학 또한 변모하고 있음을 보게 된다.

그러한 변화에 있어 과도기적 양상을 보이는 것이 『蘭·其他』와 『晴曇』

이다.『蘭·其他』에 오게 되면 목월은 행과 연을 좀더 다각적으로 배열하
게 된다. 그러면서 초기시에서 보여주던 정연한 율적 장치를 해체시키게
된다.

소내기가 비롯하는 夜半의
깊은 沈默을
홀연히 두두둑
芭蕉잎새.

頭髮은 히끗이
서리가 덮이고

비로소
한밤에 잠도 깨이고.

—「夜半吟」에서

밤차를 타면
아침에 내린다.
아아 慶州驛

이처럼
막막한 地域에서
하룻밤을 가면
그 안존하고 잔잔한
영혼의 나라에 이르는 것을.

—「思鄕歌」에서

이 무렵 그의 시 가운데서 초기시의 형태를 비교적 유지하고 있는 작품
들의 일부이다. 목월시가 지닌 언어의 간결미, 짤막한 시행 배열, 선명한

이미지 등을 잘 살리고 있는 작품이다. 그러나 음보의 배열은 통일성을 찾아내는 것이 그 어떤 것도 수월하지 않다. "소내기가/비롯하는/夜半의/깊은 沈默을//홀연히/두두둑/芭蕉잎새.//頭髮은/히끗이/서리가/덮이고//비로소/한밤에/잠도 깨이고."에서 보듯이 3음보와 4음보가 중첩되어 있고, 각 음보에 상정된 음절수에 있어서도 심한 불균형을 이루게 된다. 이러한 불규칙한 음보의 배열은 「思鄕歌」에 오면 파격이 심해지게 되고, 여타의 그의 시에서 더욱더 산문화 경향으로 치닫게 된다.

『靑鹿集』과 『山桃花』에서 보여주던 규칙적인 연의 반복과 불규칙적인 연의 비율은 거의 비슷하게 드러나지만, 『蘭·其他』에 와서는 불규칙적인 연의 배치가 거의 모든 작품에 드러나게 된다. 『蘭·其他』에서 그 명맥을 유지하던 전통적 율격에 대한 의식은 『晴曇』에 오면 거의 사라진다.

果肉도
肉이라는 말이 붙는다.
淡白한 肉의 世界.
이만쯤에서
나도 과일이 된다.
피는
물이 되고……
이빨에 연한 果肉.

소용돌이 치는
불길이여,
걷잡을 수 없는 本能의
凝血이여,
거멓게 맺힌.

―「果肉」에서

행의 간결미를 제외하고는 초기시의 흔적을 찾아보기 어렵다. 음보에 있어서도 어떠한 반복성을 찾기가 쉽지 않다. 이와 더불어 『晴曇』에 나타나는 두드러진 형태적 특징은 비연시(非聯詩)가 많이 등장한다는 점이다. 행말 처리도 서술어를 그대로 늘어뜨림으로써 초기시가 지녔던 함축미가 이완되어 버렸다. 작품 전체를 일괄하는 균형있는 율격의식은 이후 목월 시에서 더 이상 기대할 수 없게 된다. 그러면서 목월 자신의 개성적인 자유율이 불규칙하게 나열된다.

『慶尙道의 가랑잎』에 와서 민요와 경상도 방언으로 3보격 율격을 다시 시험하게 된다.

> 낸들 아나.
> 목숨이 뭔지
> 이랑 짧은 돌밭머리
> 모진 桑나무
> 아베요
> 어매요
> 받들어 모시고
> 皮紙같은 얼굴들이
> 히죽히죽 웃는
> 경상 남북도 가로질러
> 물을 모아 흐르는 洛東江.

―「皮紙」 전문

> 형님요 이 일 우얏기요.
>
> 이 사람아,
> 당해서 못하는 일 뭐 있노.
>
> 말이사 그렇지만

> 누님이요, 우얏기요.
>
> 말이사 그렇다만
> 이 일을 우얏꼬.

—「귓밥」에서

그러나 작품 전체적으로 율적 장치가 갖추어진 것이 아닌 부분적인 수용에 불과하며, 대부분의 작품에서는 미진한 정도의 율격의식도 지니고 있지 않다.

이렇듯 목월시의 전통적인 율격의 계승과 변이는 그의 초기시에 보이는 한 현상일 뿐, 그의 후기시에 오게 되면 극심한 파괴가 이루어짐을 보게 된다. 그의 후기시에서 어떤 율격 모형을 떠올리는 일이란 거의 불가능한 것으로 그의 초기시와의 관계 속에서 후기시의 율격을 재단해 낼 경우 무리가 따를 것이다.

이러한 산문화 경향은 또한 목월의 시정신과도 관련을 맺게 된다. 목월의 시는 율격의식이 변모하면서 초기시에서 보여주었던 동심과 자연의 세계에서 구체적인 일상적 삶으로 돌아온다.

또한 후기시가 보여주는 종교와 죽음의 문제에 직면했을 때, 그의 시에 내재하던 율격의식은 점차로 변모하게 되는 것이다.

> 千명의
> 합동 기도 속에
> 부글 부글 끓어오르는
> 말씀의 바다를
> 나는 보았다.
> 완고한 심령의
> 벽을 무너뜨리는
> 우뢰와 번개의

│ 말씀을 들었다.
ㅡ「말씀을 전함으로 기독교인이 되자」에서

│ 나는
│ 믿는 자가 되기를 열망한다.
│ 순간 순간마다
│ 믿음을 증명할 수 있는
│ 전적인 생활을 갈망한다.
│ 알 속에 갇혀 있는 생명이
│ 부화되기를 갈망하듯
ㅡ「자리를 들고」에서

시행을 무시하고 읽으면 그저 산문의 한 문장일 뿐이다. 의식이 앞섰을 때 시는 노래로 불리워지기 어렵다. 그렇듯 운율의 쇠멸은 시의 서정성을 변화시키는 것이다. 목월의 초기시와 후기시에 드러나는 그러한 대비가 그 중요한 한 특징이라고 할 수 있음은 물론이다.

목월의 초기시가 전통적인 율격의식으로 우리의 공감을 불러일으킨다면, 그의 후기시는 이러한 율격의식의 쇠잔으로 인하여 그 수용의 폭을 훨씬 좁히고 있다. 이는 곧 그의 후기시가 일상생활에서 느끼는 여러 가지 내용적인 주제에 편중함으로써, 산문화 경향으로 흐른 데 기인한다. 이러한 현상은 목월뿐만 아니라 대가급이라 지칭하는 우리 나라 여러 시인들에게도 해당된다.

목월의 초시기에서 보이던 유유자적하던 자연과는 다르게 현실은 그의 의식을 억압하는 하나의 굴레가 되었음을 보게 된다. 그리고 그러한 위축은 그의 운율과 서정성을 약화시키고 사설조에 집착하게 만드는 요인이 되었음을 그의 후기시에 나타난 율격 특성을 통해서 확인하게 된다.

2. 이미지 분석

　문학에서 말하는 이미지란 어떤 사물을 감각적으로 정신 속에 재생시키
도록 자극하는 것을 뜻한다. 그러니까 체험과 관계가 있는 일체의 낱말은
모두 이미지가 될 수 있다.29)

　물론 모든 시가 이미지만으로 이루어지는 것은 아니다. 그러나 시는 설
명보다는 묘사나 상징에 의존하는 것이기 때문에, 시에 있어서의 이미지
는 더욱 중요성을 지니게 된다.30) 말하자면 시인은 자기의 사상이나 감정
을 그대로 설명하거나 서술하기보다는, 그것을 충실히 반영할 수 있는 독
창적 이미지를 창조하여 표현하게 된다. 이 점에서 "시 한 편은 하나의 이
미지"31)라는 정의도 가능하다.

　일반적으로 이미지는 정신적 이미지, 비유적 이미지, 상징적 이미지 등
으로 분류된다.32) 이것은 이미지의 제시 방법에 따라 분류된 것이기 때문
에 한 시인의 시세계를 파악하고자 할 때는 적당치 않다. 따라서 본고에서
는 이미지를 소재적 측면에서 유형화하고, 그 의미를 살펴보고자 한다. 시
의 중심 소재는 시인의 해석과 평가, 그리고 의미부여의 행위가 가해져서
마침내 시의 주제를 담게 된다.33) 더욱이 소재가 시 속에서 중심 이미지
를 이룰 경우에 그 역할의 중요성은 더 말할 나위도 없다. 이렇게 볼 때,
이미지 고찰은 목월시의 주제 영역과도 상관성을 갖게 된다. 즉, 각각의
이미지 유형이 지니는 의미는 목월시의 주제들을 부분적으로나마 함유할
것으로 기대한다. 목월시의 이미지를 이룬 소재들은 대체로 식물계, 동물
계, 광물계, 인간계, 신성계 등으로 유형화할 수 있다.

---

29) 이상섭, 『문학비평용어사전』(민음사, 1988), p.185.
30) 김준오, 앞의 책, p.105.
31) C. D. Lewis, *The Poetic Image*(London: Jonathan Cape, 1985), p.17.
32) Alex Preminger 편, *Princeton Encyclopedia of Poetry & Poetics* (Princeton Univ.
　　Press, 1974), pp.363-370.
33) 정한모, 『현대시론』(보성문화사, 1986), p.131.

(1) 식물적 이미지

꽃, 나무, 잡초류 등과 같은 식물적 이미지들은 목월시의 전반에 걸쳐 폭넓게 사용됨으로써 목월시 상상력의 한 특징을 이루고 있다. 이 이미지들을 몇 갈래로 나누어 보면, 통칭으로서의 나무, 또는 구체적 수목들의 부류와 꽃들, 그리고 잡초류로 구분된다.

목월시에서 '나무' 또는 '수목'은 흔히 인간의 상관물로 등장한다. 아마도 그것은 나무의 상징성이 우주의 삶을 의미하는 데서 비롯된 것으로 보인다.34)

① 슬픔의 씨를 뿌려놓고 가버린 가시내는 영영 오지를 않고……
한해 한해 해가 저물어 質고은 나무에는 가느른 핏빛 年輪이 감기었다.

…… 중 략 ……

이제 少年은 자랐다 구비구비 흐르는 은하수에 꿈도 슬픔도 세월도 흘렀건만…… 먼 수풀 質고은 나무에는 상기 가느른 가 느른 핏빛 年輪이 감긴다

—「年輪」에서

② 儒城에서 鳥致院으로 가는 어느 들판에 우두커니 서 있는 한 그루 늙은 나무를 만났다. 修道僧일까. 默重하게 서 있었다.

…… 중 략 ……

溫陽에서 서울로 돌아오자, 놀랍게도 그들은 이미 내안에 뿌리를 펴고 있었다. 默重한 그들의. 沈鬱한 그들의. 아아 고독한 모습. 그 후로 나는 뽑아낼 수 없는 몇 그루의 나무를 기르게 되었다.

—「나무」에서

---

34) J. E. Cirlot, A Dictionary of Symbols(New York: Philosophical Library, 1962), p.347. In its most general sense, the symbolism of the tree denotes the life of the cosmos: its consistance, growth proliferation, generative and regenerative processes.

③ 내가 崇尙하는 나무는 나의 영혼./늘 成長하는.

—「秘意」에서

④ 나는/나무가 된다./반쯤, 아랫도리의 꽃이 무너진/그/寂寞한 무게
　　를/나는 안다.

—「轉身」에서

⑤ 이 밤을/밤만큼 넓은 잎새를 펼치고//芭蕉는 차라리/외롭지 않다.

—「夜半吟」에서

①에서 '나무'는 '소년'의 시적 상관물로 제시된다. '소년'의 비극적 성장은 곧 '나무'의 '핏빛 연륜'으로 형상화된다. 이것은 '나무'에서 구체적으로 드러나는 성장의 흔적을 '소년'이 겪고 성장하는 비극적 생의 현실과 대비시킴으로써 비유적 이미지를 빚어낸 것으로 볼 수 있다.

②에서의 '나무'는 '수도승, 과객, 하늘 문을 지키는 파수병' 등으로 은유되어 있다. 말하자면 '나무'에게서 받은 '묵중함, 추위, 외로움' 등의 정감이 그러한 보조관념을 이끌어 낸 것이라 하겠다. 이 경우에도 역시 '나무'는 인간의 시적 상관물로서 화자의 감정이 이입된 양상으로 드러난다.

③에서 ⑤까지의 예에서는 '나무'가 시적 자아와 동일시된다. 즉, ③에서 "나의 영혼.", ④에서 "나는/나무가 된다." 등의 은유법을 통한 '나무'의 이미지를 제시하고 있다. ③에서 '나무'는 시적 자아의 '성장하는 영혼' 곧 이상적 상태를 향해 정진하는 자로서의 이미지를 갖는다. 그리고 ④에서 '나무'는 정신적 변화를 겪는 시적 자아의 이미지로 제시된다. ⑤에서 '파초'는 '밤'의 이미지와 결합되어 시적 자아의 의지를 표출하고 있다. "밤만큼 넓은 잎새를 펼치고"에서 드러나듯이 '침묵'으로서의 '밤'을 지키는 시적 자아의 외로움이 표출되어 있다.

이상과 같이 총칭으로서의 '나무'는 목월시에서 흔히 인간을 나타내는 객관적 상관물로 나타난다. 특히 그것은 시적 자아의 고독한 정서나 상승

의지를 반영하는 경우가 많다. 이렇게 볼 때 목월시에 나타나는 '나무'는 성장과 삶, 그리고 정신적 지향성이라고 하는 인생의 의미를 강하게 지니는 이미지라 하겠다.

한편, 목월시의 식물적 이미지들은 서민들의 삶을 형상화하는 데에도 한 몫을 담당한다. 이것은 물론 식물적 이미지의 특성만은 아니다. 동물, 광물, 인간적 소재에서도 서민의 애환을 나타내는 이미지들을 많이 발견할 수 있다. 말하자면 서민들의 평범한 삶의 애환을 노래하는 것이 목월시의 한 형질이라 할 수 있다. 그러면 구체적으로 식물적 소재들이 서민의 이미지로 쓰인 예들을 살펴보자.

> ① 썩은 초가 지붕에/하얗게 일어서/가난한 살림살이/자근자근 속삭이
> 며/박꽃 아가씨야/박꽃 아가씨야/짧은 저녁답을/말 없이 울자
>
> ―「박꽃」에서

> ② 어느 짧은 山자락에 집을 모아/아들 낳고 딸을 낳고/흙담 안팎
> 에 호박 심고/들찔레처럼 살아라 한다/쑥대밭처럼 살아라 한다
>
> ―「산이 날 에워싸고」에서

> ③ 작은 오막살이며/낮은 돌담이며/산다는 것의 막막함./罪도 적막하
> 고/목숨도 적막한/사람이여/풀잎이여
>
> ―「罪」에서

> ④ 오디는/따 먹을수록/시장했다./보리밥 뜸이드는/긴 시간을
>
> ―「뽕나무의 새까만 오디에」에서

①에서 '박꽃'은 "가난한 살림살이/자근자근 속삭이며"처럼 빈한한 삶에 바탕을 둔 '흰빛'으로서의 한민족의 삶을 상징하고 있다. 또한 그것은 여성적인 정서와도 관련을 가지는데, 이별의 슬픔에 대해 "말 없이 울자"라는

수동적 인고의 자세를 보인다. 이처럼 '박꽃'은 가난 속에서 이별의 슬픔까지 감내하고 살아가는 서민들의 생명력을 표상화한 것이다.

②에서 '들찔레'나 '쑥대밭'도 강인한 생명력을 표상하는 이미지이다. 이들은 야생식물 중에서도 생존력과 번식력이 매우 왕성한 식물로서 일상어의 비유로서도 자주 등장한다. 이 시에서는 이들이 "아들 낳고 딸을 낳고/흙담 안팎에 호박 심고"와 같은 삶의 구체적 모습과 결합됨으로써 민중의 강인한 생명력 내지는 자연 순응적인 삶을 표상한 비유적 이미지가 되고 있다.

③에서 '풀잎'은 '초로인생'이라는 의미로 사용되고 있다. 덧없는 인생, 그것은 '오막살이며/돌담'처럼 가난의 상황에서 환기되고, "목숨도 적막한" 것처럼 생명의 불확실성 속에서 깨달은 절망감이라 할 수 있다. 따라서 인생은 결국 이름 없이 돋았다가 허망하게 짓밟히거나 사라져 버리는 풀잎의 이미지로 형상화된 것이라 하겠다.

④에서 '오디'는 배고픔을 나타내는 식물적 이미지이다. 그것은 "보리밥 뜸이 드는/긴 시간을" 대신해서 허기를 이겨내는 음식물인 것이다.

이처럼 목월시의 식물적 이미지들, 예컨대 박꽃, 들찔레, 쑥대밭, 풀잎, 오디 등은 가난과 슬픔, 그리고 굶주림 속에서도 강인한 생명력으로 살아가고 있는 인간의 모습을 표상하고 있다. 또한 그것은 저항적이거나 적극적이기보다는 수동적이고 순응적인 삶의 모습을 보인다. 따라서 목월시의 식물적 이미지들이 표상하는 서민적 삶의 모습은 인고와 순응적 삶의 자세라고 할 수 있다.

한편, '산도화', '난', '사과', '귤' 등도 독특한 이미지를 갖는다.

> ① 山은/九江山/보랏빗 石山//山桃花 두어송이/송이 버는데
> ―「山桃花1」에서
>
> 石山에는/보랏빛 은은한 기운이 돌고//조용한/盡終日//그런날에/山

桃花

—「山桃花2」에서

② 한 포기 蘭을 기르듯/哀惜하게 버린 것에서/조용히 살아가고,//가
지를 뻗고,/그리고 그 섭섭한 뜻이/스스로 꽃망울을 이루어

—「蘭」에서

하루를/龍舌蘭처럼 살고 싶다./육중한 잎새는/침묵의 무게로 휘어
지고/內面에의 침잠으로/줄무늬지는 龍舌蘭.

—「龍舌蘭」에서

③ 겨울의/食卓에/간소한 대화로/內面을 데우고 마른 풀을/씹듯 생애
를 회상하며/손을 드는/사과 한 알 한 알/천연스러운 열매.

—「無題」에서

나의 시가/귤나무에 열릴 순 없지만/앓는 어린 것의/입을 축이려
고/겨울 밤 정자에 혼자 까는 귤

—「橘」에서

①에서 '산도화'는 자연의 신비, 또는 선경을 상징하는 식물적 이미지로
쓰이고 있다. 산도화는 '구강산'처럼 배경을 연상케 하는 산이름이나, "보
라빛 은은한 기운이 돌고"처럼 서기 어린 광경 속의 식물로 나타난다. 그
것은 일종의 무릉도원과도 관련지어지면서 신비로운 분위기를 만들고 있
다. 곧 여기에서의 '산도화'는 선계를 상징하는 것으로 볼 수 있다.

②에서 '난'이나 '용설난'은 정신적 삶의 멋과 여유를 표상하고 있다. 그
것은 그윽한 향기를 간직한 삶, 내면에의 침잠과 같은 자기완성의 삶으로
시적 자아를 이끌어 가려는 의지라 할 것이다.

③에서의 '열매'도 생장의 결정체로서 시적 자아의 생애와 대조되고 있
다. 시적 자아의 생애가 '마른 풀'이라면, '사과'는 "천연스러운 열매."로서

의 값진 결정체인 것이다. 따라서 시적 자아는 '사과'의 상태를 지향하게 된다. '귤' 또한 시적 자아의 시심을 표상하는 시적 상관물이다. 그것은 "앓는 어린 것의/입을 축이려고"와 같은 사랑과 건강성 회복의 의지로 볼 수 있다. 이렇게 볼 때 목월시의 '난'이나 '사과' 또는 '귤' 등은 시적 자아의 상관물로서, 내면 완성과 성숙의 의지를 표상한다고 볼 수 있다.

따라서 이것은 앞서 고찰한 '나무'로서의 식물적 이미지와도 상관성을 갖는다. '나무'의 이미지가 인간의 생명적인 일반적 속성에 깊이 관련되어 있다면, 위의 소재들은 시적 자아와 상응하여 자기 완성의 의지에로 나아간 점이 다르다. 특히 "앓는 어린 것의/입을 축이려고"에서 파악할 수 있는 시적 의지는 '왜 시를 쓰는가?'라는 자기 고백의 암시로도 볼 수 있어 주목된다. 왜냐하면 그것은 아픔과 사랑을 함께 나누는 데에, 시의 효용을 두려는 시적 사명감의 표백으로 받아들여지기 때문이다.

(2) 동물적 이미지

목월시에 나타나는 동물적 소재들은 온순하고 약한 부류들이 주류를 이룬다. 이름 자체를 보아도 '암노루, 비둘기, 송아지, 노고지리, 뻐꾹새, 염소' 등과 같이 한결같이 유순하고 약한 이미지를 가짐으로써 앞서 고찰한 식물적 이미지들과 자연스럽게 결합되어 시적 분위기를 고조시킨다.

이들 역시 몇 가지 부류로 나뉘어 진다. 먼저 인간 삶의 희·비·애·환을 표상하는 동물적 소재들을 살펴보자.

> ① 다래머루 넌출은/바위마다 휘감기고/풀섶 둥지에/산새는 알을 까네//비둘기 울듯이/살까보아
>
> —「구름 밭에서」에서
>
> 웃말 색시 모셔두고/반달 색시 모셔두고/꾸륵꾸륵 비둘기야//햇

볕나면 밭을 갈고/달빛나면 퉁소 불고

―「밭을 갈아」에서

② 길 잃은 송아지/구름만 보며/초저녁 별만 보며/밟고 갔나베/……
중략…… 젊음도 안타까움도/흐르는 꿈일다/애달픔처럼 애달픔처
럼 아득히

―「산그늘」에서

③ 情은 萬里/해으름 千里/객주집 문전에/나귀가 운다.

―「해으름」에서

④ 뻐꾹새는/새벽부터 운다./孝子洞終點 가까운 下宿집/窓에는/窓에
가득한 뻐꾹새 울음……/모든 것이 안개다./사람과 사람 사이의
인연도/혹은 사람의 목숨도

―「뻐꾹새」에서

①에서 '비둘기'는 단란한 삶에서 행복을 누리는 인간을 표상하고 있다. 여기에서 비둘기는 우리의 관습적 상징과도 가깝다. 대체로 비둘기의 생태에서 관찰된 암수 사이의 다정함을 인간의 부부애나 평화에 비유하여 말하곤 한다. 그처럼 ①의 두 편 시에서 비둘기는 다정한 부부애를 상징하고 있다. "산새는 알을 까네" 또는 "반달 색시 모셔두고"에서처럼 금슬지락과 단란한 가정을 이루고자 하는 소원을 노래하고 있다.

시 ②에서는 '송아지'를 '길 잃은' 비극적 주체로 형상화함으로써 애달픔 또는 안타까움의 정서를 유발시킨다. 그리고 "젊음도 안타까움도/흐르는 꿈일다/애달픔처럼 애달픔처럼 아득히"와 같이 시적 자아의 비관적 인식을 병치시킴으로써, '송아지'를 인간적 상관물로 형상화하고 있다. 즉, 그것은 시적 자아 또는 농부나 산골 사람의 시적 상관물로서 안타까움이나 애달픔을 안고 살아가는 인간의 이미지를 지닌다.

③에서의 '나귀' 또한 그리움에 젖어 있는 시적 자아를 표상하고 있다.

이미 "해으름 千里"로 날이 저물었는데, "情은 萬里"로 더욱 그리워지는 나그네의 심회를 '나귀'가 표상하고 있다.

④의 '뻐꾹새'는 '안개'와 동일한 이미지를 지닌다. 말하자면 '안개'가 암시하는 '사람과 사람 사이의 인연/혹은 사람의 목숨' 등을 대신 표출하는 것이 '뻐꾹새'이다. 이렇게 볼 때 '뻐꾹새'는 시적 자아가 지니는 그리움이나 인생에 대한 허무의식 같은 삶의 비극성을 상징한 것으로 파악할 수 있다.

이상과 같이 목월시의 동물적 소재들은 여러 시편에서 인간 삶의 희·비·애·환을 나타내고 있음을 알 수 있다. 특히 이들은 약하고 유순한 부류의 동물들로서 연민과 동정을 유발시키기에 적절한 소재들이다. 바로 이러한 소재들 속에서 인간의 이미지를 발견했다는 것은 목월시의 인간관이 선이나 아름다움에서 출발하고 있음을 알게 한다.

다음은 목월시에 나타난 '노루' 또는 '사슴' 이미지의 독특함을 들 수 있다.

> ① 머언 산 靑雲寺/낡은 기와집//山은 紫霞山/봄눈 녹으면//느릅나무/
> 속스잎 피어가는 열두 구비를//靑노루/맑은 눈에//도는/구름
>
> —「靑노루」전문

> ② 芳草峰 한나절/고운 암노루//······중략······//흐르는 내ㅅ물에/목
> 을 축이고//흐르는 구름에/눈을 씻고
>
> —「三月」에서

> ③ 山은/九江山/보랏빛 石山//山桃花/두어송이/송이 버는데//봄눈녹
> 아 흐르는/옥같은/물에//사슴은/암사슴/발을 씻는다.
>
> —「山桃花1」전문

①에서 '靑노루'는 '靑'과 '노루'를 합성하여 만든 조어이다. 말하자면 '푸름'의 시각적 이미지와 '노루'의 동물적 이미지를 결합하여 시적 형상화

를 추구한 것으로 볼 수 있다. 여기에서 '푸름'은 단순한 색상 이상의 의미를 갖는다. 그것은 "봄눈 녹으면"이라는 조건문에서 제시되었듯이 얼어붙은 죽음의 상태에서 벗어나 봄이라는 소생의 의미를 함께 지니고 있다. 더욱이 그것은 "느릅나무/속ㅅ잎 피어나는"과 같은 동적 이미지와 결합되면서 새로이 전개되는 생명력의 분출을 더욱 선명하게 제시한다. 이처럼 새롭게 거듭난 대지 위에 '노루'는 자연의 신비를 조응해 내는 주체로 등장하고 있다. 말하자면 '노루'는 새로운 세계, 신비의 세계, 희망의 세계에 놓여지는 동적 주체인 것이다.

이런 점은 ②와 ③에서도 계속 확인된다. ②에서 '방초봉'이라는 아름다운 이름이나, '내ㅅ물에/목을 축이고//구름에 눈을 씻고'와 같은 비일상적 행위는 세상사의 번뇌와는 먼 거리에 놓인다.

③에서도 '구강산', '산도화', '옥 같은 물' 등은 이미 일상적 거리의 모습이 아니다. 동양의 고전에 등장하는 선계의 모습이다. 여기에 '사슴'은 "발을 씻는다."와 같은 자기 정화의 행위를 보여주고 있다. 이처럼 목월시에 나타난 '노루' 또는 '사슴'은 무릉도원류의 이상향을 갈망하는 시적 자아를 표상하고 있다.

한편, 목월시에는 설화와 연관된 이미지를 지닌 동물들도 등장한다. '노고지리'와 '잉어', '인어' 등이 그것이다.

① 아아 노고지리
노고지리의 울음을
은은한 하늘 하늘꼭지로
등솔기가 길고 가는 외로운 혼령의 읊조림을

바위속 잔잔한 은드레박 소리……

―「春日」 전문

② 만일 핏줄이 벌겋게 선, 껌벅이지 않는 두 눈이 아니었더면 아무

도 그가 잉어라는 것을 몰랐으리라.//鈍濁한 꼬리를 툭 치고, 여인
들은 色情의 바다 위로 솟아오른다. 치마 밑에 魚身을 감추고, 나
들이를 간다./그러나 히프의 爛熟한 重量. 人魚라는 것을 가릴 도
리가 없다.

—「魚身」에서

①에서 '노고지리'는 청각 이미지를 통하여 '은드레박 소리'와 동격을 이
룬다. '은드레박 소리'는 바위 전설[35]에서 차용한 것으로서, '노고지리'의
음향이 맑고도 날카로운 금속성의 이미지를 지님을 암시한다. 그것은 또
한 전설의 내용처럼 '외로운 혼령'이 내는 한스런 소리에 해당한다. 이처럼
일반적 동물 소재에 설화적 요소를 가미함으로써 '노고지리'는 외로움 또
는 한을 표상하게 된다.

②에서 '인어'는 여인의 성적 이미지로 쓰이고 있다. 이 시의 1연에는
'잉어'를 등장시켜 "핏줄이 벌겋게 선, 껌벅이지 않는 두 눈"을 통해 남성
의 성적 이미지를 형상화하고 있다. 말하자면 시 「魚身」은 젊은 남녀의
분출하는 성적 이미지를 '잉어'와 '인어'를 빌어 형상화하고 있는 것이다.

이와 유사하지만 설화적 요소를 가미하지 않고, 동물 소재에서 인간적
이미지를 발견해 낸 시편들이 있다.

① 李箱의 염소/붉은 눈자위/울고 새운 밤의 흔적이 테둘러 있었다.

—「염소」에서

② 입을 쩍 벌리는, 사이즈를 超越한 그의 입에 푸짐하게 어울릴 言
語를 생각한다. 그 투박한 言語를—— 얄밉도록 세련된 나의 言
語는 혀끝으로 구을리기 알맞을 뿐이다.

—「河馬」에서

---

35) 박목월,『박목월시전집』(서문당, 1984), p.77. "월성군 외동면 녹동리 달밭 마을에는, 맑은
　　날이면 선녀들이 물을 깃는 은드레박소리가 들린다는 바위가 지금도 있다."

③ 확실히 駝鳥는 兩面을 가졌다. 少年처럼 純眞한 얼굴과 벌건 살
덩이가 굳어버린 利己的인 老顔과……/그리고 이 怪異한 面相의
走禽類가 오늘은 나의 눈을 凝視한다.

—「駝鳥」에서

①에서 '염소'는 '이상'의 이미지를 갖는다. 그리고 ②에서 '하마'는 투박하고 둔한 인간을 표상한다. ③에서 '타조'는 그의 두 가지 상반되는 행위를 통해 인간의 양면성을 표상하고 있다. 그 하나는 '긴 목 위에서 非地上的인 얼굴'이며, 다른 하나는 '비스켓 낱을 주워 먹으려고 天上에서 내려오는' 얼굴이다. '하늘을 향한 얼굴'은 "少年처럼 純眞한 얼굴"에, '먹이를 향한 얼굴'은 "利己的인 老顔"에 비유되고 있다. 말하자면 이것은 인간 내면에 있는 두 자아, 물질적 욕망과 정신적 지향점으로 대조되는 인간의 양면성에 대한 풍자이다. 이 밖에도 목월시에는 동물 소재로부터 얻은 이미지들을 스케치 형식으로 다룬 「動物詩抄」란 작품이 있다.

끝으로 목월시에는 상처받은 자연으로서의 '새'가 쓰이고 있다.

참으로 새들은/어디로 갔을까.//그들은 책상보자기나/커튼자락에/은실로 수놓아 장식되었을 뿐.//망각의 여울가에/지저귀는 귀여운 입부리//혹은/금이 간 백밀러에 일그러진 채 縮小된/어린 여차장의 발갛게 언 얼굴.

—「素描·B」에서

이 시에서 '새'는 '은실로 수놓아 장식된' 새로서 이미 현실적 존재가 아니다. 따라서 그것은 "망각의 여울가"에서나 지저귈 수 있는 과거의 시간 속에 존재한다. 또한 현실의 모습은 "금이 간 백밀러에 일그러진 채 縮小된/어린 여차장의 발갛게 언 얼굴."처럼 물질문명에 의하여 굴절되고 축소된, 그리고 상처받은 존재로 나타난다. 이처럼 '새'는 상처받은 자연의 일그러진 모습을 표상하고 있다.

(3) 광물적 이미지

광물적 이미지는 바슐라르의 견해36)에 의하면 여러 가지 이미져리군을 거느리고 있다. 목월의 광물적 이미지는 '흙'과 '돌'을 중심으로 '질그릇, 종이, 동전, 은, 열쇠' 등이 있다. 이 중에서도 '돌'은 가장 빈번히 사용된 소재로서 인간의 내면세계를 구상화하고 있어 주목된다. 그 구체적인 예는 다음과 같다.

> ① 나도/人間이 되었으면,/……중략……/거짓 것이나마/感情이 부푼,/철따라 마른 옷을 입고/길거리에서 친구를 만나면/이빨이 곱게,/웃으며 헤어지는,/지금은 돌, 더운 핏줄이 가신.
>
> ―「돌」에서

> ② 그는/끝내 인생을 모르는/처절한 그의 勝利./다만 돌 곁에서 돌을 어루만지는/다정한 그의 손길/보라빛 透明한 日月의 循環./호젓이 그는/산에서 내려온다.
>
> ―「尋訪」에서

> ③ 철 없는 젊은 날의/꿈과 야심과 사랑이여./부질없는 허상 속에서/山머리에/누구 것인지 모르는/墓石을 바라보며
>
> ―「고향에서」에서

> ④ 깐디의 碑石에는/碑文이 없었다./그의 임종에 부르짖은/오 가아드,/한 마디가 새겨졌을 뿐./그것이 퍼렇게 타고 있었다./불길이 되어,
>
> ―「돌」에서

> ⑤ 타버린 것의/自己整理./타버리고 남은 것은/무엇이나 정결하다./타고 남은/隕石./가벼운 돌./씁쓸한 대로 大凡한/내일의/나의 詩,/나

---

36) Bachelard, 『대지와 의지의 몽상』, 민희식 역 (삼성출판사, 1977), p.195. ①안정된 고체: 돌·뼈·나무 ②준가소적 고체: 열에 의한 가소성을 갖는다.

의 老年.

―「隕石」에서

①에서 '돌'은 무감각한 시적 자아를 표상하고 있다. 감정의 표출도 없이 무감각하게 생활하고 있는 자아에 대한 자책감이 짙게 나타나 있다. 따라서 여기에서의 '돌'은 생명 감각이 없는 견고성의 물질 자체이자, 감정이 고갈된 시적 자아이다.

②에서도 돌에 대한 근본적인 생각에는 ①과 다름이 없다. '돌을 찾는' 그는 인간적 정감에 의해 행동하기보다는 오히려 돌과 같이 차갑고 이지적인 행위에 길들여 있다. 이렇게 볼 때 ①, ②를 통해 드러내고자 하는 의미는 생명감각의 중요성 또는 인간적 행위의 소중함에 놓여진다.

③에서 '묘석'은 생의 허무를 반영하고 있다. 말하자면 그것은 인간의 숙명을 표상하는 이미지라 할 수 있다. "꿈과 야심과 사랑"은 한낱 허무한 것, 덧없는 것에 지나지 않는다. 인간사의 오욕칠정이 "부질없는 허상"으로 사라지고 마는 것이다. 인간에게 피할 수 없는 '죽음'이라는 사실이 삶의 덧없음, 허망함을 깨우쳐 주고 있다.

④에서 '비석'은 존재의 영원성을 상징한다. 특히 '비석'은 그 속에 적혀 있는 비문에 의해서 그 빛남이 결정되는 것이 아니라, 그 인간이 살아서 한 일 때문에 영원성을 획득하게 된다는 것이다. 이렇게 볼 때 '비석'의 이미지에서 찾은 인생의 의미는 결국 현실적 삶의 중요성을 강조하는 데 비중이 놓이게 된다.

한편, ⑤에서는 불타버린 '돌'이 시적 자아의 상관물로 나타나고 있다. 하늘에 섬광을 그으면서 자신을 불사르는 '운석'이 시적 자아의 이상과 일치되고 있다. 시적 자아는 '운석'의 상태를 갈망한다. 그래서 "나의 詩,/나의 老年."이 불타버린 '돌'로 남기를, 하나의 빛이 되기를 갈망하고 있다. 따라서 '운석'은 이상적 자아의 표상이 된다.

다음으로 주목되는 광물적 이미지는 '질그릇'과 '청자'이다.

> ① 그리고 나는/오늘/한 개의 질그릇이 되기를 바란다.//흙으로/빚은. 불로 구운./그 全過程을 거처 하나의/完成品./물을 담는/어줍잖은 물그릇이라도 좋다.
>
> —「無題3」에서

> ② 안아서 서러운 한국의 아낙네,/그/도듬하게 흘러내린/어깨 언저리의/눈물 같은 線./체념의 달밤./담기는 대로 채우는 가슴을/베갯머리가 허전한 밤에/보듬어보는 靑瓷.
>
> —「靑瓷」에서

이 두 편의 시에 나타난 '질그릇,' '물그릇' 또는 '청자'는 음식물을 담는 용기로서의 일반적 특성을 갖는다. 그중에서도 '질그릇'은 이상적인 시적 자아를 상징하는 반면, '청자'는 시적 자아가 발견한 이상적인 여성을 표상하고 있다. 자아 완성을 갈망하는 '질그릇'의 이미지는 '청자'보다도 훨씬 강력하다. "흙으로/빚은. 불로 구운./그 전과정을 거쳐 하나의/완성품."에서처럼 자아 완성의 과정은 치열하게, 진지하게 나타나고 있다. 그러나 '청자'는 보편적 한국 여성의 특성을 드러낸다. 부드러운 선, 체념 그리고 수동적 자세 등과 같은 한국적 여인상이 투영되어 있다. 따라서 '청자'는 이상적 여인 또는 이상적인 한국 여인을 표상한다고 하겠다.

한편, 한국적 특성의 인물은 '종이'의 이미지로도 형상화되어 있다.

> ① 純紙로/안을 바른/은근하게 內明한/사람을 생각한다.
>
> —「純紙」에서
> ② 아베요./어매요/받들어 모시고/皮紙같은 얼굴들이/히죽히죽 웃는/경상 남북도 가로질러
>
> —「皮紙」에서

①에서 '순지'는 '내명한 사람'을 비유하고 있다. 시적 자아는 '순지'의

반투명성을 통해 그 내부에 만들어지는 빛, 그런 빛을 소유한 인간이 되기를 갈망하고 있다.

②에서의 '피지'는 '순지'보다 다소 덜 투명하고 거칠지만, "아베요./어매요/받들어 모시고", "히죽히죽 웃는", 시골 사람의 소박한 인정미를 담아내고 있다. 결국 '종이'의 이미지는 인간적 삶에 초점이 놓인다. 그것은 자신을 밝히고, 나아가 따뜻한 사랑을 베풀고 사는 인간으로서 시적 자아의 소망일 것이다. 이러한 '종이'의 이미지는 실상 식물적 상상력의 한 변형으로서 한국인의 삶을 표상한 것이 분명하다.

한편, 목월시에는 '동전'의 이미지를 통해 무의미한 존재, 또는 자신의 삶에 대한 회의를 드러내고 있다.

> ① 無意味한 遺失物./……중략……/낡은 偶像을 아로 새긴/길거리마다 白銅錢이 깔렸다.//아무도 拾得하지 않는다./無意味한, 遺失物들./다만 어느 한 개는/시궁창에 떨어져/달빛에 反射된다.
>
> ―「失物」에서

> ② 나의/하루의/空虛한/歸還을,/銅錢도/돈이지만/또한 돈일 수 없지만/발길에 채여/어둠 속으로/땡그르르 굴러가는//一九六六年 十二月 一日/내 생애의 銅錢 한닢.
>
> ―「一日」에서

①에서의 '동전'은 무의미한 존재 또는 존재의 무가치성을 나타내고 있다. '동전'으로 표상된 인간 존재들은 거리에 깔려 있지만 그들을 '나의 것'으로 하려는 이는 없다. 그 이유는 ②의 시에서 밝혀진다. "銅錢도/돈이지만/또한 돈일 수 없지만"에서처럼 '동전'과 같은 귀하지 않은 인간 존재는 엄연히 현실적 존재이면서 그 존재가치를 인정받지 못하는 것이다. 따라서 그러한 사실은 "시궁창에 떨어져/달빛에 反射된다."와 같은 아이러니를 유발한다. 때로는 보잘 것 없는 존재도 진흙탕 속에서 피어나는 연꽃처

럼 '시궁창' 같은 현실 속에서 존재의 빛남을 이루기도 한다는 것이다. 그러나 인간 존재에 대한 무의미의 인식은 시적 자아 자신에 대해서도 부정적 인식을 가져오고 있다. "내 생애의 동정 한닢"처럼 시적 자아는 자신의 생에 대한 심한 회의와 좌절감에 젖어 있다.

지금까지 고찰한 광물적 이미지와는 달리 '은'의 이미지는 사랑의 노래를 표상하고 있다.

> 어린 사슴이 난길로 벗어나/저문 山을/바라듯.//또한 성근 풀잎새에/잠자리를/마련하듯.//(어디서 은은한/열쇠소리/은과 은의 쇠고리가/부딪는 소리)
>
> — 「雅歌」에서

「雅歌」의 원명은 '노래 중의 노래'라는 뜻으로 구약성서 중의 한 책으로서 남녀간의 연애를 찬미한 문답체의 노래이며, 기원전 2∼3세기 간의 작품으로 추정된다. 목월의 「雅歌」는 바로 그러한 사랑의 노래가 "은과 은의 쇠고리가" 부딪쳐 이루는 아름다운 음향으로 형상화되어 있다.

(4) 인간적 이미지

목월시에는 '울음, 눈물, 피, 술, 꿈, 잠, 한숨, 웃음' 등 생명감각을 표상하는 일련의 소재들이 빈번히 등장한다. 이 항목에서는 이러한 생명감각 표상의 소재들을 묶어 인간적 이미지로 다루고자 한다. 아울러 인체부위를 지칭한 시어들이 독특한 이미지를 지닐 때 이들도 함께 살펴보기로 한다.

그러면 먼저 생명감각 표상의 시어들을 살펴보자.

> ① 핏줄을 생각한다./선한 핏줄은/핏줄로 이어져서/슬기로운/열매를 맺게 하고
>
> — 「핏줄」에서

② 사랑하느냐고./지금도 눈물어린/눈이 바람에 휩쓸린다./연한 잎새
가 펴나는 그 편으로 일어오는/그 이름, 눈물의 훼어리.

—「눈물의 Fairy」에서

③ 그렇게 이웃끼리/이 세상을 건너고/저승을 갈 때,/……중략……/
서로 불러 길을 가며 쉬며 그 마지막 酒幕에서/걸걸한 막걸리 잔
을 나눌 때

—「寂寞한 食慾」에서

④ 걸걸한 막걸리에 거나하게 醉하면./水平線을 바라보는 것쯤이 제
格./주름살을 펴보는 것쯤이 제格.

—「갈매기집」에서

'피'나 '핏줄'은 우리의 몸을 움직이는 생명력의 근원으로서 붉은 빛깔로
인해 열정이나 헌신 그리고 희생을 의미하기도 한다.37) ①에서의 '핏줄'은
민족애를 표상하는 이미지로서, 시 전편에 걸쳐 드러나는 '핏줄'의 의미는
위에 예시한 '슬기로운 열매' 이외에 '삶의 보람', '소생과 부활', '내일의 태
양' 등으로 나타나고 있다. 이것은 겨레에 대한 '선한 핏줄'이라는 인식에
서 비롯된 것이다. 그리고 그 '선'의 결과로서 이루어질 민족 번영의 당위
적 귀결 내지는 소망을 노래하고 있다. 따라서 '핏줄'은 민족의 밝은 미래
를 소망하는 염원이 담긴 인간적 이미지이다.

②에서 '눈물'은 사랑을 표상한다. 그것은 '훼어리'를 향한 이성애의 모
습이기도 하고, '어머니'를 향한 모성애이기도 하다. 이성애의 특징은 "연
한 잎새가 펴나는 그 편으로 일어오는/그 이름"과 같은 연연한 그리움과
'펴나는'에서 파악되는 상승적 이미지를 갖는다. 반면 모성애의 특징은
"채찍보다 두려운 눈물"처럼 엄격함과 날카로움을 지니고 있다.

③에서 '막걸리'는 삶의 회한과 결합되어 있다. 그것은 "그렇게 이웃끼

---

37) J. E. Cirlot, Cictionary of Symbols(New York: Philosophical Library, 1962), p.28.

리/이 세상을 건너고/저승을 갈 때”와 같이 인생이 근원적으로 허무한 존재라는 데 인식의 뿌리를 두고 있다. 그래서 ‘막걸리’는 그러한 허무의식을 감싸주는 생의 윤활유로서의 성격을 지니게 된다. 이 점은 ④에서 “水平線을 바라보는” 또는 “주름살을 펴보는” 행위에서처럼 인간적 고뇌를 용해해 내는 구실을 하게 된다. 이렇게 볼 때 ‘막걸리’는 목월시의 존재 인식에 대한 양면성을 보여준다고 할 수 있을 것이다. 왜냐하면, 인식의 근원은 ‘허무’라는 비극적, 부정적 세계관에 있으면서, 이에 대한 시적 자아의 태도는 “주름살을 펴보는” 것과 같이 보다 낙천적, 긍정적이고자 하는 경향으로 나타나기 때문이다.

다음은 목월시에 자주 쓰이는 인체를 지칭한 시어들을 살펴보자.

> ① 눈瞳子안에 한줄기의 沙汰./하얀벼랑, 은은한 달밤을./……중략 ……/꺼져가는 母音/한개마다의 등불.
>
> —「心象」에서

> 肯定의 환한 눈瞳子 안에/구름이 달린다. 毛髮이 삭으며/구름 이 달린다. 돛을 말며
>
> —「閑庭」에서

> ……헷세의 구름송이가 이우는 하늘로, 그곳에서 꿈꾸기 좋아하는 사람의 맑은 눈매에 어리는 무지개의 한 끝이 풀린다.
>
> —「藤椅子에 앉아서」에서

> ② 지친 삶, 피로한 人生/頭髮은 희끗한 눈이 덮이는데.
>
> —「唐人里 近處」에서

> ③ 이승 아니믄 저승에서라도/인연은 갈밭을 건너는 바람//뭐락카노, 저 편 강기슭에서/니 음성은 바람에 불려서
>
> —「離別歌」에서

④ 山수유꽃 노랗게/흐느끼는 봄마다/도사리고 앉은채/도사리고 앉
　은채/울음 우는 사람/귀밑 사마귀

—「귀밑 사마귀」에서

⑤ 나의 영혼을 잡아 주시고//나를 잡고 놓지 않는/그/손.

—「어머니의 손」에서

①에서 '눈동자'는 현상의 투영과 그것의 반영 이미지를 갖는다. '눈은 마음의 창'이라는 일상적 용법처럼 '눈'은 대상의 마음을 보여주고, 자연의 신비로운 조화를 반영한다. 이 점에서 '눈동자'는 거울이나 우물의 이미지와도 상통한다. ②의 '두발'은 장식적 이미지에 불과하다. 즉 연륜의 대유로써 쓰인 단순한 이미지이다.

③에서 '음성'은 이별의 안타까움을 표상하고 있다. 시의 화자는 "이승 아니믄 저승에서라도" 인연의 만남을 지속하기를 갈망하나 그에 대한 약속으로서의 '음성'은 바람에 날려 확연하지 않다. 이처럼 '음성'은 이별의 안타까움과 비애를 표출하는 이미지이다.

④에서의 '사마귀'는 그리움을 나타낸다. 그것은 산수유 피어나는 봄이라는 자연의 순환에도 불구하고 그리운 이와의 재회는 결코 이루어지지 않는 그리움과 비애를 표출하고 있다. 또한 ⑤에서의 '손'은 어머니의 사랑을 형상화한 이미지이다. 그 '손'은 시 전편을 통해 '부드러운 손/굳센 손/인자로운 손'처럼 어머니의 사랑에 대한 감동이 드러나 있다.

이상과 같이 신체 부위를 지칭한 시어들은 주로 인간적 정감의 표출에 기여하고 있다. 그것은 그리움, 안타까움, 사랑 등과 같이 인간과 인간 사이에 맺어진 따사로운 정에 뿌리내림으로써 시적 감동을 유발한다.

끝으로, 목월시에는 '옷고름, 신발, 내의, 동정' 등의 시어들이 자주 나타난다.

① 모란꽃 이우는 하얀 해으름//강을 건너는 청모시 옷고름

　　　　　　　　　　　　　　　　　　　　　　　　　　—「牧丹餘情」에서

② 屈辱과 굶주림과 추운 길을 걸어/내가 왔다./아버지가 왔다./아니
　十九文半의 신발이 왔다.

　　　　　　　　　　　　　　　　　　　　　　　　　　—「家庭」에서

③ 나이 五十 가까우면/기운 內衣는 안 입어야지./그것이 쉬울세 말
　이지./성한 것은/자식들 주고/기운 것만 내 차례구나.

　　　　　　　　　　　　　　　　　　　　　　　　　　—「咏嘆調」에서

④ 앞섶을 여미면/갑자기 환해지는 동정/등줄기가 곧아지고/위엄이
　서린다.

　　　　　　　　　　　　　　　　　　　　　　　　　　—「동정」에서

　①에서 '옷고름'은 이별하는 연인의 시적 상관물이다. 연인은 "청모시
옷고름"처럼 깨끗하고 고운 모습으로 떠나고 있다. 곧 '옷고름'은 순결한
연인에 대한 그리움과 이별의 안타까움을 표상한다.

　②에서는 고통스러운 삶 속에서 초라한 자기 존재의 발견을 보여주고
있다. 여기에서 자아는 '신발'로 은유된다. 말하자면 실체는 없고 그 껍질
로서만 확인되는 존재의 초라함을 '신발'로 형상화한 것이다. ③의 '내의'
에는 가난한 삶의 비애가 담겨 있다. 즉 그것은 '기운 것만' 입어야 하는
아비로서의 사랑과 고통스러움을 의미한다.

　이상에서 살핀 이미지와는 달리 ④의 '동정'은 인간적 품격을 상징하고
있어 주목된다. 희고 깨끗하게 달아 올린 '동정'은 인체에 곧은 선의 미감
을 부여하고, 아울러 '등줄기가 곧아지고/위엄이 서리는' 인간적 품격을 갖
게 한다. 나아가 그것은 남자에게 있어서 '사나이다운 구실을 하고/관후하
면서도 단정한 인품이 빚어지도록' 해주는 것이다. 또한 그것은 '알차고 정

숙한', 밝고도 엄한 아름다움을 부여한다. 이렇게 볼 때 '동정'은 인간적 품
격을 상징하는 이미지라 하겠다.

(5) 신성적 이미지

목월의 시세계를 살펴볼 때, 그 대미가 『크고 부드러운 손』이라는 신앙
시집으로 마무리되고 있다는 것은 매우 특기할 만한 점이다. 본 항목에서
는 이 시집에 중점적으로 드러나는 이미지들을 고찰하여 목월 신앙시의
한 특질을 규명하고자 한다.

신성적(神聖的) 이미지란 한 마디로 규정하기 어렵다. 따라서 여기서는
신앙성이 담긴 이미지들을 통칭하여 신성적 이미지로 보고자 한다. 말하
자면 그것은 참회·믿음·깨달음·구원·계시·은혜·신과의 통로 등과 같은
신과 신앙심을 표출하는 이미지들이 된다.

그러면 먼저 불신과 참회의 이미지들을 살펴보자.

> ① 하루에도 몇 차례나/뒤를 돌아보고 소금기둥이 된다./신문지로 만
> 든 冠에/마음이 유혹되고/잿더미로 화하는/재물에 미련을 가지게
> 되고/오늘의 불 앞에/마음이 흔들리고
>
> —「돌아보지 말자」에서

> ② 얼룩진 보자기의/네 귀를 접듯/눈물과 뉘우침의 한 해를 챙긴다.
> /……중략……/순결이여,/얼룩진 자리마다/깨끗하게 씻어내는/새
> 로운 정신의 희열이여,
>
> —「얼룩진 보자기의 네 귀를 접는」에서

①에서 '소금기둥'은 구약성서에서 가져온 시어이다.38) 설화적 이미지

---

38) 구약성서, 1편 1장 1절.

또는 관습적 상징의 측면으로 해석되어 온 것도 주지의 사실이다. 그러나 여기서 '소금기둥'은 본래의 성서적 의미에서 나아가 시인 자신의 개인적 상징성을 획득함으로써 시적 형상성을 높이고 있다. 즉 '돌아보지 말라'라는 추상적 언명에 '신문지로 만든 관/재물/불' 등과 같은 시적 자아의 개인적 현실을 투영하고 있다. 이처럼 '소금기둥'은 높이면서 시적 자아의 내면을 채우고 있는 현실적 유혹과 불신에 대한 자책감을 표시한다.

②에서 '눈물'은 앞의 인간적 이미지에서 고찰한 바와 사뭇 다르다. 그것은 그리움이나 비애 같은 세속적 정감의 표출이 아니라 자기수양의 과정에서 보이는 참회의 표출로서 제시된다. 따라서 '눈물'은 '순결' 또는 '새로운 정신'과 같이 정화된 정신세계를 표상하고 있다.

한편, 믿음에 관련된 이미지들은 다양하면서도 가장 빈번히 사용되고 있다. 그중에서 특히 주목되는 것은 '밧줄, 그물, 촛불' 등이 있다.

> ① 오로지/순간마다/당신을 확인하는 생활이 되게/믿음의 밧줄로/구속하여 주십시오.
>
> —「거리에서」에서

> ② 신앙의 그물만 던지면/미어지게 고기를 잡을 수 있다./설상 그것이/비린내가 풍기는/현실의 고기가 아닐지라도/굶주린 영을/충만하게 채울 수 있는
>
> —「오른편」에서

> ③ 믿음의 불길로써/전날의 모든 것을 태우고/새로운 생명의 피가 돌게 하고/거듭나게 하소서
>
> —「이만한 믿음」에서

> 당신의 음성이/불길이 되어/저를 태워주십시오.
>
> —「부활절 아침의 기도」에서

　　　모든 것을 증거해 주는/불의 손이/나를 태운다

―「노래」에서

　　④ 가난한 자는 가난한대로/작은 촛불을 밝히고/……중략……/평화
　　로운 마음으로/저마다의 心靈에/불을 밝힌다.

―「작은 베들레헴에 불이 켜진다」에서

　　　지구를 에워싸고/촛불이 켜진다./경건한/손으로 밝히는/불꽃에/
　　당신의 사랑이

―「오늘 밤 지구를 에워 싸고」에서

　　　오늘밤 켜지는 촛불/어느 곳에서 켜든/모든 불빛은/그곳으로 향
　　하는/오늘 밤

―「聖誕節의 촛불」에서

　①에서 '밧줄'은 믿음의 비유이다. 시적 자아는 그 믿음을 더욱 강하게
해 달라고 간구한다. 구속을 통한 구원의 획득을 갈망하고 있는 것이다.
　②에서의 '그물'도 자아 스스로를 향한 믿음의 짐이며, 강한 믿음으로
살 수 있는 의지의 갈망이다. 또한 시적 자아가 바라는 것은 '현실의 고기'
처럼 물질적인 보상이 아니라 "굶주린 영을/충만하게 채울 수 있는" 의지
나 신념 같은 정신적인 요소인 것이다.
　③의 예시들에는 '불'의 이미지가 중심을 이룬다. 그것이 ①, ②의 예와
다소 구별되는 점은 이미지의 강렬성이 갖는 더욱 고조된 정감의 표출이
다. '믿음의 불'은 "모든 것을 태우고/새로운 생명의 피가 돌게 하고/거듭
나게" 하는 소멸과 생성의 자기 혁신이다. '태워버리는' 행위, 그것은 과거
에서 현재에 이르는 세속적 존재의 무화 과정이다. 그리고 시적 자아는 다
시 "새로운 생명의 피"를 지닌 신성적 존재로 거듭나고자 한다. 이처럼
'불'은 강렬한 믿음과 자아 정화의 의미를 표출하고 있다.

④에서의 '촛불'은 그것이 믿음의 표현이라는 의미에서는 ③의 '불'과 유사하지만, 정신의 불사름을 겪은 뒤의 순화된 믿음이라는 점에서 다소 의미를 달리한다. 거기에는 열정이나 갈망보다 오히려 평화와 경건함이 담겨 있다. "평화로운 마음"으로 심령을 바치고, "경건한/손으로" 자신의 믿음을 다짐하는 것이다. 따라서 '촛불'은 순화된 믿음으로서의 평화, 또는 신앙의식으로서의 경건성을 상징한다.

다음은 깨달음과 구원, 신과의 통로 등을 표출하는 이미지들을 들 수 있다.

> ① 심령의/눈 먼 자여/영혼의 장님이여/안다는 그것으로/눈이 멀고/보인다는 그것으로/보지 못하는 오만과 아집 속에서/진흙을 이겨/눈에 바르게 하라.

ㅡ「믿음의 흙」에서

> 神이 지으신 오묘한/그것을 그것으로/볼 수 있는/흐리지 않는 눈/어설픈 나의 주관적인 감정으로/彩色하지 않고/있는 그대로의 꽃/불꽃을 불꽃으로 볼 수 있는/눈이 열렸다.

ㅡ「開眼」에서

> ② 지상의 열쇠/꾸러미를 버림으로써/얻게 되는/신앙으로 다듬어진/순금의 열쇠.

ㅡ「순금의 열쇠」에서

> ③ 당신이 열어 주심으로/문이 열리고/당신이 닫아주심으로/문이 닫기는 오늘의/우리들의 출입.

ㅡ「우리의 출입」에서

> 진리와/진리 아닌 것 사이에/빛과/어둠 사이에/가로놓여 있는/문을 깨닫게 하시고

ㅡ「門」에서

우리 생활이/어려울수록/장지문에 어려 올/밝음을 생각하자/기도를 하자.

—「無題」에서

①에서 '눈'은 인간적 이미지에서 자아와 만물을 투영하는 소재로 쓰인 점을 지적했었다. 이와는 다리 여기서의 '눈'은 정신적인 것으로서 심안(心眼)을 의미한다. 또한 그것은 세속사와 신성사가 갈등을 빚는 속에서 신성사 또는 신앙으로서의 개안을 의미한다.

②에서 '열쇠'는 구원의 표상이 되고 있다. 구원은 철저히 버림을 통해서 얻어진다. '열쇠'는 "지상의 열쇠/꾸러미"라고 대유된 현실적 재물, 그것을 버리고 신앙으로 자신을 다듬을 때 얻을 수 있는 것이다.

한편, ③에서 '문'은 시적 자아와 대상 또는 인간과 신 사이의 통로를 표상한다. "진리와/진리 아닌 것" 사이에 놓여지는 문은 결국 인간사와 신성사를 연결짓는 통로이다. 따라서 이와 같은 '문'에 대하여 시적 자아는 "장지문에 어려올/밝음을 생각하자/기도를 하자."라고 끊임없는 자기 상승의 노력을 강조하고 있다. 그리고 그러한 노력이 받아들여질 때, 신은 마침내 그 구원의 통로를 열어 준다. 이처럼 '문'은 그것이 갖는 일상적 의미를 바탕으로 하여 구원의 통로를 표상하고 있다.

끝으로 신의 실체와 그 계시 또는 은혜를 의미하는 이미지들이 있다.

① 주의 사람임을 증거하는/그 숨막히는 눈부심/천 한 자락을 하늘에서/내게로 내려 보내주셨다.

—「희고 눈부신 천 한 자락이」에서

크고 부드러운 손이/내게로 뻗쳐온다./……중략……/인간의 종말이/이처럼 충만한 것임을/나는 미처 몰랐다.

—「크고 부드러운 손」에서

② 믿음의 불길을 활활 피워 올려/생명의 촛대마다/불을 밝히고/심령의 종소리가/크리스마스 새벽을 알리게 하시고

—「가을의 기도」에서

③ 촉촉히 비를 뿌리시는/아아 그분의 어지신 經營/너그러운 베푸심.

—「밭머리에 서서」에서

강물 같이 충만한 마음으로/주님을 생각하게 하십시오./순탄하게 시간을 노젓는/오늘의 평온 속에서/주여/고르게 흐르는 물길을 따라/당신의 나라로 향하게 하십시오.

—「평온한 날의 기도」에서

①에서 '천'은 신비체험의 한 단면을 형상화하고 있다. 이 경우, 신비체험은 인간의 영혼과 신과의 신비적 교류이다. 그것은 기독교에서 흔히 말하는 '은혜 입음'으로써 신자의 신앙심이 신의 허락을 받는 영적 체험이다. '천'은 바로 그와 같은 시적 자아 자신의 '은혜 입음'을 표상하는 소재가 되고 있다. '손' 역시 그러한 신비적 깨달음을 암시한다. '손'은 현세적 존재로서 종말을 느꼈을 때, 그 종말이 가져오는 새로운 세계를 상징한다.

②에서 '종소리'는 계시의 의미를 지닌다. 이 세상에 도래하는 새로운 탄생을 알리는 소리인 것이다. 그리고 ③에서의 '비' 또는 '강물'은 신의 은총 또는 신의 의지가 현상화된 모습을 말한다. 결국 그것은 신심의 끝에 얻어진 충만한 평화와 행복의 이미지이다.

이상에서 고찰한 바와 같이 목월시의 이미지들은 자연과 인간, 그리고 삶에 관련되어 다양하게 나타나고 있다. 그것들은 각각 독립적인 편차를 지니고 있지만, 시인의 인식과 의지라는 관점에서 몇 가지 공통점을 지니고 있다. 즉, 현실이나 인간 존재에 대한 인식, 그리고 그것을 수용하는 태도 또는 초월의지 등으로 묶어 해석해 볼 수 있다.

인간이나 삶에 대한 인식은 다분히 비극적이다. '풀잎'에서처럼 인간 또

는 생명에 대해서 그는 허무의식을 지니고 있다. 그리고 그것은 '나무'나 '뻐꾹새', '막걸리' 등 여러 소재들을 통해서 지속적으로 나타나고 있다. 뿐만 아니라 삶에 대해서도 늘 그리움, 비애, 외로움 등과 같이 행복하기보다는 결핍되고 슬픔으로 가득 차 있음을 발견한다. 물론 이와 같은 비극적 세계관은 그의 개인사적 측면에서도 찾을 수 있겠지만, 민족의 삶이 일제 강점 또는 한국전쟁과 같은 비극적 현실로 점철되어 왔음에 기인한 것으로 보아야 할 것이다.

이러한 비극적 현실 인식에 대해 그는 두 가지의 태도를 보인다. 그 하나는 수동적 인고의 자세이며 또 하나는 유토피아 지향성이다. 특히 식물과 인간적 이미지를 통해서 우리는 그의 인고적 자세를 볼 수 있다. 그는 '쑥대밭', '들찔레', '풀잎' 등을 통해서 보여준 것처럼 현실을 운명으로 수용하고, 자연의 큰 질서 속에 순응하여 살아가기를 바란다. 때로는 '비둘기'처럼 때로는 '나무'처럼 스스로 위로하고, 자기를 닦으며 살기를 원한다. 이처럼 수동적 인고의 자세는 '막걸리'를 통해서 "주름살을 펴 보는" 정도의 지극히 소극적인 현실 대응 태도에 지나지 않는다.

그러나 이러한 소극적 현실 대응의 한 극점에 유토피아 지향성이 위치한다. 그것은 '산도화'와 같은 자연의 비경 속에 '사슴'처럼 살고자 하는 동양적 낙원 지향성이며, 구원의 표상인 '문'이나 '밧줄'을 통하여 자기를 구원받고자 하는 기독교적 영생 갈망이다.

이렇게 볼 때, 이미지를 통해 본 목월시는 한국인의 정서, 특히 여성적 정서에 근거하고 있음을 알 수 있다. 비록 목월시가 현실과 자아에 대한 적극적이고 개척적인 대응력을 보여주지 못했다 할지라도, 그의 시는 고전 시가의 여성주의적 특질을 현대적으로 계승한 한 전범이 될 것이다.

3. 상징의 의미 탐색

문학에 있어서 상징이란 심상을 환기하거나 암시하는 관념이나 개념의
반복 또는 체계라고 볼 수 있다. 그것은 단순히 하나의 구체적이고 감각적
인 체험을 되살리는 이미지는 아니다. 그 이미지가 복합적 의미의 다른 것
을 암시 또는 지시함으로써 하나의 다의적이면서도 내포적인 의미를 지닐
때 상징으로서의 구실을 하는 것이다. 말하자면 문학에 있어서 상징이란
이미지로서 한 언어가 암시하거나 환기하는 심상과 이념 또는 개념의 결
합인 것이다.39) 이러한 상징은 현대시 방법에 있어서 더욱 큰 비중을 차
지한다. 그것은 언어의 관습적 사용을 개신하고 부족한 표현력을 보충할
수 있는 효과적인 방법이기 때문이다.40)

대체로 상징은 그 성격에 따라 관습적 상징, 풍유적 상징, 원형적 상징,
개인적 상징 등으로 유형화하여 설명할 수 있다.41) 그러나 이들은 구체적
인 작품 속에서 어느 한 유형으로 고정되어 쓰이지는 않는다. 오히려 그것
들은 서로 연결되어 복합적으로 사용됨으로써 시어의 표상 기능을 더욱
심화시키고 있다. 따라서 이러한 상징의 분류는 시를 효과적으로 논의하
기 위한 방법이지 그 자체로서 시의 본질적인 의미를 총체적으로 해명해
주는 것은 아니다. 더욱이 개인적 상징이 크게 활용되는 현대시에서 상징
의 유형 분류는 그 시인의 시세계를 효과적으로 구명해 내기 위한 한 유
효한 방법일 뿐이다. 따라서 본고는 목월시에서 나타나는 상징들을 그들
이 암시하는 의미의 유사 관계로 묶어 설명하고자 한다.

목월시의 상징은 이미지 활용과 밀접한 관계를 지닌다. 앞장에서 고찰
한 바와 같이 목월시의 이미지 구사는 자연과 인간, 그리고 신의 문제를

---

39) Alex Preminger 편, 앞의 책, p.833.
"Thus a Literary Symbol unites an image (the analogy) and an idea or conception (the
Subject) which that image suggests or evokes."
40) 문학이론연구회 편, 『문학개론』(새문사, 1987), p.86.
41) 정한모, 앞의 책, pp.119-123.

형상화하는 시적 방법이었다. 그러나 목월시의 상징적 방법은 단순하고 일회적인 심상의 활용과는 달리 보다 심도있는 내면화와 의미체계 형성을 지향하고 있다. 전원과 존재 그리고 자유와 신성 등의 문제가 상징적 방법에 의해 심도있게 의미화되고 체계화되어 있는 것이다.

목월시의 상징은 구체적으로 '산', '나무', '꽃' 등과 같이 전원적 소재에 투영된 상징성과 '돌', '그릇', '신발', '다리' 등에 나타난 존재의 표상성, 그리고 '구름', '새' 등에 나타난 자유의 상징과 '하늘', '빛' 등에 나타난 신성적 존재에 대한 상징으로 나누어 볼 수 있는데, 이들은 긴밀한 관계를 가지면서 사용되고 있다. 이 점에 유의하여 본고는 목월시에 나타나는 상징들을 구체적으로 세분하여 고찰하고자 한다.

(1) '산', '나무'와 '꽃'의 상징

혜산(兮山), 지훈(芝薰)과 함께 그를 청록파 시인으로 지칭하듯 목월의 시는 자연탐구에서 출발하고 있다. 이러한 사정은 그의 아호에 대한 생각에서도 상징적으로 드러난다. 시 「春宵」에서 그는 자신의 아호 목월(木月)을 '밤에 자라는 이름아' 또는 '고독이 기르는 수목의 이름이다.'42)라고 풀이하고 있다. 이렇듯 그의 시 속에는 자연의 이미지들이 지속적 반복적으로 등장하여 하나의 상징체계를 형성하고 있다. 이러한 전원상징은 자연현상으로서의 전원 자체와 그로부터 생명의 젖줄을 두고 있는 식물군을 들 수 있다.

특히 그중에서도 '산, 꽃, 나무' 등은 자연 또는 전원을 대표하는 상징으로 쓰이고 있어 주목된다. '산'은 자연미의 표상이면서 동시에 모성의 상징으로 나타난다. 그것을 구성하는 모든 요소들을 끌어안고 있는 엄청난 포용력과 생산력의 상징이기도 하다. 한편, '나무'는 전원 속에 수직으로 솟

---

42) 박목월, 앞의 책, 1984, p.73.

아오른 대표적 존재로 나타난다. 아울러 그것은 자연적 존재이면서 동시에 인간 존재, 특히 자아의 표상과 연결된다는 상징성을 지닌다는 점에서 관심을 끈다. 목월시에서 '꽃'은 존재의 원상을 보여주는 상징적 소재이다. 그것은 생성과 소멸, 탄생과 죽음 그리고 만남과 이별 등과 같은, 존재 또는 인간 존재의 원리를 함축적으로 상징하고 있다. 그러면 다음에서 이들에 대해 구체적으로 살펴보기로 한다.

㉠ 산 : 모성 또는 자연적 질서

목월시에서 '산'은 상징적 의미에서 두 유형으로 나누어 생각할 수 있다. 그 하나는 모성이나 생성력과 같은 대지적 생산적 이미지로서의 '산'이며, 다른 하나는 포용력, 진리 등과 같은 동양적 자연관에 의지한 자연 질서의 표상으로서의 산이다. 다음과 같은 시에서는 '산'이 지니는 모성적 이미지가 잘 드러나 있다.

> 한자락은 햇빛에 빛났다. 다른 자락은 그늘에 묻힌채…… 이 길씀한 山자락에 은은한 웃음과 그윽한 눈물을 눈동자에 모으고 아아 당신은 영원한 母性.
>
> 그의 陰陽의 따뜻한 懷妊안에 나는 나는 눈을 뜨고 감았다. 다만 한오리 안개가 그의 神秘를 살픈 가리고 있었다. 어머니라는 말씀이 풀리지 않게 또한 굳지 않게.
>
> 仙女는 늘 昇天했다. 羽衣 한자락이 하얗게 빛났다. 또 한자락은 어둠에 젖은채…… 어둠에 젖은채 仙女는 또한 늘 下降했다.
> 초록빛 깊은 하늘에는 은드레박 오르내리는 소리가 들렸다.

—「山·素描1」 전문

이 시에서 '산'은 모성 상징으로서 대지의 이미지를 지닌다. 일반적으로 원형 상징에 있어서도 모성 또는 여성과 대지는 불가분의 관계에 놓이게 된다. 말하자면 신화의 정신적 기조는 대지와 여인을 동일시한다는 점이다.[43] 여인과 대지 사이에는 성적인 행위와 농업이라는 동일성이 내재한다. 인간은 밭고랑에 씨뿌림을 통한 곡식의 생산과 성행위를 통한 여인의 출산에서 그 동일성을 발견하고 대지를 향한 씨뿌림의 행위를 통해 여성과의 관계를 상징적으로 표현해 왔다.

그러나 이 시에서 '산'의 대지적 이미지는 여인과 성적 교섭 행위에 초점이 맞추어져 있다기보다는 그것을 바탕으로 한 모성의 발견에 초점이 놓여 있다. 이 시에서 '산'은 분명 여성적 이미지를 지닌다. 그것은 "仙女는 늘 昇天했다. ……중략…… 또한 늘 下降했다."와 같이 하늘과의 대응적 위치에 있고, 남성과의 대응적 위치에 있는 여성 상징이다. 그러기에 '산'은 "따뜻한 懷妊"과 같이 행위의 결과를 나타내게 된다. 나아가 이 시에서의 '산'은 "은은한 웃음과 그윽한 눈물"이라는 어머니의 영상과 결합함으로써 목월 자신의 개인적 상징으로 변모된다. 그것은 여성의 생성력이라기보다는 존재의 근원으로서의 어머니, 또는 그의 사랑의 상징이 된다. 말하자면 '산'은 모성으로서 내 존재의 근원이며 또한 내가 돌아갈 안식처인 것이다.[44]

또한 시 「山·素描7」은 '산'의 그러한 모성으로서의 상징적 의미를 보다 구체적으로 제시하고 있다.

> 山에는
> 躑躅이 피었다.
>
> 이른봄을
> 그것은 어디서 피어오는 것일가.

---

43) 아자자·올리비에리·스크트릭, 장영수 역, 『문학의 상징·주제 사전』(청하출판사, 1989), p.313.
44) 위의 책, p.315.

한오리 아지랑이에도
가볍게 흔들리는 山.

山에는
새가 울었다.

설핏한 산그림자가
山에 어린다.

두릅나무 순은
어디서 돋아나는가.

한줄기 빛에도
환하게 웃는 山.

아우의 墓地는
山中허리에 있었다.

새로 封土한
싯벌건 흙을.

산길은 늘 멀고
또한 가까운데

한오리 아지랑이에도
가볍게 흔들리는 山.

—「山·素描7」 전문

이 시는 대체로 세 부분으로 나뉘어진다. 1~3연은 '철쭉의 피어남', 4~7연은 '새와 두릅' 그리고 8~11연은 '아우의 묘지'를 중심 소재로 하고 있다. '철쭉의 피어남'은 존재의 생성 또는 탄생을 의미한다. '새의 울음'은 비극적인 삶을 의미하며 그것은 '설핏한 그림자'로 비유된 죽음에 대한 허무의 인식으로 볼 수 있다. 그리고 "아우의 墓地는/山中허리에 있었다."에서처럼 '산'은 존재가 최종적으로 회귀하는 곳이다. 이처럼 '산'은 존재의 탄생과 삶을 표상하는 동시에 끝내 다시 돌아가야만 하는 영원한 안식처로 표상되어 있다.

이러한 '산'은 모성 상징과 아울러 풍요를 상징하고 있다. 시 「山·素描4」에서 "나들이온 仙女련듯 열두폭 치맛자락을 사려꽂았다. 다만 한자락은 천연스럽게 바람에 맡기고…… 그 자락을 타고 사월달 긴긴해를 두릅, 휘휘초, 취, 범벅궁이, 달래, 돌미나리, 산나물을 광우리마다 채운다."라는 서술이 이에 해당한다. 이처럼 목월시의 '산'은 대지 또는 들판이 가질 수 있는 모성과 풍요의 상징성을 갖고 있다. 시 「山·素描6」은 그 대표적인 예에 해당한다.

> 峨峨한 산, 주름잡힌 긴 솔기 치마자락에 이슬, 비, 아지랑이, 봄달, 가을 丹楓, 겨울 진눈깨비, 雲靄 안개, 구름, 무지개…… 피고 지고 어리고 풀렸다.
> <雲靄>라는 아지랑이애字는 先考께 배운 字구나.

―「山·素描6」 전문

이 시에는 자연의 아름다움 또는 그 신비로움이 노래되어 있다. 우선 그 모습부터가 "峨峨한"과 같이 풍채가 늠름한 인간으로 감정이입되어 있다. 그리고 산은 그 늠름한 자태 안에 "이슬, 비, 아지랑이, 봄달……" 등과 같은 자연의 모든 현상과 신비로운 변화를 함께 포용하고 있다. 이 점에서 이 '산'은 자연의 아름다움 또는 신비로움을 나타내는 상징적 소재로 쓰였음을 알 수 있다. 아울러 이 시에는 자연의 질서를 통한 인간적 삶의 원리가 내재되어 '산'의 또 다른 상징성을 보여준다는 점에서 주목된다. 그것은 '피어남'과 '떨어짐' 또는 '어림'과 '풀림'으로 설명되는 인간사의 변화를 암시하고 있다.

위 시에 열거된 변화 표상의 소재들은 이러한 인간사의 표상들로 설명될 수 있다. '이슬, 비, 겨울 진눈깨비' 등이 하강적 이미지로서 실패와 좌절, 그리고 슬픔과 같은 비극적 삶을 표상한 것이라면 '아지랑이, 구름, 무지개' 등은 상승적 이미지로서 희망과 꿈, 또는 정신의 고양을 표상하는 상징들이 될 수 있기 때문이다. 뿐만 아니라 이들은 '어림'과 '풀림'의 의미도 동반하고 있다. "피고 지고 어리고"에 쓰인 연결형 어미 '~고'가 암시하듯이, 위에서 살핀 '피고 짐'으로서의 인생의 희·비·애·환이 인간사 속에서 무수히 어리고 풀리는 행위를 거듭한다는 것이다.

이러한 인간사의 문제는 단순히 '산'과의 대면에서 지각된 것이 아니라는 점에 이 시의 또 다른 의미가 놓여 있다. "아지랑이애字는 先考께 배운 字구나."라는 행을 한 연으로 독립시켜 주석의 구실을 겸한 것은 한편으로 이 행에 의미의 무게를 크게 하자는 의도도 포함된 것으로 보아야 한다. 자연의 질서를 통해 깨닫게 되는 삶의 원리는 "先考께 배운" 대물림의 지혜에 해당한다. 말하자면 그것은 옛날부터 그렇게 알아온 동양적 인생관이라는 점을 강조한 것이라 하겠다.

이렇게 볼 때 이 시는 자연 변화의 신비로움을 내포한 '산'의 아름다움 또는 그것을 통해 깨닫게 되는 인간사의 진리를 노래하고 있다. 따라서 '산'은 자연의 신비 또는 인간사의 존재론적 원리를 포괄적으로 표상하는 상징적 소재라 하겠다.

ⓒ 나무 : 상승의지 또는 시적 자아의 표상

앞의 이미지 분석에서도 살펴보았듯이 '나무'는 목월시에서 대지에 직립해서 서 있다는 점에 유추되어 인간을 표상하는 시적 상징물로 활용되고 있다. 이 항목에서는 그것과 관련하여 '나무'가 지니는 상징적 의미를 분석하고자 한다.

먼저 시「對岸」에 나타난 '나무'의 의미를 살펴보자.

> 가을빗줄기에 비쳐오는 江 건너 불빛.
>
> ——이 蕭瑟한 地境의 對句를 마련하지 못한 채, 年五十. 半白의 年齒에 市井을 徘徊하며 衣食에 급급하다. 다만 江건너에서 멀리 어려오는 불빛을 對岸에서 흘러오는 한오리 應答이냥.
>
> 어둠 속에서 이마를 적시는 가을 나무.
>
> —「對岸」 전문

이 시에서 '나무'가 시적 자아의 표상이라는 점은 쉽게 확인될 수 있다. 그것은 "半白의 年齒"에서 묘사된 계절이 서로 상징적으로 맞물려 있기 때문이다.

그러면 이 시에서 '나무'는 시적 자아의 어떠한 정서 또는 의지를 표상하는가를 살펴보자. '나무'는 3개의 수식구를 동반하고 있다. 그것들은 '어둠'과 '이마를 적심'과 '가을'이다. '어둠'은 원형 상징에 있어서 혼돈 상태를 의미한다.[45] 이 시에도 '어둠'은 혼돈 상태, 즉 시적 자아의 정신적 방황을 암시하고 있다. 이 시의 2연에서 구체적으로 언급되었듯이, 시적 자아는 "蕭瑟한 地境의 對句를 마련하지 못한 채,…… 市井을 徘回하며" 방황하게 된다. 이러한 정신적 방황이 가져오는 시적 자아의 심리 상태는 "이마를 적시는"에서 드러나듯이 우울하고 비관적이다. 더욱이 그것은 인생의 황혼기, '가을'을 맞아 절감하게 되는 정신적 결핍감이라는 점에서 더욱 비관적 분위기를 형성하게 된다.

---

45) J. E. Cirlot, *A Dictionary of Symbols*(London: Routledge & Kegun Paul, 1983), p.76. "the pure conception of darkness corresponds to primigenial chaos."

그러면 이와 같이 시적 자아에게 절망감을 주는 원인은 무엇인가? 그것은 "江건너에서 멀리 어려오는 불빛"이다. 시적 자아는 끊임없이 '불빛'을 지향하고 있다. '불빛'은 흔히 "타고 남은 재가 다시 기름이 됩니다. 그칠 줄을 모르고 타는 나의 가슴은 누구의 밤을 지키는 약한 등불입니까?"라는 한용운 시 「알 수 없어요」에서 보듯이 정신적인 것을 나타내는 상징으로 쓰여왔다.46) 말하자면, 시적 자아는 '어둠'처럼 해결되지 못한 현실 속에서 밝은 정신의 세계를 갈망하고 있는 것이다. 그러나 '불빛'은 '강 건너'에 있을 뿐, 성취되지 못한 그 무엇이다. '강 건너'가 갖는 거리감, 그것은 '대안'에서 암시하듯 어떤 다다를 수 없는 거리감이다. 추구의 대상만으로 존재할 뿐, 현실적으로 쉽게 성취될 수 없는 거리이다.

이렇게 볼 때, 시적 자아는 아직 이르지 못했고 또 현실적으로 이를 수 없는 정신적 지향점으로 인하여 고뇌하고 있음을 알 수 있다. 따라서 이 시에서 '나무'는 정신적 세계를 향해 방황하고 고뇌하는 시적 자아의 표상이 된다.

목월시에서 '나무'는 비유를 통하여 또는 상징적 수법으로 자주 시적 자아의 대리 표상으로 등장한다.

> 遠景은 눈물겨운 조용한 眺望
> 山은 아름답고
> 江은 너그럽다.
>
> 안타까운 길을 얼마나 이처럼
> 멀리 와서 겨우
> 마음은 가라앉고, 밤은 길고
> 그리고 물러서서
> 바라보는 버릇을 배운 것일까.

---

46) 위의 책, p.187. "Light, traditionally, is equated with the spirit."

모든 것과
正面으로 맞서서
그러나 한가락 微笑를
머금고.

—「遠景」에서

이와 같이 시 「遠景」의 끝연에서도 "山은 아름답다/江은 너그럽고/그리고 나도 遠景속의 한그루 가죽나무./찬놀하늘에 높이 솟았다."와 같이 '나무'는 수직 상승의 이미지로 나타나고 있다. 말하자면 목월시의 '나무'는 수직 상승의 형상성으로 인해서 인간 존재를 표상하는 동시에 하늘 또는 정신적 세계를 지향하는 인간의 상승의지 또는 시적 자아의 상징이라 하겠다.

ⓒ 꽃 : 모성 상징 또는 창조의 근원

꽃은 일반적으로 아름다움, 덧없음, 봄, 그리고 인생 등의 상징으로 쓰인다.47) 이러한 꽃의 일반적 상징성에 비추어 목월시의 '꽃'은 씨앗의 의미에 가깝다. 즉 '꽃'을 창조의 근원으로 파악한다는 점이다. 이것은 다른 시인들에게서 거의 발견되지 않는 개인적 상징의 의미를 지닌다.

앉고
혹은 서고
모든 꽃들은
어머니가 되기를 열망한다.
花蕊는 풀艸 아래 마음心字가
세 개나 포개지고
벌써

---

47) 위의 책, p.109. "By its very nature it is symbolic of transitoriness, of spring and of beauty."

어느 한 송이는
어머니로 여문다.
부챗살로 조여드는 時間에
포도빛으로 굳어지는 꼭지.

                    *

우리 內部에도
부드러운 입김이 서린다.
잔잔한 눈매로
자리잡는 母性.
나의 등줄기는
곧게 뻗고
어머니의 아기들은
나뭇가지에서 干의 눈짓을
보내고 있다.

―「花蕊」에서

  제1연에서 '꽃'은 은유적 방법을 통하여 '어머니'의 상징성과 결합된다. 여기에서 '어머니'는 '蕊'자의 자형에서 유추된 의미를 지니고 있다. '心'자가 셋이라는 구절이 암시하듯, 그것은 어머니의 마음과 연결되어 있는 것이다. 제2연의 '부드러운 입김/잔잔한 눈매'로써 형상화된 어머니의 사랑이다. 또한 '어머니'는 "위대한 創造의 根源"이다. 꽃술이 여물어 씨앗이 되고, 그 씨앗은 '어머니'처럼 또 많은 꽃을 피어낼 수 있는 창조의 근원이라는 유추적 관계이다. 따라서 이 시에서의 '꽃' 또는 '꽃술'은 어머니의 사랑 또는 생성력으로 연결된다. 곧 '꽃'이 모성의 상징이 되고 있다는 말이다.

  목월시에서 영원한 모성의 상징은 또 구체적으로 '어머니'로 나타나기도 한다. 목월시에서 "어머니를 노래한다는 것은 목숨의 고향, 정신의 고향으로 돌아가고자 하는 소망과 의지를 반영한 것이 된다. 그것은 어쩌면 영원한 모성을 상징하는 대지에로의 귀환을 의미하는지도 모른다."48)는 한 서술이 그 한 예증이 된다고 하겠다. 물론 목월의 시에서도 '꽃'이 탄생이나 봄을 상징하는 소재로 쓰이기도 한다. 예를 들면 시「山桃花」연작에서의 꽃이 이 경우에 해당한다. 그러나 이런 관습적 상징보다 오히려 인간 존재로서의 의미가 더욱 폭넓게 쓰이고 있다.

5

> 平生을 나는 서서 살았다. 앉을 날이 없는 나의 슬픈 遍歷을. 아담의 이마에 소금이 절이는 세상에 앉아서 환한 꽃나무.
>
> 닳을수록 두터워지는 발바닥의 愚鈍한 생활을 버스는 달린다. 肉重한 엉덩이를 흔들며 늙은 愛嬌낭 미련한 세상에 뜰에는 앉아서 滿發한 꽃나무.
>
> 갈수록 힘에 겨운 人間의 義務를, 벗을 수 없는 苦役을 超滿員의 버스는 달린다. 허리에 오는 重量感. 구을며 磨滅하는 中古品 다이아의 세상을 뜰에는 앉아서 瞑想하는 꽃나무, 생각하는 꽃가지.

—「作品五首」에서

연작시「作品五首」의 제5번 시에서 보듯이 꽃은 "구을며 磨滅하는 中古品 다이아의 세상을 뜰에는 앉아서 瞑想하는 꽃나무, 생각하는 꽃가지." 처럼 각박한 현실, 고난의 삶과는 대조적으로 초연한 삶의 자세를 보이는 인간 존재의 표상이 되고 있다.

이러한 점은 목월시의 경향이 일반적으로 서민적 삶의 모습과 연결되어 있음에 비추어 볼 때, 꽃을 통한 정신성의 추구라는 점을 생각할 수 있다. 꽃의 상징화에 있어 "모든 꽃들은 빛이 되기를 바라는 불꽃"[49]이라는 바슐라르의 견해를 빌어보면 목월은 꽃을 통하여 삶의 질곡을 벗어나고자 하는 정신적 초극지향성을 형상화한 것으로 생각된다.

---

48) 김재홍,『한국현대시인연구』(일지사, 1986), p.377.
49) 바슐라르,『초의 불꽃』, 민희식 역, (삼성출판사, 1977), p.147.

(2) '그릇'과 '신발' 등의 상징

목월의 시집 『砂礫質』, 『無順』 등에서는 특히 인간에 대한 존재론적 탐구의 경향이 두드러진다. 이들 시집에 자주 쓰이는 '돌, 그릇' 등의 소재들은 존재 상징의 대표적인 예에 해당된다. 이와 더불어 '신발'이나 '골목', '가교' 등도 인간 존재를 표상하고 있다. 특히 연작시 「砂礫質」을 통한 견고하고 완전한 존재에의 갈망, '신발'을 통한 삶의 고달픔의 표출, 그리고 '골목'이나 '가교' 등을 통한 인생행로의 불확실성과 어려움의 토로 등은 목월 서정시의 한 주제를 형성하고 있다. 그러면 다음에서 이들 상징들의 구체적인 모습을 살펴보기로 한다.

㉠ 돌 : 무소유 또는 영원성의 표상

시집 『無順』은 「돌의 詩」 6편으로 시작된다. 돌을 통한 인간 존재의 발견과 그에 대한 성찰이 드러나 있다. 먼저 시 「座向 — 돌의 詩②」를 살펴보자.

> 앉으면
> 그것이 그의 자리다.
> 널려 있는 星座를 이고
> 바람에 씻기운다.
> 내 것이 없는
> 있음 속에서
> 옮아가는 별자리의
> 스치는 옷자락 소리가
> 조심스럽다.
> 꽃이 핀다.
> 도라지는 도라지 빛으로

구름은 구름의 빛깔로
하지만 흐르는 물은
제자리로 돌아갈 뿐,
앉으면
그것이 그의 座向이다.

―「座向―돌의 詩②」에서

이 시는 존재의 여러 가지 방식을 보여준다. 그리고 그것에 대비시켜 '돌'의 존재 양상을 제시하고 있다. 말하자면 '꽃'은 "도라지는 도라지 빛으로/구름은 구름의 빛깔로"처럼 자기 변화의 방식으로 존재하고, '물'은 "제자리로 돌아갈 뿐"과 같이 순환 내지 회귀의 존재 방식을 보여준다. 이에 비하여 '돌'은 그 존재 방식이 독특하다. 그 존재 공간은 "내 것이 없는/있음 속"과 같이 무소유의 존재 중의 하나를 상징한 것이다. 그리고 "바람에 씻기운다."처럼 그를 둘러싼 외부 상황에 덧없이 마모되어 가는 존재다. 그러면서도 돌은 "널려 있는 星座를 이고"와 같이 우주와의 교감을 이루고 있는 존재라 할 수 있다.

이렇게 볼 때 '돌'은 스스로 무소유의 존재이면서 자연과 우주의 교감을 상징하는 빛을 지향하는 존재, "뿌리를 내리는" 존재로 상징화되어 있음을 알 수 있다. 아울러 주목되는 것은 자기 자신의 자리잡음의 모습이다. "앉으면/그것이 그의 자리다."에서처럼 '돌'은 항상 존재로서의 자기 자리를 갖는다. 그것은 바람처럼 유동하거나, 꽃이나 구름처럼 변화하여 소멸하지 않고 또 물처럼 순환하지도 않는다. 그것은 부동성과 영원성으로 존재한다.

목월이 이순(耳順)의 나이에 간행한 시집 『無順』에서 '돌'의 상징을 통한 존재론적 탐구가 한 주제를 이룬 것은 그의 시세계에 있어서도 중요한 의미를 지닐 것으로 생각된다. 왜냐하면 자기 세계의 구축 속에서 제시된 존재의 의미일 것이기 때문이다. '돌'은 보편 상징에 있어서도 견고성과 내

구성을 통하여 존재 또는 응집력과 조화의 상징으로 쓰여 왔다.50) 이 시
에서 '돌'은 그러한 보편 상징의 의미와 맥락을 같이 하면서도 무소유의
존재이자 또한 확고한 자리잡음의 존재로 표상된 개인적 상징으로 활용되
고 있음을 알 수 있다.

　목월시에서 '돌'은 또한 고독한 존재의 상징이 되기도 한다. 시 「江 건너
돌―돌의 詩③」은 이러한 예에 해당한다.

> 장갑을 벗으며
> 강 건너 돌을 생각한다.
> 해질 무렵에 돌아와
> 눅눅한 장갑을 벗으며
> 왜랄 것도 없이
> 강 건너
> 저편 기슭의
> 돌을 생각한다.
> 知天命의
> 해질무렵에 집으로 돌아와
> 눅눅한 그것을
> 벗으며
> 왜랄 것도 없이
> 춥고 어두운 강 건너
> 황량한 들판에 내팽개쳐진
> 한 덩이 돌을
> 생각한다.

―「江 건너 돌―돌의 詩③」에서

---

50) J. E. Cirlot, 앞의 책, p.313. "Stone in a symbol of being, of cohesion and harmonious
reconciliation with self. The hardness and durability of stone have always impressed
men suggesting to them the antithesis to biological things subject to the laws of
change, decay and death, as well as the antithesis to dust, sand and stone splinters,
as aspects of disintegration."

이 시에서 '돌'은 '나'와의 대응관계 속에 놓여 있다. '나'는 '知天命'이나 '해질무렵'이 암시하듯 인생의 황혼기를 맞이해야만 하는 죽음이라는 절대 고독을 곱씹게 되는 나이인 것이다. 한편, '돌'은 '춥고/어두운/황량한 들판/내팽개쳐진/한 덩이' 등에서처럼 시련의 상황 속에 던져진 고독한 인간 존재라는 점에서 자연스럽게 대응되고 있다. 시적 자아의 상징으로서의 '나'는 '돌'과 같은 상황에 놓여있다는 인식하에서 "돌을 생각한다."고 서술하게 된다. 그것은 고독한 존재로서의 '돌'을 통한 자아 인식과 그 결과로 빚어지는 그에 대한 연민의 감정으로 볼 수 있을 것이다.

이렇게 볼 때 목월시에서의 '돌'은 시 「座向」에서처럼 무소유 또는 영원의 상징이면서 동시에 고독한 존재의 표상임을 알 수 있다.

㉡ 그릇 : 형상적 자아의 상징

위에서 고찰한 '돌'이 그 자체로 견고한 형체를 지님에 반해서 '그릇'은 인위적으로 빚어지는 물체다. 따라서 '그릇'은 완성을 지향하는 형상적 자아의 표상이 되고 있다. 시 「無題3」은 그러한 '그릇'의 상징성을 보여주는 시이다.

> 꽃에서
> 사과가 되는 사과의 노래
>
> 始源에서
> 바다에 이르는 흐름의 노래,
>
> 그리고 나는
> 오늘
> 한 개의 질그릇이 되기를 바란다.
>
> 흙으로

빚은. 불로 구운.
그 全過程을 거쳐 하나의
完成品.
물을 담는
어줍잖은 물그릇이라도 좋다.

―「無題3」에서

이 시에서 '흙'이 '질그릇'이 되는 것은 하나의 완성 지향이다. 그것은 '꽃'과 '물'의 변용에 비유된다. '꽃'이 '사과'가 되는 것처럼 '물'이 '바다'를 향해 흐르는 것처럼 '흙'은 '질그릇'이라는 완성 형태를 지향한다. 말하자면 시적 자아는 그러한 변용의 과정을 거쳐 하나의 형상을 획득함으로써 이상적 자아에 이르기를 갈망한다.

하나의 형상적 자아 또는 이상적 자아에 이르는 길은 몇 번의 거듭나기를 거쳐야 한다. 먼저 '흙'에서 '그릇 모양'으로 빚어지는 과정, 곧 무의 상태에서 존재의 상태로의 변용이다. 그것은 인간 존재의 탄생이며, 비본질적 존재에서 미래를 향한 선택으로 이루어지는 본질적 존재를 향한 형상에의 의지이기도 하다. 다음은 '불로 굽는' 단련의 과정이다. 의지가 비로소 실현되는 완성 지향의 과정이다. 그런 후에야 '흙'은 마침내 하나의 형상적 존재, 완성품에 이르게 된다. 따라서 '그릇'은 형상적 존재 또는 이상적 자아를 상징한다고 하겠다.

목월시에는 '이미 만들어져 있는 그릇'도 상징적 소재로 쓰이고 있다. 이 경우는 '채우는 행위'에서 완성을 지향하는 인간 상징으로서 사용된다. 시「빈컵」에서 "당신이/서늘한 체념으로/채우지 않으면/信仰의 샘물로 채운다./그리고/오늘 아침에는/나의 창조의 손이/薔薇를 꽂는다."라고 노래한 것처럼 '그릇'은 하나의 용기로서 그 속을 채워 가는 완성지향성 또는 이상적 자아에의 갈망으로서 인간의 모습을 상징하고 있다.

ⓒ 신발 : 고달픈 삶 또는 가족애

 '신발'은 그것을 소유한 사람을 의미한다는 점에서 대유적인 기능을 갖는다. '신발'은 흔히 오랫동안 인간의 실제 또는 구체적인 삶과 연결되어 왔다. 애인의 변심을 흔히 '신발'로 표상하는 게 그것이다. 목월시의 '신발'은 이러한 대유적 기능과 함께 고달픈 삶을 표상하는 소재가 되고 있다. 일반적으로 '신발'은 발의 상징성과 긴밀한 관련을 맺어 신체 또는 '자유로움'의 표상이 되는데,51) 목월시에서는 그 쓰임이 매우 독특한 것으로 드러나고 있다.

 그러면 시 「家庭」을 중심으로 그러한 '신발'의 상징성을 살펴보자.

> 地上에는
> 아홉 켤레의 신발.
> 아니 玄關에는 아니 들깐에는
> 아니 어느 시인의 家庭에는
> 알 電燈이 켜질 무렵을
> 文數가 다른 아홉 켤레의 신발을.
> 내 신발은
> 十九文半.
> 눈과 얼음의 길을 걸어,
> 그들 옆에 벗으면
> 六文三의 코가 납짝한
> 귀염둥아 귀염둥아
> 우리 막내둥아
>
> 微笑하는
> 내 얼굴을 보아라
> 얼음과 눈으로 壁을 짜올린

---

51) 위의 책, p.112.

> 여기는
> 地上.
> 憐憫한 삶의 길이여.
> 내 신발은 十九文半.

—「家庭」에서

이 시는 형태상 4연으로 짜여 있다. 제1연에서 '나'는 아홉 켤레의 신발을 통하여 가족 구성원을 제시한다. 아울러 '가정'이라는 공간과 '밤'이라는 시간을 설정하여 가족의 모임과 '나'와의 상관성을 암시하고 있다. 제2연에서 '나'는 '막내둥이'에게 갖는 정감을 '신발'을 통해 진술한다. 그러면서 "눈과 얼음의 길"이라는 삶의 고통스러움을 상징적으로 서술하고 있다. 끝으로, 제3, 4연에서는 고달픈 삶과 가족애가 대립과 아울러 화해를 보이고 있다. 그것은 "아버지라는 어슬픈 것"으로 진술한 바와 같이 자식을 부양하며 세상을 살아가는 데 대한 어려움이며, "미소하는 내 얼굴" 같은 부성애의 표현이다. "이러한 아버지로서 그리고 중년의 생활인으로서 그는 짓눌려 닳아진 자기의 신발을 의식하고"[52] 되새긴다고 김종길은 서술하고 있다.

결국 아버지라는 존재는 가족에 대한 사랑만큼이나 고통스러운 부양의 책임을 기꺼이 진다. 말하자면 가족애와 고달픈 삶의 화해인 셈이다. 이와 같이 고통과 기쁨이 서로 화해되는 지점에 '신발'의 상징적 의미를 둘 수 있다. 즉, 신발은 실제적인 인간 존재의 표상으로서 고달픈 삶 또는 가족애의 상징으로 활용되고 있음을 본다.

㉣ 다리 : 인생행로 또는 미래의 의미

시「假橋」를 통하여 '다리'라는 상징적 소재를 찾을 수 있다. 그것은 시「볼일 없이」에 쓰인 '골목'과도 같이 불확실하고 어려운 삶의 과정을 표상

---

52) 김종길, 『시에 대하여』(민음사, 1986), p.241.

하고 있다.

> 흔들리는 다리를
> 가누며 흔들리는 다리를
> 사람들은 건너가고 있다.
> 난간쪽으로 열을 지어서
> 다리의
> 저편이 보인다는 것은
> 착각이다.
> 안개 속에서
> 눈 앞에 확실하게 보이는 것은
> 지금이라는
> 좁은 시야.
> 지나치고 나면 뒤로 어름하다.
> 다리를 건너서
> 우리가 가고 있는 곳은
> 어딜까.

—「假橋」에서

　이 시는 의미상 세 부분으로 나눌 수 있다. 첫 부분에 해당되는 12행까지에서는 먼저 상황이 제시된다. 그것은 '다리 건너기'로서 "흔들리는 다리를/가누며" 건너야 하는 고통스러운 상황이다. 여기에서 '다리'는 놓여진 다리이면서 동시에 그것을 건너는 사람의 다리도 아울러 지칭하는 다의적 기능을 갖고 있다. 즉, 가는 자도 힘겹지만 다리 자체도 건너기 힘드는 고통스런 상황이다.

　다음으로 첫 부분에 제시된 것은 미래에 대한 불확실성이다. 미래라는 것은 '안개'처럼 불투명하다. 과거도 역시 불분명하다. 다만 '지금'이라는 현재만이 "확실하게 보이는 것"이다. 이것은 시적 자아의 시간에 대한 인식으로 볼 수 있다. 말하자면 실존의 어려움과 불확실성의 시대를 사는 현대적인 삶에 대한 투시라 할 수 있다. 이러한 불확실성 속에 놓여진 다리, 그것은 삶의 통로의 의미를 지닌다.

다음 21행까지는 첫 부분의 시간 의미를 반복한다. 그러면서 다리를 건너는 일, 곧 삶의 어려움을 다시 한번 강조한다. 다음 끝행까지는 미래의 의미에 대하여, 기대의 배반에 대하여 묘사하고 있다. 인간은 누구나 정해진 목표 지점에 이르면 자신이 꿈꾸던 모든 것이 충족되리라고 기대하지만 사실상 그것은 "전혀 생소한 곳"에 이르러 "경악과 두려움"을 금치 못하는 것처럼 또 다른 험준한 삶의 과정이 전개된다는 점을 암시한다.

이렇게 볼 때, 이 시에서 삶이라는 것은 미래에 대한 기대에 이끌리는 고통스러운 현재와 만족스럽게 이루어질 수 없는 미래의 연속으로서의 의미를 지닌다. 바로 '다리'는 현재의 고통스러운 과정, 삶의 통로를 상징하고 있다.

(3) '구름', '달'과 '새'의 상징

목월시에서 자유 상징은 동작적인 움직임의 여러 이미지와 관련된다. '구름', '달', '새(날개)' 등을 대표적으로 꼽을 수 있는 자유 상징은 그 구체물이 자유로이 이동하는 점에서 유사성을 갖는다. 말하자면 자유 상징으로 쓰인 구체물들은 운동성에 의하여 자유 표상의 기능을 갖는다.

'구름'은 풀어짐과 뭉침, 이동과 멈춤, 고정과 변화 등 다양한 운동성을 드러냄으로써 자유 표상의 구실을 하게 된다. 그리고 '달'은 시적 자아의 객관적 상관물로서 현실에 묶여 있는 자아와는 달리 시적 공간을 통해서 자유로이 이동함으로써 자아의 정서적 욕구를 해소시켜 준다. 또한 '새(또는 날개)' 역시 비상의 수단이라는 점에서 이와 유사하다. 그리고 유동성 또는 운동성의 속성에서는 '바람'도 같지만, '바람'은 지상적인 움직임으로서 근심, 혼동, 흔들림, 불분명 등과 같은 인간사의 어두운 면을 나타내는 이미지로 쓰이고 있다는 점에서 위의 두 상징과 구별된다. 예를 들면 시「바람 소리」에서 "늦게 돌아오는 아이를 근심하는 밤의 바람 소리"라든가, 시「沙礫質5」에서 "인사한 저 사람이 누구더라./아지랭이가 필어오르는, 疑問 그/것조차 흔들리는 바람 속에서" 등의 표현이 이에 해당한다.

이렇게 볼 때 목월시의 자유 상징은 이미지의 운동성과 하늘지향성으로 특징지을 수 있다. 즉, 그것이 운동성을 가질 뿐만 아니라 천상을 향하고 있을 때 자유의 상징이 된다. 그러면 다음에서 '구름', '달', '새' 등에 대하여 자세히 살펴보기로 한다.

㉠ 구름 : 소멸과 생성 또는 존재의 자유로운 변환

'구름'은 목월시에 가장 많이 쓰인 소재 중의 하나이다. 목월시의 곳곳에서 시적 자아의 상향 시선과 만나는 곳에 '하늘'이나 '구름'이 있다. 이처럼 목월시에서 '구름'은 그 사용 빈도면에서 또는 시적 자아의 지향점으로서 중요한 소재가 되고 있다.

> 저 구름의
> 그윽한 崩壞를
> 멜로디만 꺼지는 은은한 휘나레.
>
> 앞으로
> 내 날은
> 영원한 閑日.
>
> 주름살이 곱게 밀리는 조용한 하루.
>
> 마른 菊花대궁이가 고누는 하늘로

구름이 달린다. 毛髮이 消滅하는
구름이 달린다. 돛을 말며

마흔과 쉰 사이의 나의 하늘아래

가늘게 흔들리는 뜰이여.
            *
겨우 개었나부다.
訥辯의 깃자락에 소내기가 묻어오는 그 하늘이.

오늘은 구름이 갈라진 틈서리로
아아 낭랑한 母音의 穹窿.

肯定의 환한 눈瞳子 안에
구름이 달린다. 毛髮이 삭으며
구름이 달린다. 돛을 말며
            *
輪廓부터 풀리는 사람들에게
나는 눈짓을 보낸다.
하직의 손을 저으며
구름이 消滅한다. 이마 위에서
구름이 消滅한다. 눈瞳子 안에서

—「閑庭」 전문

　　이 시의 분위기는 고요하고 한가롭다. '달린다'와 같은 동작적인 시어가
행위의 주축을 이룸에도 불구하고 전체적인 분위기는 고요하고 한가로우
며 밝게 열려 있다. 그것은 이 시의 많은 수식어들의 역할에서 비롯된다.
'閑庭, 閑日'의 '閑'이나 '은은한 휘나레, 조용한 하루, 가늘게 흔들리는, 낭
랑한 모음, 환한 눈동자, 눈짓' 등과 같은 시어들의 분위기 조성력에서 비
롯된다. 이러한 분위기는 이 시의 명상적·사색적 주제를 보다 효과적으로

형상화하는 데 기여하고 있다. 말하자면 그것은 '구름'이 갖는 자유로운 변전 또는 생성과 소멸의 의미에 시적 자아가 일치를 이루는 과정을 자연스럽게 이루어 내도록 돕고 있다.

전체를 4부로 나눈 이 시의 첫째 부분에서 시적 자아는 구름의 소멸에 호응하는 자신의 심경을 서술하고 있다. 시적 자아는 '구름'의 소멸이 "은은한 휘나레."인 것처럼 시적 자아의 여생도 "영원한 閑日."이라는 여유있는 시간이라고 말한다. 따라서 여기에서의 '구름'은 아름다운 여운으로서 소멸을 의미한다.

둘째 부분에서 시적 자아는 구름의 변전에 동화된다. '구름'은 움직이면서 "毛髮이 消滅하는" 형상 등으로 자유자재로운 변전을 거듭한다. 곧 '구름'은 소멸과 생성, 자유로운 변전을 이룰 수 있는 존재의 표상이다. '마른 국화대궁이'로서 시적 자아는 하늘을 향해 있다. 그리고 구름의 변전에 "가늘게 흔들리는" 심경을 갖게 된다. 시적 자아는 "마흔과 쉰 사이"라는 구절이 의미하듯 불혹의 연륜을 갖고 있다. 이렇게 볼 때, 우리는 시적 자아가 불혹의 연륜에서 '하늘'을 지향하고 또 자유자재로운 '구름'에 동화되고 있음을 알 수 있다.

셋째 부분에서 '구름'은 '하늘'과 대비를 이룬다. 문맥에 주목하면 '하늘'은 맑고 밝음의 공간으로 표상되어 있다. 그것은 "낭랑한 母音의 穹窿"에서처럼 모음의 공명음이 갖는 밝음과 맑음, "肯定의 환한 눈瞳子"에서처럼 투명한 물체가 갖는 밝음과 맑음이다. 그 속에서 '구름'은 '삭음'으로서의 소멸과 "돛을 말며"에서의 변전을 거듭하게 된다. 말하자면 '구름'은 맑고 밝은 공간 속에서 자유자재로 움직이고 변전하는 자유로운 존재의 상징이다. 또한 그것은 "눈瞳子" 안으로 이입됨으로써 '하늘'에서 시적 자아에게로 옮겨진다. 즉, 객체의 주체화 또는 자연 질서에의 동화가 이루어지게 된다.

끝부분에서 '구름'은 이별의 대상이 되고 있다. 시적 자아는 "輪廓부터 풀리는 사람들" 즉, 사라져 가는 구름을 향해서 눈짓을 보내며 하직한다.

이러한 이별 방법은 목월의 20대 무렵의 시에 나타나는 것과는 아주 다른 방법이다. 예를 들면 시 「귀밑 사마귀」에서 "피가 맺힌다/어느 江을 건너서/다시 그를 만나랴/살 눈썹 길슴한/옛 사람을"과 같은 이별의 정한과는 판이한 것이다. 말하자면 이 시에서의 이별은 한낱 '눈짓'에 불과한 정서, 만남과 이별의 기쁨과 슬픔을 초월한 정서를 표출하고 있다. 그것은 '구름'이 갖는 자유자재로운 변전 또는 얽매임이 없음을 받아들임으로써 깨닫게 된 일종의 정신적 자유 획득에 해당한다. 시적 자아가 "마흔과 쉰 사이"를 강조하듯, 그것은 불혹의 나이에 얻게 된 영원에의 눈뜸이라 하겠다.

　이렇게 볼 때, 이 시에서의 '구름'은 자유로운 변환 또는 생성과 소멸의 초월을 상징하는 소재라 하겠다. '구름'이 이와 같은 상징성을 갖는 것은 인생이 '무상'함을 깨달음에서 비롯된다. 시 「平日詩抄」에는 그러한 점이 잘 나타나 있다.

3

발을 멈추게 한 것은
청아한 솔소리가 아니다.
바람에 휩쓸리는
가지 사이로 보는 구름.
半月城趾를 오르다
발을 멈추게 한 것은
청아한 솔바람소리가 아니다
몸부림치는 가지 사이로
영원한 無常.
지금 同行들은 앞서거니
혹은 뒤처져 따라오지만
몸부림치는 가지 사이로
내일은 구름으로 모이고 풀린다.

—「平日詩抄」에서

이 시에서 '구름'은 "몸부림치는 가지"와 대조되어 있다. "몸부림치는 가지"는 다시 "지금 同行들은 앞서거니/혹은 뒤처져 따라오건만"과 같은 삶의 현장을 의미한다. 앞서기를 다투는 경쟁의 삶 또는 아예 경쟁을 포기해버린 자포자기의 삶과 같은 생존 현상에 '구름'이 대조되어 있다. 그것은 인간사의 모든 현상들이 결국은 무상한 것이라는 점을 강조한다. 이와 같이 '구름'은 어떤 고정된 형태에 집착함이 없고 자유자재로 변환하며 소멸하는 듯 하다가 또 생성하는 자유로운 존재를 상징한다.

㉡ 달 : 그리움과 외로움 또는 시적 자아의 고향

목월시에서 '달'은 시적 상상력의 촉매로 작용하는 한 소재이다. 가령 그의 시 「月夜」의 "달이 구름에서 나오면/동네 가느른 골목이/흰 다님같다.//……중략……//들밖으로 달빛감고 달빛감고/사람 그림자 밤길 가고……"와 같은 구절을 보면 그러한 사정은 분명해진다. 즉, 빛으로서의 '달'이 등장함에 따라 새로운 시적 공간이 형성되고 아울러 시상이 전개된다. 이러한 달의 상상력은 목월시의 여러 편에서 확인되는 중요한 한 방법론으로 볼 수 있다. 더욱이 그의 시에서 '달'은 상징성을 띰으로서 중요한 의미를 지니는 소재가 된다.

다음 두 편은 그 대표적인 예가 된다.

> 달무리 뜨는
> 달무리 뜨는
> 외줄기 길을
> 홀로 가노라
> 나 홀로 가노라
> 　옛날에도 이런 밤엔
> 　홀로 갔노라

맘에 솟는 빈 달무리
둥둥 띄우며
나 홀로 가노라

울며 가노라
　옛날에도 이런 밤엔
　울며 갔노라

―「달무리」 전문

배꽃 가지
반쯤 가리고
달이 가네.
경주군 내동면
혹은 외동면
佛國寺 터를 잡은
그 언저리로

배꽃가지
반쯤 가리고
달이 가네.

―「달」 전문

　시 「달무리」에서 '달'은 외로움 또는 그리움의 정서와 맞닿아 있다. 시적 자아는 "옛날에도 이런 밤엔/홀로 갔노라", "외줄기 길을/나 홀로 가노라"와 같이 과거에서 현재에 이르고 있는 원초적인 그리움과 외로움의 정서를 달로써 표출하고 있다. 말하자면 '달'은 시적 자아의 그리움의 정서를 표상하는 객관적 상관물인 것이다. 또한 그것은 외로움의 증폭으로 볼 수 있는 비애의 정감으로 이어진다. 즉 끝연에서 "울며 가노라/옛날에도 이런 밤엔/울며 갔노라"와 같이 시적 자아는 그리움 또는 외로움의 비애를 토로하고 있다.

이처럼 시적 자아에게 있어서 '달'이 정서적 일체감을 형성하는 데는 시적 자아가 '달'을 동일시의 대상으로 간직할 수 있기 때문이다. 즉, '달'은 허공에 '달무리'를 만들고 시적 자아는 '맘'에 '달무리'를 만든다. '달'이 만드는 희뿌연 환상적 고리를 시적 자아의 마음 속에 이는 그리움과 외로움의 정감과 일치시킴으로써 시적 자아는 달을 자아와 동일시하고 있다. 따라서 이 시에서 '달'은 시적 자아의 객관적 상관물로써 드러나고 있다. 이와 같이 목월시에서 '달'은 그리움과 외로움의 표상 또는 시적 자아의 객관적 상관물에 해당한다.

시 「달」에서는 시적 자아의 감정이 절제되었을 뿐, '달'의 상징성은 앞의 시와 같은 맥락에 놓여 있음을 알 수 있다. 앞의 시에서 비애의 감정이 '눈물'로 직접 형성화된 것과는 달리 시적 자아는 관찰자적 입장을 취한다. 그러면서 "배꽃가지/반쯤 가리고/달이 가네."처럼 고전적 소재끼리의 결합을 통해 원초적 그리움에로의 회귀를 시도한다.53) 이 그리움은 2연에서 "경주군 내동면/혹은 외동면"이라고 하는 구체적 공간, 시인의 고향이라는 공간으로 한정되어 지향하게 된다.

말하자면 이 시는 고향으로 향하는 '달'이라는 객관적 상관물을 통하여 시적 자아의 향수를 표출하고 있다. 다만 그것은 고전적 소재의 결합을 통해서 정서적 깊이를 형성하고, 서경의 방법으로 외로움이나 슬픔을 감추었을 뿐, '달'의 상징적 의미는 그대로 담고 있음을 알 수 있다. 이처럼 목월시에서 '달'은 그리움과 외로움 또는 시적 자아의 고향으로서 상징적 소재가 되고 있다.

ⓒ 새(날개) : 영혼의 자유로움

> 난다.
> 날개로 저어가는 生命의 律感.

---

53) '배꽃'과 '달'의 결합은 이조년의 시조 "梨花에 月白하고 銀漢이 三更인제"에서처럼 우리의 고전시가에서 자주 등장하는 소재이다.

난다.
그것은 一種의 忘却.

난다.
그것은 一種의 虛無.

난다.
날개에 실리는 「나」의 量感.

난다.
空間上의 暫時의 均衡.

난다.
연꽃으로 찬란한 東洋의 穹窿.

난다.
작은 點. 하나.

—「飛翔」 전문

배가 고플 때만
절실히 肉身을 느낀다.
썩은 수수알을 쪼아먹으려
날개를 아래로 젓는다.
——아득한 下降.
그리고 날개는 새가 된다.

—「썩은 수수」 전문

위의 두 편 시는 「날개」 제하의 둘째, 넷째 시이다. 이 시들에서 '날개'
는 보편 상징의 의미 위에 놓여 있다.54) 말하자면 '날개'는 영적인 것의 표

---

54) J. E. Cirlot, 앞의 책, p.374.

상이 되고 있다. 이 점은 위의 시 두 편을 대비하여 분석해 봄으로써 쉽게 밝혀진다.

시 「飛翔」은 상승 이미지로서의 '날개(또는 새)'이다. '난다'는 것은 정신의 상승 작용이다. 그것은 "生命의 律感."이나 "「나」의 量感."과 같은 존재 인식에서 시작되어, '일종의 망각, 일종의 허무'를 통과하고 마침내 "연꽃으로 찬란한 東洋의 穹寢"에 이르게 된다. 또한 그것은 추상적인 실체인 '점'으로 존재했을 때 가능한 일이다.55) 곧, 육신으로서의 존재가 소멸되는 곳, 정신적인 세계에서 이룩될 수 있는 영혼의 자유로움을 의미한다.

이에 비하여 시 「썩은 수수」에서는 육체에 구속된 자아를 발견할 수 있다. 배고픔이라는 육체적 요구에 의한 본능에 지배당할 때, '새'라는 한 동물로 존재하게 된다.

이처럼 이 두 편의 시는 '날개'의 상승과 하강 두 작용을 통하여 육체적 존재와 정신적 존재를 대비시키고 있다. 이러한 대조를 통하여 '날개'는 정신의 상승 또는 영혼의 아름다움과 자유로움을 보여주고 있다.

이상과 같이 목월시에 드러나는 자유 상징의 의미는 운동성과 천상적 요소가 결합하여 이루는 정신과 육신의 자유로움을 함께 상징한다. 또한 그것은 '구름', '달', '새(날개)'와 같이 자유로운 이동력을 지니면서 천상의 공간을 확보한 소재들에 의하여 표상된다. 이들 중에서 '구름'과 '달'은 여러 시편에 두루 쓰이지만 '새(날개)'는 몇몇 편에 국한되어 있다.

(4) '하늘'과 '빛'의 상징

목월시에서 신성 상징은 목월 자신의 정신적 기반인 기독교 신앙과 맺어져 있다. 기독교는 목월의 신앙이면서 또한 목월시의 주요 형질을 구성

"In the general sense wings symbolige Spirituality, imagination thought."
55) '점'의 수학적인 정의는 평면상에서 직선과 직선이 만나는 곳을 의미한다. 따라서 그것은 공간을 소유할 수 없는 추상적인 것으로 볼 수 있다.

하고 있다.56) 따라서 종교적 절대자를 상징하거나 그 절대자의 사랑과 구원을 의미하는 소재들이 많이 쓰이고 있다.

본 항목에서는 앞서 고찰한 신성적 이미지와 중복을 피하면서 절대자 또는 성스러움을 표상한 '하늘'과 '빛'에 관하여 살펴보고자 한다.

㉠ 하늘 : 절대자 또는 지선(至善)의 상징

'하늘'은 기독교 신앙에서 '하나님'이라고 하는 절대자를 지칭한다. 목월의 시에서는 '하늘'을 '하나님'으로 인격화하지는 않았지만 그 역할에 있어서는 대동소이하다. 말하자면 목월시의 '하늘'은 '하나님'의 상징으로 쓰인 경우가 대부분이다.

다음과 같은 시가 그 대표적인 예에 해당한다.

> 희고도 눈부시는 천 자락이
> 눈 앞에 펄럭일 뿐
> 그러한
> 희고 눈부시는
> 천자락이
> 북소리처럼
> 가슴에 울리는 음성으로
> 변했다.
> 꽹과리처럼
> 자지러지게 울리는
> 음성으로 변했다.
> 하늘이 내게 베푸시는 은총
> 주의 사랑임을 증거하는

---

56) 목월시의 신앙적 고찰은 이미 여러 연구자들에 의해 부분적으로 고찰된 바 있다. 그 대표적 논고로서 김형필의 『박목월시연구』(이우출판사, 1988)가 있다. 이 논고의 Ⅲ-4, Ⅳ-2·3 등은 목월시의 신앙적 요소에 관하여 깊이 있게 논의를 전개했다. 본고는 이와는 달리 상징의 의미 천착에 논점을 제한시켜 목월시를 살피고자 한다.

표적을 보자.
나는 그 자리에서 타올라
재가 되었다.

—「희고 눈부신 천 한 자락이」에서

이 시에서 '하늘'은 은총을 베푸는 주체, 곧 기독교 신앙의 절대자임을 금방 읽을 수 있다. 더욱이 문맥 중에 "주의 사랑임을 증거하는/표적을 보자.", "할레루야/주의 사람임을 증거하는/그 숨막히는 눈부심" 등이 노출됨으로써 그러한 이해는 더욱 쉬워진다. '하늘'은 이 시에서 뿐만 아니라 『蘭·其他』 이후의 시집들에 두루 나타나는 절대자의 표상인 것이다. 이 시를 통해서 살필 수 있는 '하늘'의 상징적 의미는 이념태로서의 절대자이다. 그것은 시적 자아의 신비 체험을 통해서 구현된 신의 모습이다. 따라서 시적 자아와 신 사이에는 절대적 종속관계로 맺어진다. 예를 들면 그 관계는 "나는 그 자리에서 타올라/재가 되었다."와 같이 절대적 믿음에 의하여 기꺼이 자기 소멸을 수행하는 절대적 믿음의 관계이다.

그리고 시「임」에서는 '하늘'이 갈망의 대상에 놓인다. "어느날에사/어둡고 아득한 바위에/절로 임과 하늘이 비치리오"와 같이 시적 자아는 자신의 객관적 상관물인 '바위'에 '임과 하늘'을 담기를 갈망한다. 이 경우의 '하늘'도 정신적 추구의 대상으로서 광명이나 희망의 상징이 되고 있다. 또한 때로는 그것이 신앙의 의미는 아니더라도 자연의 질서를 통제하는 주재자의 모습으로 나타나기도 한다. 시「天水畓」의 1연이 이에 해당한다. "어메야,/福이 따로 있나./뚝심 세고/부지런하면 사는거지,/하늘이 물을 대는 天水畓/그 논의 벼이삭."에서처럼 '하늘'은 자연의 질서를 지배하는 주재자의 모습이 된다.

이처럼 목월시에 나타나는 이념태로서의 '하늘'은 신, 절대자, 주재자, 광명 그리고 희망 등의 의미를 지닌다. 그것은 곧 절대자 또는 지선의 상징이라 하겠다.

ⓒ 빛 : 삶의 원동력 또는 신성의 상징

‘하늘’이 신의 모습을 표상한다면 ‘빛’은 신성(神性), 곧 신의 말씀이나 은혜와 같은 무형적 요소의 상징이 되고 있다. 「빛을 노래함」은 이러한 빛의 의미를 다양하게 제시한 시이다.

> 사람은
> 빛으로 산다.
> 눈을 밝게하는 햇빛이나
> 마음의 눈을 뜨게하는
> 내면의 빛으로 산다.
> 장님에게는
> 장님의 빛이 있다.
> 안으로 불밝힌 황홀한 빛.
> 손가락에는 손가락의 빛이 있다.
> 사물을 더듬는 觸覺의 빛
> 코에는 코의 빛이 있다.
> 냄새를 맡을 수 있는
> 嗅覺의 빛
> 참으로 인간은
> 빛 그것이다.
> 말이 밝혀주는
> 예지의 빛.
> 너와 나를 맺어주는
> 사랑의 빛.
> 물론 우리에게는
> 더 큰 빛이 베풀어진다.
> 긍휼하신 神의 눈동자와

말씀의 빛.

— 「빛을 노래함」에서

이 시에서 '빛'의 의미는 "빛"과 "어둠" 또는 "슬기로운 자"와 "어리석은 자"의 대비관계로 파악되고 있다. 먼저 "슬기로운 자"가 누리는 빛의 삶을 살펴보자. "슬기로운 자"가 누리는 빛은 감각의 빛이요, 내면의 빛이다. 감각을 통해서 외부의 사물을 인식하는 인지 작용은 물론 삶의 지혜와 그것의 실천으로서의 사랑, 이 모든 것들을 가능케 하는 근원적 힘이 모두 빛의 힘인 것이다. 말하자면 빛은 인간의 삶을 가능케 하는 정신의 원동력이라 하겠다. 또한 "슬기로운 자"는 "더 큰 빛", 곧 신의 빛을 안다. '신의 빛'이란 "궁휼하신 神의 눈동자와/말씀의 빛." 곧 사랑과 종교적 진리이다. 이렇게 볼 때, 빛의 의미는 인간이 갖는 인지력, 지혜, 실천력의 근원임을 알 수 있다. 다시 말하면 그것은 삶을 지탱하고 이끌어 가는 정신적 원동력인 것이다. 그리고 그것이 신에게로 향할 때 인간을 향한 사랑이며 진리의 실체가 된다. 따라서 '빛'은 삶의 원동력이요, 신성의 표상이다.

이러한 '빛'의 의미는 '어둠'과의 대비에서 더욱 분명해진다. '어둠'의 속성은 "그 어두운 內面/굳은 말씨./먹고 마시는 것만으로/만족한다." 등과 같다. 빛이 없는 생활은 무지와 동물적 욕구 충족의 삶이다. 따라서 '어둠의 삶'은 어둠에서 나서 어둠으로 돌아가는, 어둠의 악순환만 거듭할 뿐이다.

이렇게 볼 때 '어둠'과 대비된 '빛'의 삶은 인간적 삶이요, 신앙적 삶을 의미한다. 그것은 "빛에서 태어나서/빛으로 돌아간다."에서처럼 언제나 지혜와 사랑 그리고 신의 사랑과 진리 속에서 살아가는 삶이다. 말하자면 영생의 획득이다. 이와 비슷하게 '빛'의 상징성을 "여기서 모성의 빛을 보게 되며, 모성의 빛은 생명의 빛, 구원의 빛, 부활의지의 빛으로"[57] 발전한다고 김형필은 밝히고 있다.

이와 같은 '빛'의 상징적 의미는 목월의 다른 시를 읽는 데도 유용하다.

---

57) 김형필, 위의 책, p.128.

시 「부활절 아침의 기도」에 나오는 다음 구절을 보자.

> 주여
> 태어나기 전의
> 이 혼돈과 어둠의 세계에서
> 새로운 탄생의
> 빛을 보게 하시고
> 진실로 혼매한 심령에
> 눈동자를 베풀어 주십시오.
>
> —「부활절 아침의 기도」에서

여기에서 '빛'의 갈망은 정신적 원동력의 회복, 곧 도덕성의 회복을 의미한다. 그것은 "혼돈과 어둠의 세계"로서의 현실상을 타개하는 방법이다. "혼돈과 어둠"이라는 무지와 동물적 욕구 충족의 세계를 벗어날 수 있는 유일한 방법인 것이다.

이처럼 목월의 신앙시에서 '빛'에 대한 갈망은 그의 시 곳곳에서 만날 수 있다. 아마도 그것은 자아의 종교적 성취와 현실 인식에서 비롯된 것으로 보인다. 종교적으로 신성을 깨닫고 그것에 가까워지려는 노력이며, 도덕적으로 타락해 가는 현실을 종교의 힘으로, 또는 신의 의지를 빌어 바로 잡아 보려는 의지의 표출로 볼 수 있을 것이다.

이상과 같이 목월시에 나타나는 주요 상징물들에 관하여 그 의미를 천착해 보았다. 목월시의 상징은 대체로 '산, 나무, 꽃'에 나타난 전원 상징, '돌, 그릇, 신발, 다리'에 나타난 존재 상징, '구름, 달, 새'에 나타난 자유 상징, 그리고 '하늘, 빛'에 나타난 신성 상징으로 묶어 설명할 수 있었다.

그런데 이들 네 부류는 다시 몇 개의 상관속을 형성하고 있다. 말하자면, 그것은 현실적 존재와 그것이 지향하는 이상과의 대응관계이다. 전원 상징이나 존재 상징은 시적 자아와 시적 자아를 둘러싼 인간 존재를 표상하고 있다. 그들은 항상 그것의 현존재에서 벗어나려는 욕구를 지닌다. 말하자면 그들은 현실적 불만이나 부족함에서 충족된 세계로 나아가고자 한다. 그들이 지향하는 지점에 놓이는 것이 곧 자유 상징과 신성 상징이다. 자유 상징이 '구름'이나 '달' 또는 '새'로 대표된다는 점은 그것들이 신성에 가까이 있거나 또는 그것을 향하여 갈 수 있다는 점과도 관련이 있는 것으로 보인다.

이렇게 볼 때 목월시에 나타난 상징들이 갖는 의미는 현실과 이상의 대응관계로 설명될 수 있다. 시적 현실 또는 현존재는 부족과 불만으로 쌓여 있다. 그러한 결핍 감정은 여러 가지 반응을 가져올 수 있다. 체념할 수도 있고, 탈취할 수도 있고, 또 초월할 수도 있다. 그러나 목월시에서는 그것이 충족된 세계로 나아가고자 하는 갈망으로 나타난다. 말하자면 신성과 자유를 향한 끊임없는 구도자의 자세, 그것이 상징으로 본 목월시의 원형질인 것이다.

4. 주제의 탐구

목월의 시세계에 대한 주제론적 고찰은 여러 논자들에 의해 다양하게 진행되어 왔다. 특히 청록파의 한 사람으로서 목월의 시에 대한 '자연시', 혹은 '고향시'로서의 검토는 그 질적이나 양적인 면에 있어서 다른 어느 시인에 대한 그것에 못지 않다. 그러나 이는 목월시를 총체적으로 파악하는 데 있어서 하나의 장애 요소로서 작용한 것 또한 사실이다. 우리는 그 동안 그의 시를 '자연시', 혹은 '고향시'로서 파악하는 데 너무나 익숙해져 있었다는 것이다. 물론 그의 시에서 '자연시', 혹은 '고향시'로서의 특성은 두드러지게 나타난다. 그러나 목월은 시인으로서 기성 문단에 등단하기 이전에 이미 동요와 동시 시인으로서 알려져 있었다. 이러한 점에서 목월시를 총체적으로 파악하기 위해서는 먼저, 그의 동요와 동시를 분석·평가하는 것이 우선되어야 하겠다. 더욱이 이를 통한 목월의 동요와 동시의 특성에 대한 고찰은 그의 성인시와의 관련성에 대한 검토를 위해 밑바탕이 될 것이다.

지금까지 목월시의 전개과정은 주제론적으로 접근하여 주로 초기시와 후기시로 나누어 2기로 해석하는 경우58)와 혹은 초기시, 중기시, 후기시로 나누어 3기로 살펴보는 경우,59) 그리고 5기로 나누어 고찰하는 경우60)가 있어 왔다. 필자는 목월시를 그 정신사적 지향의 변모 과정에 따라 '동심지향과 휴머니즘', '자연탐구의 의미', '인간사의 애환', '존재론적 탐색', '신앙에의 길' 등 다섯 단계로 나누어 그 시세계의 변모과정을 구체적으로 고찰해 보고자 한다.

(1) 동심지향과 휴머니즘

목월시는 동요 혹은 동시로부터 시작된다. 정지용에 의해 추천되어 시단 활동을 시작하기 이전에, 이미 그는 기성 동시시인으로 데뷔해 있었던 것이다. 계성중학 2학년에 재학 중이던 1933년 봄에 동요 「통딱딱·통딱딱」이 《어린이》지에 특선되어 발표된 바 있었으며, 같은 해 6월에는 동요 「제비맞이」가 《신가정》지의 현상모집에 당선되었다. 일반시단 데뷔 이후에도 그는 많은 동시를 발표하여 『朴泳鍾童詩集』(조선아동회, 1946)과 『초록별』(조선아동 문화협회, 1946) 등의 동시집을 묶어 낸 바 있다. 또한 그의 대표작을 모은 동시집 『산새알 물새알』(여원사, 1962)을 출간하기도 했다. 이외에도 그는 『동시의 세계』(배영사, 1963), 『소년소녀문장독본』(보진재, 1963) 등의 아동문학 도서를 출간했다. 뿐만 아니라 《아동》,

---

58) 김광림, 삼중당간 『靑鹿集』(문고판) 해설. 권명옥, 「목월시연구」, 한양대학교 대학원. 윤재근,「목월의 시세계」, 『목월문학탐구』 (민족문화사, 1983).

59) 신동욱, 「박목월의 시와 외로움의 의식」 (새문사, 1981).

60) 김동리, 「목월시의 비밀과 강점」 (《현대문학》, 1978. 6).

≪동화≫, ≪아동문학≫ 등의 아동잡지 발간에도 직접 간여하여, 목월의 어린이에 대한 관심이 지속적이며 지대했다는 점을 짐작케 한다. 더욱이 그의 작고 10주기를 맞이하여 엮어진 미발표 유작 발굴 동시집『나의 손자와 귀여운 어린이들을 위한 나의 마지막 동시집』[61]은 목월의 어린이에 대한 사랑이 평생에 걸쳐 있다는 사실을 명백히 드러내 주고 있다.

그러나 그의 동시에 대한 연구 성과는 성인시, 혹은 일반시에 관한 것에 비해 매우 부진한 것이 사실이다.[62] 특히 목월의 동시를 성인시와 밀착시켜 그의 문학적 면모를 천착하는 작업은 아직 하나의 숙제로 남겨져 있는 상태이다.[63] 따라서 이 자리에서는 그의 동시가 일반적인 현대시와 갖는 관련성에 대해 주제적 측면에서 고찰하여 목월시의 전면모를 살펴보는 데 있어 한 보탬이 되도록 시도하고자 한다.

목월시의 출발이 동요, 혹은 동시로부터 시작되었다는 점은 이미 말한 바 있다. 그런데 이후에 목월의 현대시에서는 동시적인 원형이 극복되어 있으며, 이는 그의 시적 성숙을 뜻한다는 지적이 있는데 이러한 견해는 검토를 요한다고 생각된다.

> "그러면, 그러한 변용은 무엇을 의미하는 것일까, 말할 나위도 없이 그것은 추천기의 작품에서 미처 탈피하지 못했던 童詩的인 原型을 이때 비로소 깨끗이 청산하였음을 뜻한다. 童詩的인 원형의 청산은 곧 朴木月 자신의 詩的 成熟을 뜻할 뿐만 아니라, 朴木月만의 독자적인 경지의 확보를 뜻하는 것이기도 한다."[64]

물론 목월시에서의 시적 변용은 그의 시의 특징 중 하나인 것으로 인정

---

61) ≪아동문학평론≫ 통권 46호(한국아동문학연구원, 1988. 봄), pp.17-28.
62) 목월의 동시에 대한 연구 성과 중 대표적인 것으로는 이재철과 김용덕의 것을 들 수 있다.
    이재철, 『아동문학개론』 (문운당, 1967).
    김용덕, 「목월의 동시세계」, 『목월문학연구』 (민족문화사, 1983).
63) 김용덕, 앞의 책, p.251.
64) 정창범, 「박목월의 시적 변용」, 앞의 책, pp.29-30.

될 수 있다. 목월시에서의 시적 변용은 현대시 자체 내에서만이 아니라, 초기와 후기의 동시에 있어서도 유사한 흐름을 거쳐온 것으로 밝혀질 정도이기 때문이다.65) 그렇지만 그의 시에서 '변용=동시적인 원형의 청산=시적 성숙'과 같이 등식관계가 성립된다고 판단하기는 어렵다고 본 것이다. 왜냐하면 목월이 그의 손자와 귀여운 어린이들을 위해 남기고자 한 동시는 그 이전의 현대시에서 동시적인 원형이 과연 청산되었을까 하는 의문을 제시하기 때문이다. 더욱이 그의 동시와 현대시에서는 내용에서만이 아니라 형태적인 측면에서도 유사성을 드러내기 때문이다.

> "이것이 중학교 一·二학년 시절이었다. 그 시기가 곧 내가 <詩에 눈을 뜨게> 되는 무렵이다. 로디의 <꿈을 기록할 수 있는…>이라는 그 <꿈>이 내게는 홈·심크의 애절한 심정 위에 어리는 부모의 모습과 고향의 산천과 어린 벗들…… 이며, 그 부모를 사모하고 고향 山川을 그리워하고, 벗들을 생각하는 그 사모나, 그리움이나, 애달픔을 表現하기에는, 普通말이 아닌, 다른 새로운 言語가 필요한 듯 했다. 진지하게 절박한 心情과 그것을 표현하려는 참된 정성이 <詩>를 낳게하는 사실을 體驗했던 것이다."66)

박목월의 자작시 해설에도 누차 언급된 바와 같이, 그의 시정신의 바탕은 향수이다. 그리고 그것은 그의 시에 어리는 정서의 발생 원인기도 하다.

> ㉠ 내일모레 설날이다
> 떡방아 찧자
>
> 엄마토끼 누나토끼
> 흰수건 쓰고

---

65) 김용덕, 앞의 책, p.246.
66) 박목월, 『보라빛 素描』(신흥출판사, 1956), pp.4-5.

오콩 콩콩 쌀한되 찧고
오콩 콩콩 조한되 찧고

……중 략……

계수나무 절구에
복떡을 찧고
은도끼로 깍아낸
나무절구
오콩 콩콩 한호박 찧고
오콩 콩콩 두호박 찧고
그믐날 밤이래서
어두워지면
초롱불 켜들어라
수박초롱
오콩 콩콩 찰떡을 찧고
오콩 콩콩 복떡을 찧고

―「토끼방아」에서

ⓒ 잔잔한 냇가에서
낚시를 다루면
그 조용하고 나긋나긋하고
마음이 갈앉는 고요한 흥분.
낚시가으로
고기들은 솔깃솔깃 꼬리를 치며 재미있는 이야기의 구절구절처럼
제대로 소릇이 모일 듯한
꿈같은 생각.

…… 중 략 ……

일곱빛 영롱한
비단 꽃양산……
그 햇님은
어깨에 메고 오듯이
황홀하고, 슬픈

아아, 줄달음질……
엄마를 부른다.
바람 같이
큰 목소리로 엄마를 부른다.

─「냇가에서」에서

위의 두 시에 드러나 있는 것처럼, 그의 동시는 유년시절에 대한 회상을 내용의 기본 골격으로 하고 있으며, 또한 소년시절의 생활 체험을 그 바탕으로 하고 있다. 그의 동시에는 꿈 많던 어린 시절의 기억이 되살아나 있는 것이다.

구체적으로 ㉠의 시 「토끼방아」에는 '달나라 전설'을 믿고 있던 어린아이의 시점에서 바라보는 설날의 풍경이 묘사되어 있다. "엄마토끼 누나토끼/흰수건 쓰고"와 "계수나무 절구에/복떡을 찧고"라는 시구를 보면, 전설의 신비롭고 아름다운 세계를 믿으면서 생활하는 인간의 순수성과 본원성에 대한 갈망과 지향이 나타나 있다. 더욱이 "아기토끼 때때옷은/색동저고리/누나토끼 설치장은/하얀 고무신"이라는 시구에는 아이 고유의 천진스러움과 함께 현대사회에서는 잊혀져 가는 전통문화에 대한 애정이 깃들여 있다.

이처럼 시 「토끼방아」에는 옛부터 전해 내려오는 우리 고유의 전설과 의식 등 잊혀져 가는 것들에 대한 관심과 애정이 나타나 있다. 그런데 이는 "어두워지면/초롱불 켜들어라/수박초롱"에서와 같이, 어린 시절의 고향 풍물과 연결되어 있어서 그 정취를 더해 준다. 또한 7·5조를 기본 음수율로 한 4음보율로서 전통 시형을 계승·발전시킨 것은 시 내용에 뿐만 아니라 시 형태에도 기울인 시인의 깊은 관심의 정도를 이해할 수 있게 한다. 그러나 "오콩 콩콩 쌀한되 찧고/오콩 콩콩 조한되 찧고"와 같은 후렴(1연에서)을 변화시켜 매연에 거듭 반복하고 있으며, 이를 본시의 기술 부분으로부터 1음절 뒤로 배치하여 시각적 효과를 획득코자 한 점은 지나치게 작위적인 창작욕에서 비롯된 시적 부자연스러움을 떨쳐버리지 못한 것처럼 느끼게 한다.

ⓒ의 시 「냇가에서」는 시 「토끼방아」에서와 비교되는 몇 가지 차이점이 눈에 띈다. 첫째로는 전설과 같이 시 내용에 포함되어 있던 주변적인 이야기가 배제되어 있다는 점이다. 목월의 동시에는 시 「흥부와 제비」, 「여우비」 등과 같이 전래되는 설화와 전설 따위에서 모티브를 제공받은 일련의 작품들이 있다. 그런데 시 「냇가에서」는 이러한 유형의 시들과는 그 계열을 달리하고 있다. 소년시절 고향에서의 즐거웠던 체험이 시 내용의 줄거리를 이루고 있을 뿐이다. 또한 시 「냇가에서」는 시의 모양이 '풀어져 있음'을 보게 된다. 시 「토끼방아」가 다분히 정형시의 면모를 드러내고 있다면, 이 시는 자유시의 부드러움과 자연스러움을 보여주고 있다는 점이다. 물론 이 두 시에서는 공통점도 엿보인다. 시 「냇가에서」에서는 시 「토끼방아」에서보다 좀더 성숙된 시의 화자와 마주치게 된다. 그러나 이 두 시의 화자는 모두 고향의 자연 공간 속에 놓여 있다는 점이 공통이다.

그리고 이처럼 '고향'과 '자연'을 시의 공간적 배경으로 하고 있는 작품은 성인시에서도 자주 접하게 된다. 목월의 동시와 성인시와의 상관성은 여기서 먼저 발견되는 것이다. 또한 시 「냇가에서」와 「토끼방아」에서 발견되는 두 번째 공통점은, 이 두 시에서 '육친의 정' 혹은 '가족애'를 느낄 수 있다는 점이다. 시 「토끼방아」의 "엄마토끼 누나토끼/흰수건 쓰고"와 시 「냇가에서」의 "큰 목소리로 엄마를 부른다."라는 시구처럼, 각 시에 등장하는 가족 명칭의 사용에서 이를 확인할 수 있다. 그런데 이러한 점은 인간사의 애환을 드러낸 현대시에서도 마찬가지로 보인다. 동시 「토끼방아」와 「냇가에서」에서는 '누나', '엄마' 등의 호칭이 보이며, 동시 「꽃주머니」에서는 '고모님'이라는 호칭이 눈에 띈다. 이에 반해 현대시에서는, 시 「下棺」의 '너'(아우—필자주), 시 「唐人里 近處」의 '자식들', 시 「층층계」의 '나의 어린것들'(자식들—필자주), 시 「家庭」의 '막내둥이/강아지 같은 것들'과 같은 가족 명칭이 보이는 것이다.

이처럼 동시로부터 현대시에 이르기까지 작품 도처에서 발견되는 가족 명칭은 목월의 '육친의 정', 혹은 '가족애'가 얼마나 깊은 것인지 가늠케 해 준다 하겠다. 물론 동시와 현대시에서의 호칭의 변화는 목월의 성장과 함께 확대·변화해 간 가족관계를 드러내 주는 것으로 이해할 수 있다. 또한 목월의 동시에서 '엄마'라는 호칭은 성인시에서 '어머니'라는 호칭으로 변화될 뿐만 아니라, 그 사용 빈도수에 있어서도 무한히 증대되고 있음을 볼 수 있게 된다. 특히 연작시 「어머니」의 출현이 이러한 사실을 입증해 주는 것이다. 그런데 이는 연작시 「어머니」의 내용 특성상 목월의 동시로부터 비롯된 '육친의 정', 혹은 '가정애'가 기독교적 휴머니즘 정신으로 고양되어 감을 의미하는 것으로 볼 수 있다.

이 밖에도, 목월의 동시에서 발견되는 중요한 특성 중의 하나가 있다. 그것은 그의 시에서 생명체의 신비로움에 대한 깊은 탐구의식이 드러난다는 점이다.

> ㉠ 물새는
> 물새래서 바닷가 모래밭에
> 알을 낳는다.
> 보얗게 하얀
> 물새알.
>
> 산새는
> 산새래서 잎수풀 둥지안에
> 알을 낳는다.
> 알락달락 얼룩진
> 산새알.

—「물새알 산새알」에서

> ㉡ 어른들은 모두
> 들일 나가시고

처마 밑이 환하게
밝아 오는
대낮
둥우리의 암탉이
알을 품고 있어요.
빨간 볏
살작 내밀고
알을 품고 있어요.

……중 략……

제비도 알을 낳아
새끼를 까게 되면
처마 밑에 지지배배
얼마나 즐거울까요.
지지배배
지지배배
온 집안이 거득할 테죠.

—「심심한 대낮」에서

위의 두 시에는 생명체의 탄생이 시의 화자에게 안겨주는 신비로움과 즐거움이 드러나 있다. 특히 ㉠의 시 「물새알 산새알」에 대해서는 목월 자신이 "생명의 갸륵한 비밀을 가볍게 노래"했다고 지적한 바 있다.67) 이처럼 시 「물새알 산새알」에는 "물새"와 "산새", "바닷가 모래밭"과 "잎수풀 둥지안", "보얗게 하얀"과 "알락달락 얼룩진" 등과 같이 시인의 치밀한 관찰에 의해 시적 대상이 대조적으로 묘사되어 있는 것이다. 또한 ㉡의 시 「심심한 대낮」은 목월의 유고 동시 중 한 편인데, 여기에는 '닭'과 '제비'가 알을 낳고, 이것이 다시 어미에 의해 병아리와 새끼 제비가 되기까지, 생명의 탄생과 성장과정이 시 내용의 골격을 이루고 있다. 물론 이 시

---

67) 위의 책, pp.37-41.

도 '삐약삐약/지지배배' 등의 의성어와 같이 어린 아이들이 쉽게 이해할 수 있는 표현으로 기술되어 있어서, 목월 동시의 표현상의 특징을 그대로 보여주고 있는 것을 알게 된다.

이렇게 볼 때, 현대시에서도 두드러지게 나타나는 특징 중의 하나인 생명체의 신비로운 탄생과 성장에 대한 탐구정신, 혹은 '생명사상'은 목월의 초기로부터 말년에 이르기까지 그의 동시에서 두드러지게 나타나는 특징 중 하나임을 알 수 있다. 여기서도 목월의 동시가 성인시와 갖는 관련성이 나타나는 것이다.

이처럼 목월시의 출발이면서 한 귀결로서 동요와 동시는 유년시절에 대한 회상이 그 기본골격을 이루고 있으며, 또한 소년시절의 생활체험을 그 바탕으로 하였는데, 그 이후의 '자연시', '인간사의 시', '존재론의 시', '신앙시' 등과 밀접한 정신사적 관련성을 갖고 있다는 점도 알게 되는 것이다.

⑵ 자연탐구의 의미

목월의 시세계를 논하는 데 있어서 그의 시가 자연과 갖는 관련성에 대해서는 그 어느 경우보다도 중요하게 다루어져 왔다. 그의 데뷔작뿐만 아니라, 시집 『靑鹿集』과 『山桃花』 등에 수록된 초기시의 대부분이 자연을 소재로 한 자연시라는 점에서 이는 당연한 일이라 할 수 있다. 특히 자연 내지 전원심상이 단순한 소재뿐만 아니라, 그의 초기시를 관류하는 중요 형질이 된다는 점에서 더욱 그러하다.68)

그러나 목월시에서 자연은 초기시에서만이 아니라 후기시에 이르기까지 시의 소재로서 꾸준히 등장하고 있다.

이 점에 대해서는 김준오가 그의 『시론』에서 잠깐 지적한 바 있다.

---

68) 김재홍, 「박목월의 성격과 시사적 의미」 (≪현대문학≫, 1988. 3), p.87.

"木月은 그의 시집 『無順』(三中堂, 1976)에서 <新自然>이라는 용어를
사용했다. 이것은 <新自然>의 자연이 『靑鹿集』시대의, 그의 초기 자연시
의 자연으로부터 현격히 변모된 사실을 단적으로 시사한다. 木月詩의 변
모는 이런 자연의 변모에서도 용이하게 감지할 수 있다. <新自然>의 자
연은 모두 역사적 시런 가운데 파괴되고 고통받는 자연이다."[69]

「靑노루」, 「나그네」, 「산그늘」 등 목월의 초기 자연시들 속의 자연은
"민족적 감성을 자극하고 전통적 정서를 환기하는", "평화롭고 안정된 자
연"이지만, 「발자국」, 「山철쭉」, 「山에서」 등의 자연은 "자연 속에 비극
적인 역사적 현실이 수용된 자연"이라는 것이다.[70] 그러면 목월시에서 자
연은 과연 어떤 자연으로, 어떤 배경에서 선택되어, 어떻게 표현된 자연인
지 그 구체적이며 종합적인 의미를 다각도로 살펴보기로 하자.

이를 위해 먼저 목월시에서 자연이 시의 화자와 갖는 관계에 대해 알아
보자. 그의 시에서 자연은 단지 시적 표현의 대상일까? 혹은 시의 화자가
존재하는 공간으로써 배경의 의미를 지닐까? 아니면 시의 화자 의식 속에
내면화된 자연일까? 기타 여러 의문들에 대해 검토해 보자는 것이다. 『靑
鹿集』과 『山桃花』에 수록된 대부분의 시와 『蘭·기타』에 수록된 일부분
의 시는 자연을 소재로 하여 쓰여져 있다.

이외에 목월의 자연시는 자연과 시의 화자와의 관계면에서 고찰할 때,
다음 그림과 같이 세 가지 유형으로 구분해서 살펴볼 수 있다.

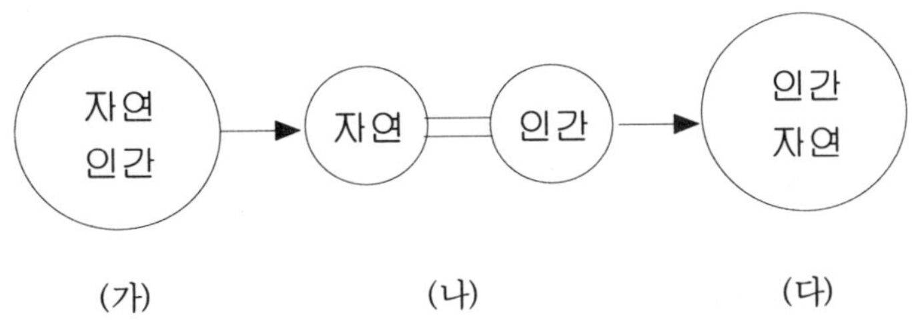

---

69) 김준오, 앞의 책, p.350.
70) 위의 책, p.351.

「三月」, 「靑노루」, 「山桃花1·2·3」, 「달」, 「餘韻」, 「雲伏嶺」, 「山」 등은 (가) 유형에 속하는 시들이다. 이들 시에서는 시의 화자뿐만 아니라, 어떠한 사람의 모습조차 찾아볼 수 없는 것이다. 따라서 이들은 한 유형의 작품으로 설정할 수 있다.

> ㉠ 芳草峰 한나절
>   고운 암노루
>
>   아래ㅅ마을 골짝에
>   홀로 와서
>
>   흐르는 내ㅅ물에
>   목을 축이고
>
>   흐르는 구름에
>   눈을 씻고
>
>   열 두 고개 넘어 가는
>   타는 아지랑이

―「三月」 전문

> ㉡ 靑石에 어리는
>   찬물소리
>
>   반은 눈이 녹은
>   산마을의 새소리
>
>   靑田 山水圖에
>   삼월 한나절

山桃花
두어송이

늠름한
品을

산이 환하게
틔어뵈는데
한머리 아롱진
韻詩 한 句.

—「山桃花3」 전문

ⓒ 배꽃가지
　반쯤 가리고
　달이 가네.

　경주군 내동면
　혹은 외동면
　佛國寺 터를 잡은
　그 언저리로
　배꽃 가지
　반쯤 가리고
　달이 가네.

—「달」 전문

　위에 인용한 시들에서는 사람이라고는 그림자조차도 얼씬거리지 않고 조화롭게 균형잡힌 자연의 아름다운 모습만을 볼 수 있다. '골짝/청석/산마을/터' 등 정지된 공간을 배경으로 '암노루/내ㅅ물/구름/새/산도화/배꽃가지/달' 등 유동성, 혹은 생명성을 지닌 자연이 살아 움직이는 모습을 읽을 수 있는 것이다.

특히 ㉠시 「三月」에는 '암노루'와 같이 동물로서 자연의 모습이 등장하여 주목된다. 물론 목월시에 동물이 등장한다는 것이 희귀한 일은 아니다. 시 「靑노루」에는 '청노루', 「山桃花1」에는 '암사슴' 등 사슴과에 속하는 유사한 동물들이 나타나기 때문이다. 또한 시집『晴曇』의 「動物詩抄」에는 '염소, 하마, 낙타, 원' 등이 보이며, 시집『크고 부드러운 손』의 「羊을 몰고」에는 '양'이 있기 때문이다. 그러나 목월의 초기시에 보이는 '암노루', '청노루', '암사슴' 등 사슴류는 단순히 묘사의 대상이나 소재가 아니라 대리자아로서 객관적 상관물에 해당된다는 점이 특이하다 하겠다. '아래ㅅ마을 골짝에/홀로 와서/목을 축이고/눈을 씻는' '암노루'와 "옥같은 물에/발을 씻는" 암사슴, 그리고 "도는 구름"을 바라보는 '청노루'와 같이 항상 외로움의 이미지를 지니는 바 이것은 산천과 하늘만을 벗해야만 했던 문학청년 시절 목월의 모습과 유사한 것으로 이해되기 때문이다.

> "나는 늘 혼자였다. 사무가 끝나면 거리로 나왔다. 거리랬자 5분만 거닐면 거닐 곳이 없었다. 半月城으로, 五陵으로, 南山으로, 芬皇寺로 돌아다녔다. 실로 내가 벗할 것이란 황폐한 古都의 산천과 하늘별이었다. 이 流配의 지역에서 나는 스물, 스물 하나, 스물 둘 —— 그야말로 꽃같은 젊음을 보냈다. ……중략…… 이 풀길 없는 고독이 안으로 응결되어 나의 초기 작품 세계의 터가 잡히게 된 것이다. 그럼에도 나는 시를 쓰는 것과 시인이 되는 것 외에 다른 소망이 없었다."71)

㉡시 「山桃花3」에서도 산과 물을 배경으로 한데 어우러져 있는 새와 꽃(산도화)의 모습을 쉽게 볼 수 있다. 청전(靑田)의 산수도(山水圖)를 감상하는 듯한 느낌을 받게 되는 것이다.

그런데 이 시의 1·2연에서는 그림 속에 부분적으로 나타나 있는 듯한 '물/새' 등 자연물의 모습이 소리로써 표현되어 이채를 띤다. 이는 목월이 전통적 서정을 바탕으로 하면서 또한 현대적 서정을 형상화한 시인이라는

---

71) 박목월, 「나와 청록집 시절」, 『자하산 청노루』(문학세계사, 1986), pp.259-260.

한 증거라고 생각된다. 왜냐하면 그는 시조에서 가장 많이 불려진 꽃인 '도화'72)나 '물', '새' 등을 읊고 있지만, 시각적인 모습을 청각적인 소리로 의도적으로 바꾸어서 나타내고 있기 때문이다.

시 ㉢에서는 목월이 즐겨 벗했던 시의 소재 중 하나인 '달'을 보게 된다. 여기서 우리는 신라의 고도, 경주 부근을 지나가는 달을 만나게 되는 것이다. 그런데 이 시에서 달은 "배꽃가지"처럼 물의 이미지, 즉 생명감각을 지닌 식물적 소재와 연결된다는 점이 눈에 띈다.73)

이처럼 시의 화자뿐만 아니라 어떠한 사람의 모습을 찾아보기 어려운 목월의 초기시에서 자연은 유동성, 혹은 생명성을 지닌 자연물이 살아 움직이는 공간이라 하겠다.

「閏四月」, 「나그네」 등 목월의 초기 대표시는 (나) 유형에 속하는 작품이다. 이들 자연시에는 자연 경관을 배경으로 시의 화자, 혹은 이에 상응하는 사람의 모습이 보이기 때문이다. 말하자면 자연과 인간이 하나의 등가를 이룬다는 점이 특징이라고 하겠다.

㉠ 松花가루 날리는
외딴 봉오리

윤사월 해 길다
꾀꼬리 울면

산지기 외딴 집
눈 먼 처녀사

문설주에 귀 대이고
엿듣고 있다

—「閏四月」 전문

---

72) 정병욱, 앞의 책, p.298.
73) 김재홍, 앞의 책, p.355.

ⓛ 江나루 건너서
밀밭 길을

구름에 달 가듯이
가는 나그네

길은 외줄기
南道 三百里

술 익는 마을마다
타는 저녁 놀

구름에 달 가듯이
가는 나그네

—「나그네」 전문

　이 두 편의 시에는 각기 인물이 등장한다는 점이 특징적이다. 시 「閏四月」에는 "눈 먼 처녀", 「나그네」에는 "나그네"가 보인다는 점이 바로 그러하다. 그러나 이들 시의 배경으로서 자연과 그 곳에서의 이들의 위치 및 역할을 살펴보면 이들 시에서의 자연의 의미 및 자연과 시의 화자와의 관계는 분명하게 드러날 것이다.

　시 ⓖ에서 공간적 배경은 '외딴 봉우리/외딴 집'으로 설정되어 있다. 자연과 인간이 홀로 떨어져 있어 저절로 고독해질 수밖에 없는 자연공간인 것이다. 이 곳에서의 시간은 '윤사월'이다. 계절적으로 봄인 것이다. 봄은 특히 처녀에게 기다림과 설레임을 안겨주는 계절이다. 그러나 육체적으로 불구인 눈 먼 처녀에게 봄은 안타까움의 시간이라 하겠다. 이는 "문설주에 귀 대이고/엿듣고" 있는 그녀의 모습을 통해 알 수 있는 것이다. 이렇게 볼 때, 시 「閏四月」은 항상 혼자였으므로 고독할 수밖에 없었던 목월이 자신의 그리움과 안타까움을 "눈 먼 처녀"라는 인물 설정을 통해 청각심상과 시각심상을 통해 형상화한 작품이라 하겠다. 따라서 이 시의 "눈 먼 처녀"도 목월의 대리자아로서 하나의 객관적 상관물로 볼 수 있다.

ⓒ시 「나그네」도 한 폭의 그림과 같다. 그러나 이 시는 좀더 채색되어 있어 수채화를 보는 듯하다. '강'과 '저녁 놀'의 대조가 그것을 말해 준다. 그리고 공간적 배경에 있어서도 차이를 보여준다. 시 「閏四月」에서는 '산'이었지만, 여기서는 '마을'인 것이다. 이는 시 「나그네」가 좀더 사람의 냄새가 나는 현실적인 공간과 이웃해 있다는 점을 나타내 주는 것이라 하겠다. 이처럼 거의 미화되거나 꾸며지지 않았기 때문에 현실 세계에 근접해 있는 밀밭을 배경으로 등장하는 인물은 '나그네'이다. 목월 자신은 이 '나그네'에 대해 다음과 같이 술회했다.

"그야말로 子子單身 떠도는 나그네를 나는 억압된 조국의 하늘 아래서 우리 민족의 총체적인 얼의 상징으로 느꼈으리라."74)

목월 자신이 느꼈던 대로 나그네는 "우리 민족의 총체적인 얼의 상징"이라고 볼 수도 있을 것이다. 그러나 나그네에 '민족'이라고 하는 집단적이며, '얼'이라고 하는 공동체 의식의 개념적 의미까지 부여하기에는 견강부회의 감이 없지 않다. 왜냐하면 일제 강점은 당시 우리 민족 전체가 처했던 비극적 현실이지만, 목월시는 대체적으로 개인의 차원에 머물러 있기 때문이다. 물론 "타는 저녁 놀"과 같은 시간적 배경의 상황 설정에서는 정처없이 떠도는 나그네가 맛볼 수밖에 없는 위기감을 같이 느낄 수 있다. 또한 '구름'과 '달'의 대비적 제시에서는 구름과 같은 어두운 현실을 달처럼 헤쳐나가야 하는 나그네의 고달픈 모습을 유추해 볼 수도 있다.

하지만 이와 같이 어두운 현실 상황에 놓여 있는 나그네가 일제 강점하의 우리 민족이라고 말할 단서를 시에서 찾기에는 어렵다는 말이다. 오히

---

74) 한양어문학회 편, 『목월문학탐구』(민족문화사, 1983), p.31. 재인용.

려 나그네는 돌아다니기를 일삼던 목월의 방랑의식의 한 표상으로서, 그의 또다른 대리자이며 객관적 상관물인 것이다. 말하자면 자연의 모습인 '달'과 가장 자연스럽게 어울리는 인간의 모습이라고 하겠다.

이렇게 볼 때, '눈 먼 처녀', '나그네' 등 목월의 대리자아로서 객관적 상관물이 나타나는 「閏四月」, 「나그네」 등 초기 자연시에서 자연은, 등장인물과 그들 삶의 모습이 담겨 있기에 어울리는 배경으로서의 의미를 지닌다고 하겠다. 목월의 불구의식과 방랑의식 등 비관적 세계관이 자연과 하나의 등가를 형성하기 시작한 것에서 의미를 지니는 것이다.

「박꽃」, 「길처럼」, 「산이 날 에워싸고」, 「산그늘」, 「蘭」, 「木瓜樹有感」, 「素描·B」 등 초기로부터 후기에 이르기까지 목월의 전 창작기간에 걸쳐 두루 발견되는 자연시는 (다) 유형의 시다. 이 유형의 시들에서는 똑같이 자연을 대상으로 하되, 시의 화자가 좀더 전면에 나타나면서 시인의 관념과 정서가 보다 노골적으로 표현되어 있음을 발견하게 된다.

> ㉠ 흰 옷자락 아슴아슴
> 사라지는 저녁답
> 썩은 초가 지붕에
> 하얗게 일어서
> 가난한 살림살이
> 자근자근 속삭이며
> 박꽃 아가씨야
> 박꽃 아가씨야
> 짧은 저녁답을
> 말 없이 울자

―「박꽃」 전문

> ㉡ 이쯤에서 그만 下直하고 싶다.
> 좀 餘裕가 있는 지금, 양손을 들고
> 나머지 許諾받은 것을 돌려 보냈으면.

餘裕있는 下直은
얼마나 아름다우랴.
한포기 蘭을 기르듯
哀惜하게 버린 것에서
조용히 살아가고,

가지를 뻗고,
그리고 그 섭섭한 뜻이
스스로 꽃망울을 이루어
아아
먼곳에서 그윽히 향기를
머금고 싶다.

—「蘭」 전문

ⓒ 여전히 있군.
　그 나무는. 靑鹿集의 내 作品을
　쓸 무렵의 木瓜樹.
　芝薰을 기다렸다.
　저 나무 아래서.
　서울서 내려오는 낯선 詩友를.

　二十年의 세월이
　어제같구나.
　木瓜樹는 여전한 그 모습.
　늙어서 나만이 이 나무 아래서
　오늘은 구름을 쳐다보는가.

　덧없는 세월이여.
　어제같건만, 젊음은 갈앉고
　머리는 半白.
　半平生 經營이 詩句 두어줄.
　너를 노래하여 싹튼 <朴木月>도

이제 樹皮가 굳어졌는데……

오늘은
그 나무 아래서
木瓜樹의 默重한 忍從을 배울까부다.
함께 나란히
벗들도 늙고, 환한 이마에
주름이 잡혔는데

—「木瓜樹有感」에서

ㄹ 이백여킬로를 달려도
빈 가지 뿐이었다.

서울에서 淸州까지 淸州에서 水安堡까지
새 한 마리 볼 수 없었다.

언제부터일까.
조국의 자연은 이처럼 虛하고

어린 날의
그 귀여운 것들은
어디로 가버렸을까.

—「素描·B」에서

시 ㉠과 ㉡은 (다) 유형에 속하는 전형적인 자연시의 한 예라고 할 수 있다. '박꽃'과 '난'은 시의 표현대상이지만, 단지 묘사의 대상이 아니라, 시인 혹은 화자의 감정이 노골적으로 이입된 자연물이기 때문이다.

시 ㉠에는 피폐하고 궁핍화된 농촌 생활상이 잘 드러나 있다. '썩은 초가 지붕/가난한 살림살이'와 같은 시구를 통해 직접 알 수 있는 것이다. 그런데 이처럼 고통스러운 현실 상황 속에서 화자가 마주친 것은 '박꽃'이

다. ‘박꽃’을 ‘아가씨’로 의인화하여, 그로 하여금 함께 ‘자근자근 속삭이며/
말없이 울자’고 청함으로써 자신의 슬픈 심사를 드러내 보이고 있다. 그러
므로 이 시에서 ‘박꽃’은 시적 화자와 대화, 혹은 행동의 상대자이며, 동시
에 시인의 감정이 투사된 자연물이라 하겠다.

　시 ⓒ은 목월의 ‘이별가’ 중 하나다. “許諾받은 것”과의 아름다운 이별
이 안겨주는 애석함과 섭섭함을 노래하고 있다. 물론 이와 같이 그가 슬픈
심사만을 읊고 있는 것은 아니다. 자율적인 이별 후의 평온하고 향기로운
삶이, 목월이 지향하는 궁극적인 삶의 한 목표였다고 판단되기 때문이다.
1연과 2연 후미의 “哀惜하게 버린 것에서/조용히 살아가고,”와 “먼곳에서
그윽히 향기를/머금고 싶다.”라는 구절이 이를 짐작하게 해주는 것이다.
그런데 이 시에서는 시인의 바람이 ‘난’이라고 하는 구체적인 자연물에 투
사되어 나타나고 있다는 점이 특징이라 하겠다.

　이와 같이 시 ㉠과 ⓒ에서는 ‘박꽃’과 ‘난’ 등 구체적인 자연물을 대상으
로 시인의 바람이 이입되어 있는 것을 볼 수 있다. 특히 ‘울자/머금고 싶
다.’ 등의 서술어가 이를 말해 주고 있다. 그런데 시 ⓒ에서는 ‘목과수’처
럼 구체적인 자연물이 시의 대상으로 선택되어 있다는 점은 앞의 두 시와
다름이 없으나, “默重한 忍從”과 같이 깊이있는 관념, 혹은 철학적인 사고
가 목월이 나타내고자 하는 원관념으로 작용한 것이 차이점이라 하겠다.
『靑鹿集』에 수록된 작품을 쓸 무렵과는 달리, 20년이 지난 후 변해 있는
자신의 모습이 여전히 변치 않는 목과수의 모습과 대조적으로 제시되어
있다. 이와 함께 『靑鹿集』 시절의 자신과는 달리, 내면적으로도 생각과
사고의 깊이를 더해감으로써 인간적으로 성숙되어야 한다는 점이 제시되
어 있는 것이다. 이는 “오늘은/그 나무 아래서/木瓜樹의 默重한 忍從을
배울까부다.”라는 시구를 통해 단적으로 파악할 수 있다.

　그러나 시 ㉣은 목월 자연시의 또 다른 면모를 보여준다. ‘빈 가지 뿐이
었다./새 한마리 볼 수 없었다.’처럼 과거와는 달리 비어있는 듯한 ‘조국의
자연’에 대해 탄식하고 있는 것이다. 또한 이 시의 중반부에서는 “빈 손을

치켜든 나무"를 "금이 간 백밀러에 클로즈업되는/어린 여차장의 갈라진 얼굴."과 대비시켜, 인간을 포함한 자연의 상실이 물질문명의 발달과 역비례적인 상관성이 있다는 사실을 제시하고 있다. 이렇게 볼 때 시「素描·B」는 물질문명의 발달에 의해 '갈라지고/일그러지며/축소될' 뿐만 아니라, 사라지기까지 한 인간과 자연의 모습을 드러낸, 일종의 '문명비판시'로서 자연시의 모습을 지닌다고 할 수 있다. 왜냐하면, '빈 가지/장식된 새/어린 여차장의 갈라진 얼굴' 등은 물질 문명시대를 살아가면서 느낄 수밖에 없는 시인의 공허감이 이입된 자연물로 판단되기 때문이다.

이와 같이 (다) 유형의 자연시는 목월의 초기시부터 후기시에 이르기까지 지속적으로 발견되는데, 이들은 자연 자체를 묘사하거나 혹은 자연 속에 놓여있는 인간의 모습을 그리지 않고, 개인적이며 사회·역사적으로 변천해 가는 상황하에서 체득한 시인의 느낌과 생각을 인간을 통해 자연물에 투사하여 나타낸 것으로 볼 수 있다.

한편「雅歌」,「中心部에서」,「빈컵」,「감람나무」,「믿음의 흙」,「우슬초」,「開眼」등 목월이 중기 및 후기에 쓴 일련의 신앙시에서는 자연시의 또 다른 면모를 보게 된다.

아래 그림과 같은 사실은 시「木瓜樹」을 통해 명백히 드러난다.

나이 60에 겨우
꽃을 꽃으로 볼 수 있는
눈이 열렸다.
神이 지으신 오묘한

그것을 그것으로
볼 수 있는
흐리지 않는 눈
어설픈 나의 주관적인 감정으로
彩色하지 않고
있는 그대로의 꽃
불꽃을 불꽃으로 볼 수 있는
눈이 열렸다.

—「開眼」에서

'꽃=神이 지으신 그것'과 같은 등식관계의 설정에서 '자연은 신의 피조물'이라는 목월의 기독교적 자연관을 파악할 수 있다. 이는 "세상의/모든 수목은/하나님의 뜻으로/자라나지만"(시 「감람나무」에서)이라는 시구에서도 드러난다. 또한 "默示錄의 아침 햇빛."(시 「中心部에서」)과 "信仰의 샘물"(시 「빈컵」에서)이라는 은유에 의한 비유 구절에서도 나타난다. 이처럼 목월의 신앙시에서 자연현상 및 자연물은 '신의 뜻의 결과'로서 이해된다는 사실을 알 수 있다.

그러나 초기부터 후기에 이르기까지 목월의 많은 자연시는 개인적이며 사회·역사적으로 변천해 가는 상황하에서 체득한 시인의 느낌과 생각을 자연물에 투사하여 나타낸 것으로 볼 수 있다.

따라서 목월시에서의 자연은 단순히 소재나 배경으로서만이 아니라, 그가 추구하는 세계관을 효과적으로 전달하기 위해 초기시에서부터 후기시에 이르기까지 지속적으로 탐구된 시적 대상이라 할 수 있다.

(3) 인간사의 애환

목월의 제3시집 『蘭·其他』와 제4시집 『晴曇』 등에서는 한 연인과의 사랑과 이별뿐만 아니라, 의·식·주 등 개인의 생존권에 해당되는 문제, 가족 구성원의 삶과 죽음 등 인간이 일상생활 속에서 자연스럽게 부딪치게 되는 여러 문제들이 폭넓게 다루어져 있어 관심을 끈다. 시집『靑鹿集』이나『山桃花』의 시들에서는 그리 눈에 띄지 않았던 생의 구체적이며 일상적인 모습들이 다양하게 그려져 있는 것을 발견하게 되는 것이다.

이 점에 대해 김종길 또한 아래와 같이 지적하고 있다.

> "그러나 1959년 말에 나온 木月의 詩集『蘭·其他』에 수록된 작품들
> (1948년부터 1959년에 이르는 동안에 씌여진 것들임)에서 그의 시는 압도
> 적으로 인간의 세계를 향하고 있다."[75]

이 시기는 목월이 8·15를 거쳐 6·25로 이어지는 역사적 사건을 체험했을 뿐만 아니라, 개인적으로는 한 여인과의 만남과 헤어짐, 가정적으로는 아우의 죽음 등을 겪었던 때이다. 그러므로 위의 체험 내용을 그의 시에서 발견하게 되는 것은 어쩌면 당연한 일로 보인다. 또한 이는 목월이 단지 '자연시인'만이 아니라 '인생시인', 혹은 '생활시인'으로서의 면모로 지니고 있다는 점을 확인하게 해주는 한 단서가 된다고 하겠다.

> ㉠ 濟州邑에서는
> 어디로 가나, 등뒤에
> 水平線이 걸린다.
> 황홀한 이 띠를 감고
> 때로는 土酒를 마시고
> 때로는 詩를 읊고
> 그리고 해질녘에는
> 書肆에 들르고
>
> 먹구슬나무 나직한 돌담門前에서

---

75) 김종길, 앞의 책, p.238.

친구를 찾는다.
그럴때마다 나의 등뒤에는
水平線이
한결같이 따라온다.
아아 이 宿命을. 宿命같은 꿈을.
마리아의 눈동자를
눈물어린 信仰을
먼 鍾소리를
애절하게 豊盛한 音樂을
나는 어쩔수 없다.

—「背景」 전문

ⓛ 이쯤에서 그만 下直하고 싶다.
　좀 餘裕가 있는 지금, 양손을 들고
　나머지 許諾받은 것을 돌려 보냈으면.
　餘裕있는 下直은
　얼마나 아름다우랴.
　한포기 蘭을 기르듯
　哀惜하게 버린 것에서
　조용히 살아가고,

—「蘭」에서

ⓒ 흐릿한 봄밤을
　문득 맺은 인연의 달무리를
　타고. 먼나라에서 나들이 온
　눈물의 훼어리.
　　(손아귀에 쏙 드는 하얗고 가벼운 손)

　그도 나를 사랑했다.
　옛날에. 흔들리는 나리 꽃한송이……
　긴 목에 울음을 머금고 웃는

> 눈매. 그 이름
> 눈물의 훼어리……
>
> …… 중 략 ……
>
> 이제 내 눈은
> 하얗게 말랐다
> 사랑이라는 말의 뜻이 달라졌으므로.
>
> 하늘 속에 열린 하늘에
> 고개 지우고 사는
> 아아 그이름
> 눈물의 훼어리.

―「눈물의 Fairy」에서

위에 인용한 세 편의 시는 '사랑시'에 해당하는 작품이다. 이런 면모는 지금까지 비교적 언급되지는 않았던 부분인데, 인간사의 애환을 담고 있는 '생활시'의 측면에서 목월시를 이야기할 때에는 반드시 짚고 넘어가야 할 작품들이라 하겠다.

시 ㉠에는 님과의 만남, 시 ㉡에는 님과의 이별, 그리고 시 ㉢에는 님에 대한 회상 등이 다루어져 있다. 세 편의 시에는 모두 님과 나와의 관계 설정에 의해, 만남과 이별 및 그에 따른 회상이라고 할 한 편의 드라마가 전개되고 있다. 기쁨, 그로 인한 슬픔, 그리고 그를 위한 기도 중 어느 것이 표현되어 있느냐에 따라 사랑시의 특성을 달리하고 있는 것이다. 이러한 사랑시를 자세히 음미해 볼 때, 시인은 어떤 여인과 은밀한 사랑체험을 나누었으며, 그러한 갈등과 고민 속에서 이러한 사랑시가 발생된 것처럼 보인다.

    "시의 세계가 변혁을 보인 피난생활의 그 말기부터 목월은 자신의 인생에 있어서도 파문이 컸던 하나의 사건을 겪게된다. 그것은 부인 유익순이

어떤 회고문에서 자기네 부부의 결혼생활은 비교적 순탄한 것이었다 하면
서도 '꼭 한번 남편이 30대 말기(재래식 연령 —— 인용자)에 여성 문제로
혹독한 시련을 겪었다.'(자선집 『밤에 쓴 人生論』, p.119)고 말하고 있는
연애 사건이다. 상대는 H라는 문학을 좋아하는 E대학 국문과 학생이었
다."76)

　㉠시 「背景」의 공간적 배경은 제주읍으로 설정되어 있다. 제주도는 목
월이 내밀하게 사랑하던 한 여인과 몇 달간 머물렀던 장소라고 전해진다.
이 시에는 한 여인과의 숙명적이며 꿈같은 만남이 회화적이며 음악적으로
표현되어 있다. 1연의 '토주를 마시고/시를 읊고/서사에 들르고'라는 구절
은 제주읍에서의 일상적인 생활을 나타내며, 2연의 '친구/수평선/마리아의
눈동자/신앙/종소리/음악' 등은 한 여인에 대한 비유물이거나, 한 여인과
의 만남에 대한 객관적 상관물로 이해되는 것이다. 그런데 "나는 어쩔수
없다."라는 결구는 그녀와의 만남이 의도적이라기보다는 피할 수 없는 운
명적인 것이었음을 암시해 준다. 그리고 '황홀한/눈물어린/애절하게 풍성
한' 등의 수식어구는 상호간의 사랑이 격정적이며 절실하면서도 비극적인
결말이 예고되어 있는 사랑이었다는 점을 드러내 준다.

　㉡시 「蘭」에는 "餘裕있는 下直은/얼마나 아름다우랴."처럼 목월의 이
별의 미학이 표출되어 있어 관심을 끈다. '돌려보냄'과 '버림'의 행위를 통
해 아름다움을 성취하고자 하는 시인의 바람이 나타나 있다. 이런 점에서
시 「蘭」은 '사랑의 시'이면서 동시에 '이별의 시'라 할 수 있다. 이 시는
사랑시의 연장선상에서 파악될 수 있는 것이다. 단순히 이별만이 아니라
작위적인 하직에 따르는 고통스러운 '애석함'과 '섭섭함'을 보여주고 있기
때문이다. 또한 이 시에서 이별에 의한 슬픈 심사는 다시 '난'을 기르는 듯
한 마음과 '난'과 같은 정신을 지니고자 하는 시인의 인고의식과 체념의식
으로 고양되어 나타나기 때문이다.

---

76) 이형기, 『박목월평전· 자하산 청노루』 (문학세계사, 1986), pp.65-72.

“한포기 蘭을 기르듯/哀惜하게 버린 것에서/조용히 살아가고”와 “그 섭섭한 뜻이/스스로 꽃망울을 이루어/아아/먼곳에서 그윽히 향기를 머금고 싶다.”는 이러한 사실을 입증해주는 핵심적 구절에 해당된다. 따라서 이 시는 식물적 상상력을 밑바탕으로 하여, 스스로 이별을 택함으로써 이별의 고통과 슬픔보다는 차원높은 사랑이 주는 평온함과 그윽함을 간직하고자 하는 시인의 바람이 드러난 작품으로 볼 수 있다.

ⓒ시 「눈물의 Fairy」는 종교적 상상력을 바탕으로 사랑의 구체적 대상인 ‘훼어리’의 하강과 승천을 시 내용의 주요한 틀로 하고 있다. ‘옛날’에서 ‘지금’으로 시간이 흐르는 가운데, ‘먼 나라’로부터 ‘사람 세상’ 다시 ‘사람 세상’에서 ‘하늘’로 이동한 ‘훼어리’의 사연을 화자인 ‘나’와의 ‘인연’과 ‘사랑’에 놓여 있는 것으로 생각된다.

1연에는 ‘훼어리’의 하강이 시의 화자와의 인연에서 비롯되었다는 점이 제시되어 있으며, 2연에는 ‘훼어리’와 ‘나’는 사랑했다는 사실이 밝혀져 있다. 특히 1연의 “손아귀에 쏙 드는 하얗고 가벼운 손”과 2연의 “흔들리는 나리 꽃한송이……/긴 목에 울음을 머금고 웃는/눈매.”라는 구절은 그 표현이 상당히 육감적이어서 ‘훼어리’의 실제 인물과의 관련성을 생각케 한다. 3연에는 ‘훼어리’의 승천으로 인한 그와의 이별이 제시되어 있다. 여기서 이별의 직접적 원인은 ‘훼어리’의 승천으로 나타나 있지만, 보다 근본적인 이유는 “사람세상의/속절없는 그 바람” 때문인 것으로 밝혀져 있다.

이렇게 볼 때, 1연부터 3연까지에는 ‘훼어리’와의 ‘인연, 혹은 만남-사랑-이별’이 주 내용으로 되어 있는 것을 알 수 있다. 그런데 4연과 5연에는 님과의 이별이라는 현실 상황에도 불구하고 지속적으로 떠오르는 ‘훼어리’ 생각이 나타나 있다. “연하 잎새가 펴나는 그 편으로 얼어오는/그 이름”과 “문득 내 밤기도 귀절속에서/그대로 주르르 넘치는/그 이름”이라는 구절이 그것을 말해 주는 것이다. 특히 6연의 “사랑이라는 말의 뜻이 달라졌으므로”라는 시구는 목월의 사랑이 아직도 지속적인 것이지만 이미 그 의미를 달리하고 있음을 드러내 준다. 즉 “이제 내 눈은/하얗게 말랐다"와 같이 목월은 '눈물'로서 표상되는 고통과 슬픔을 극복하고 초월하는 과정을 통해, 진정한 사랑의 의미를 이성적, 혹은 종교적으로 상승시키는 시야를 확보하게 된 것이다. 그러므로 7연의 "하늘 속에 열린 하늘에/고개 지우고 사는/아아 그 이름/눈물의 훼어리."와 같이 시의 화자가 열린 하늘에 안주하는 '훼어리'의 모습을 새롭게 바라볼 수 있게 된 것은 당연한 결과라고 생각된다. 그는 이제야 비로소 이성적 판단과 종교적 사유에 의해 사랑의 대상을 스스로 떠나보낼 수 있게 되었던 것이다.

이처럼 양적으로 그리 많지는 않으나 목월의 사랑시는 그의 사랑체험을 모체로 하되, 식물적 상상력과 종교적 상상력을 바탕으로 진정한 사랑의 의미를 일깨워 준다는 점에서 의미를 지닌다고 하겠다.

㉠ 나이 五十 가까우면
기운 內衣는 안 입어야지.
그것이 쉬울세 말이지.
성한 것은
자식들 주고
기운 것만 내 차례구나.

······ 중 략 ······

지금은 嚴冬.
눈이 얼어, 氷板이구나.
등만 따스면
그만이라, 겉치레도 벗어버릴까.
안팎이 如一하고
表裏없이 살자는데
어라, 바로
너로구나.
누더기 걸친 우리 內外
보고 방긋 마주 빙긋

겨울 三冬을 지내는구나.

―「咏嘆調」에서

  ㉡ 오늘 나의 밥상에는
   냉이국 한그릇.
   풋나물무침에
   新苔.
   미나리김치.
   투박한 보시기에 끓는 장찌개.

   실보다 가는 목숨이 타고난 福祿을.
   가난한 자의 盛饌을.
   默禱를 드리고
   젓가락을 잡으니
   혀에 그득한
   자연의 쓰고도 향깃한 것이여.
   경건한 봄의 말씀의 맛이여.

―「素饌」 전문

  ㉢ 唐人里변두리에
   터를 마련할가보아
   (괜한 소리. 자식들은
   어떡하고, 내가 먹여살리는)
   참, 그렇군.
   한쪽 날개는 죽지채 부러지고
   가련한 꿈.
   그래도 四·五百坪
   땅을 가지고(돈이 얼만데)
   수수·보리·푸성귀
   (어림없는 꿈을)
   지친 삶, 피로한 人生
   頭髮은 히끗한 눈이 덮이는데.

> 마음이 허전해서
> 너무나 허술한 채림새로
> (누구나 허술하게 떠나기야하지만)

— 「唐人里 近處」에서

위의 시들은 우리가 인생살이를 하면서 기본적으로 부딪치게 되는 의·식·주에 관한 문제가 적나라하게 드러나 있는 작품들이다. 이와 같이 등장한 생활, 혹은 인생살이에 대한 주목을 목월과 김종길의 대담을 통해서 또한 확인할 수 있다.

> "金: 제가 보기에는 『蘭·其他』는 이때까지의 朴先生의 시의 淸算이면서 하나의 轉換點이라는 二重의 의의를 갖고 있는 것 같아요.
> 朴: 제 자신도 그렇게 생각하고 있습니다. 뭐랄까 '詩를 生活한다'고 할까요…… '詩'와 '生活'을 一元化시킨다는 것, 그것도 '生活'을 '詩' 쪽으로 끌어다 붙이는 게 아니라 '詩'를 '生活'쪽으로 놓는다는 것입니다.
> 金: 말하자면 '紫霞山'에서 '元曉路'로 내려 오신단 말씀이군요."77)

ⓒ시 「咏嘆調」는 목월이 그의 나이 50에 다다랐을 때 쓴 작품으로 『晴曇』에 수록되고 있다. 이 시에는 나이 50에 가까워 오지만 속옷 한 벌도 성한 것으로 입지 못하는 한 가난한 가장의 비애가 담겨 있다. 성한 것은 자식들에게 주고 기운 것만 아버지가 입어야 하는 한 가정의 어려운 삶의 모습이 구체적으로 제시되어 있는 것이다. 물론 이 시가 쓰여진 1960년대에 있어서 궁핍한 현실은 한 가정만의 문제가 아니라 거의 모든 사람이 다 함께 극복해야 할 국가의 문제였다. 그러나 사회현상으로서의 가난이 사회구성원으로서의 한 인간의 삶에 어떠한 영향을 미치는가 하는 점을 제시하고 있는 것이 이 시의 특징이다.

"겉치레도 벗어 버릴까./안팎이 如一하고/表裏없이 살자는데"라는 시구

---

77) 김종길, 앞의 책, p.224.

에는 가난을 이유로, 혹은 그것을 빙자하여 겉치레만 일삼거나, 아니면 겉과 속이 달라지기 쉬운 일상인의 삶의 태도에서 벗어나기 위한 안간힘 같은 것이 나타나 있다. 겉옷과 속옷의 관계를 통해서 가난할지라도 진실되게 살고자 하는 건강한 정신을 읽을 수 있다. "누더기 걸친 우리 內外/보고 방긋 마주 빙긋/겨울 三冬을 지내는구나."라는 결말 부분에서는 고통스런 현실 상황 속에서도 이를 웃으면서 극복하는 부부의 모습까지도 볼 수 있다. 변치 않을 뿐만 아니라 더욱 따뜻해지는 부부애가 드러나 있는 것이다.

이렇게 볼 때 시「咏嘆調」는 어렵고 고통스런 현실 상황을 그대로 제시하는 데에 그치지 않고 그래도 진실되고 따뜻하게 살고자 하는 시인의 마음을 표현하고 있다는 점에서 의미가 발견된다고 생각된다.

시집『蘭·其他』에 수록된 ⓒ시「素饌」에서는 세속사의 문제가 특히 음식에 대한 관심, 혹은 욕구로 나타나서 관심을 끈다. 제목에도 드러나 있는 바와 같이, 이 시에서는 육류나 생선이 없는 반찬을 통해 가난한 사람의 삶을 나타내고 있는 것이다. '냉이국/풋나물무침/신태/미나리김치/장찌개' 등 식물성 음식이 그것을 말해주는 것이다. 그러나 2연에서 그것은 '복록/성찬/자연의 쓰고도 향깃한 것/경건한 봄의 말씀' 등에 비유되고 있어, 목월의 긍정적이며 낙관적인 세계관을 읽을 수 있다. 물론 이러한 면은 현실성이 없는 낭만적 태도로 비난받을 소지가 전혀 없는 것이 아니다.

그러나 이러한 우려는 시「寂寞한 食慾」을 읽으면서 어느 정도 해소된다. 이 시에서 '모밀묵'은 "새사돈을 대접하는 것.", 그리고 "슬금슬금 세상 얘기를 하며/먹는 飮食."과 같이, 개인과 개인, 혹은 개인과 이웃으로서, 사회를 연결시켜 주는 매개물로서 이해되기 때문이다. 더욱이 이것은 이승에서만이 아니라 저승으로 삶의 장소를 이동할 때까지도, "은은하게 서로 사랑하며 어여삐 여기며/그렇게 이웃끼리" 나누어 먹는 "쓸쓸한 飮食"으로 표현되기 때문이다.

이렇게 본다면, 음식물을 통해 세속사의 문제를 다루고 있는 시「素饌」과 「寂寞한 食慾」에는 비록 그것이 빈한하고 보잘 것 없을 지라도 인생살이의 참뜻을 이해하여 그것을 긍정적으로 수용할 뿐만 아니라, 이웃과 나누고자 하는 시인의 넉넉한 마음이 드러나 있다고 판단된다.

ⓒ시 「唐人里 近處」에서는 "唐人里변두리에/터를 마련할가보아"와 같이 시인의 관심이 '터/집' 등에 머무르게 됨을 발견하게 된다. 이 시에는 '지친 삶', 혹은 '피로한 인생'에서 벗어나 '흙'과 '자연'에서 쉼터를 마련하고자 하는 시인의 바람이 나타나 있다. 그러나 시인의 이러한 소망도 어려운 현실 상황 속에서는 "괜한 소리"이며 "가련한 꿈."이라는 점을 스스로 인정하지 않을 수 없다. '돈'과 '많은 자식들' 등 현실적 제약 조건은 자연과 벗하며 정신의 건강을 유지하고자 하는 시인의 소박한 기대와 소망을 한낱 "어림없는 꿈"으로 인식하게 한다. 그래서 마침내 목월은 "진정으로 까치새끼 한마리만 못하게/어이 떠날가보냐"와 같이, 만물의 영장이라고 하는 인간으로 태어나서 자연의 미물보다도 못하게 이 세상을 하직할 수밖에 없는 자신의 초라한 모습을 자탄하게 되는 것이다.

따라서 시 「唐人里 近處」에는 돈과 자식들을 먹여 살리는 일 등 일상적이며 현실적인 문제 앞에서 단지 머무를 곳으로서가 아니라, 자신의 죽음을 맞이할 공간으로서 땅을 마련하고자 하는 소망이 얼마나 허황된 꿈인가가 자문자답 형식을 통해 드러나 있다고 볼 수 있다.

> 棺이 내렸다.
> 깊은 가슴안에 밧줄로 달아내리듯.
> 주여.
> 容納하옵소서.
> 머리맡에 聖經을 얹어주고
> 나는 옷자락에 흙을 받아
> 좌르르 下直했다.

—「下棺」에서

한편, 목월도 『蘭·其他』에서 대표작으로 선정했던 시 「下棺」에서는 시인의 관심이 '죽음'의 문제에 머물러 있다. 이것을 오세영은 다음과 같이 언급하고 있다.

> "詩 <下棺>은 자연과 인생, 혹은 존재와 생활의 궁극적 일치를 보여주고 있다. 이러한 일원화는 상징적으로 屍身의 매장이라는 祭儀的 行爲에 의해서 보다 구체화된다. 죽음은 일상적 삶이 자연으로 되돌아가는 것을 뜻한다."78)

또한 시 「銀杏洞」에서는 6·25로 인해 잿더미가 된 도시의 골목에 시의 초점이 맞추어져 있는 것을 발견하게 된다.

이처럼 목월시에서는 사랑, 의·식·주, 죽음 등 사람이 살아가면서 피할 수 없는 인간사의 문제들이 많이 다루어져 있음을 발견하게 된다. 그런데 목월시는 이처럼 어렵고 고통스러운 현실 상황 속에서도 인생살이의 비애와 적막함 등 부정적 정서를 그대로 노출시키지 않고 좀더 정신적으로 상승된 삶에 대한 갈망으로 치환시켜 나타내고 있는 것이 특징이다.

자연사에 대한 탐구에서 한걸음 더 나아가 인간사의 온갖 애환을 형상화함으로써 그의 시에 생활의 육질(肉質)을 부여하고 있다. 사랑과 죽음, 현실과 이상, 육신과 정신, 이성과 지성 등 온갖 실존적 삶의 문제들과 부딪치고 갈등하면서 그의 시에 삶의 무게를 싣기 시작한 데서 그의 시가 단순히 자연사로 함몰되지 않는 힘을 마련하게 된다. 의미와 영역은 달라지지만 자연탐구가 지속적으로 전개되는 것과 상관관계를 이루면서 실존적인 삶의 여러 모습에 대한 탐구도 이어지는 것이다. 물론 목월의 실존적인 삶의 인식이 사회의식이나 역사의식으로 확대되어 나타나지 못한 점은 아쉬운 일이 아닐 수 없다.

---

78) 오세영, 『현대시와 실천비평』(이우출판사, 1983), p.97.

⑷ 존재론적 탐색

목월의 제4시집 『慶尙道의 가랑잎』에서 시작하여, 연작시집 『어머니』
를 거쳐 시집 『無順』에 이르게 되면, 그의 시에 또 다른 특성이 드러난다.
목월이 50대 초반으로부터 60대 초반에 이르기까지 약 10여 년간에 걸쳐
발간한 이들 시집에서는 자아의 원상에 대한 탐구와 함께 존재의 본질에
대한 구명을 위해 노력한 흔적을 찾을 수 있다.

그 이전의 시들에서는 자연사나 인간사에 깊이 침윤되어 있는 시적 화
자의 모습을 볼 수 있는 것이 보편적이었다. 그러나 이 시기에 이르러서는
자아를 비롯하여 존재 일반의 본질을 탐색하는 데에 주된 힘을 기울였다
는 점을 알게 된다. 이처럼 인간뿐만이 아니라 보편적인 사물의 존재 방식
에 대해 근원적으로 탐구하는 것을 존재론이라 한다면, 이러한 내용의 시
는 '존재론의 시'라 할 수 있을 것이다.

시집 『蘭·其他』, 『晴曇』 등에 수록된 시에서는 생의 구체적인 모습이
다양하게 그려진 것을 발견할 수 있다. 그러나 시집 『慶尙道의 가랑잎』과
『어머니』, 『無順』 등의 시들에서는 존재의 근원에 대해 날카롭게 투시하
며 깊이 있게 탐구하는 점을 읽을 수 있게 된다. 목월의 존재론의 시에서
는 인간이 자신을 포함하여 존재 일반의 원리를 명확하게 인식하며 살아
가는 '자각의 존재'라는 점이 뚜렷하게 제시된다는 것이다. 그러므로 "자연
이나 정신과 같은 특수한 존재자가 아니라 모든 존재자가 존재자로서 갖
고 있는 공통적인 것, 존재자가 존재자로서 갖는 근본적인 규정을 고찰하
는 것을 말한다면 존재 일반 즉 존재의미를 묻는 것"[79]을 이들 작품에서
는 자아뿐만 아니라 인간 존재의 탄생과 죽음의 의미를 심도있게 파악한
시들을 다수 접하게 된다. 또한 유한한 시간과 제한된 공간 속에서 살아갈
수밖에 없는 인간의 삶에 대해 처절하게 자각하여, 이를 나름대로 극복하
고자 하는 시인의 의지가 드러난 시들을 다양하게 만나게 되는 것이다.

---

79) 임석진 편, 『철학사전』 (이삭, 1983), p.341.

㉠ 팔목시계를 풀어놓듯
　며칠 고향에서 지냈다.
　옛친구며
　친구의 친구들과 어울려
　술자리도 함께 하고
　先山에도 가보고
　나의 묏자리를 생각하며
　山도 둘러보았다.
　진정 인생이란 무엇일까.
　어린 날 내가 걷던 길을
　거닐며 생각해 보았다.
　철없는 젊은 날의
　꿈과 야심과 사랑이여.
　부질없는 허망 속에서
　山머리에
　누구 것인지 모르는
　墓石을 바라보며
　고향에 돌아와서
　비로소 나의 인생을 뉘우쳐 보았다.

—「고향에서」 전문

㉡ 당신은
　마을 뒤로 돌아
　끝없는 벌판으로 뻗친
　끝없는 오솔길.
　모시고 있으면
　떠나고 싶은
　막연한 동경으로
　눈물겨워지고……
　떠나고 나면
　꿈길에서도 사무치게 그리워 돌아 오는

당신은
고향의 외줄기 오솔길.

─「어머니에의 祈禱4」 전문

시 ㉠은 '고향'을 통해 본원적인 존재의 자유에 관한 문제를 탐구하고 있다. 시 ㉡은 '어머니'를 소재로 삶의 원상으로서 허무의 문제를 탐구한다. 이는 두 시가 각각 수록된 시집 『慶尙道의 가랑잎』과 『어머니』의 전체적 특성을 반영하고 있는 것이기도 하여 관심을 끈다.

> "木月에게 있어 고향이란 그가 태어나고 자란 경주 부근, 즉 <경상도>가 있을 것이며, 그보다도 근원적인 육신과 영혼의 고향인 <어머니>가 있을 것이다. 따라서 귀향이란 경상도로 돌아감이며, 어머니로의 귀환을 의미한다."[80]

김재홍이 적절하게 지적한 대로 목월에게 있어 고향은 경상도이며, 또한 어머니이다. 그에게 육신의 고향은 경상도이지만, 영혼의 고향은 어머니로서 상호간에 의미의 연관성을 갖고 있다. 그런데 목월시에서 고향으로 제시된 경상도와 어머니는 시인 자신뿐만 아니라 인간 일반에게 존재론적 사유를 가능케 하는 보편적인 정신의 공간이기도 하여 주목된다.

㉠의 시 「고향에서」를 보면, 고향은 진정한 인생의 의미에 대해 되새겨보며 반성해 보는 뜻있는 공간으로 나타난다. "진정 인생이란 무엇일까", "고향에 돌아와서/비로소 나의 인생을 뉘우쳐 보았다."라는 시구가 그것이다. 인간에게 있어 고향이 자신의 과거에 대해 회상하고, 미래에 대해 예측해 봄으로써 현재 삶의 의미를 생각토록 해주는 장소인 것처럼, 목월에게도 이는 마찬가지로 인식되는 것이다. 왜냐하면 고향에는 '옛친구'와 '선산' 등이 있기 때문이다. 특히 여기서 '선산'은 큰 뜻을 지니는 것으로 생각된다. 선산은 자신의 조상들이 묻혀 있는 과거의 장소지만, 앞으로는

---

80) 김재홍, 앞의 책, p.374.

자신도 묻힐 미래의 장소도 되기 때문이다. 다시 말해서 자신의 탄생과 죽음의 의미에 대해 재확인해 보는 장소라는 말이다.

이처럼 시인은 인생을 조상의 품에서 태어나서 다시 그 곳으로 돌아가는 것으로 파악하고 있다. 그러므로 그는 "어린 날 내가 걷던 길을/거닐며 생각해 보았다./철없는 젊은 날의/꿈과 야심과 사랑이여."라는 시구와 같이 더욱 진실된 삶을 살고자 다짐한다. "山머리에/누구 것인지 모르는/墓石을 바라보며/고향에 돌아와서/비로소 나의 일생을 뉘우쳐 보았다."라는 구절처럼, 인간은 근원적인 면에서 죽음의 존재라는 사실을 깊이 인식하고 시인은 허황되었던 과거의 삶을 반성하는 것이다. 특히 여기서 "누구 것인지 모르는 墓石"이라는 표현은 죽음을 시인만이 아니라 인간 모두가 맞이할 수밖에 없는 보편적이며 숙명적인 사건으로 인식함으로써, 이 시가 존재론적 성격을 지니고 있음을 말해 준다.

ⓒ의 시 「어머니에의 祈禱4」에서는 어머니인 당신이 "고향의 외줄기 오솔길."로 비유되고 있다. 고향의 오솔길처럼 어머니는, 바깥 세상에 대한 막연한 동경 때문에 떠나고 싶지만, 막상 떠나고 나면 그리워서 돌아오게 되는 대상으로 표현되고 있는 것이다. 그런데 여기에는 인간의 본질이 만남과 이별의 원리에 놓여 있다는 깨달음이 담겨 있는 것으로 보인다. 이 시에서 '어머니를 모심'은 '만남'이지만, '떠남'은 '이별'이고, 다시 '돌아옴'은 '만남'을 뜻하기 때문이다. 이처럼 인간은 '만남'에서 '이별', 다시 '이별'에서 '만남' 등으로 계속되는 '만남'과 '이별'의 연속선상에 놓여 있다는 것이다.

더욱이 시 「離別歌」와 「萬述 아비의 祝文」에는 인간의 이별이 이승에서만 이루어지는 것이 아니라 내세로도 이어진다는 점이 제시되어 있어 관심을 끈다. 이별의 공간이 이승은 물론 저승에까지 확대됨으로써 영원한 이별은 곧 죽음을 뜻한다는 점이 나타나 있다. 그러나 이를 극복하기 위한 시적 화자의 안간힘이 드러나 있어 주목된다.

㉠ 뭐락카노, 저 편 강기슭에서
　니 뭐락카노, 바람에 불려서

　이승 아니믄 저승으로 떠나는 뱃머리에서
　나의 목소리도 바람에 날려서

　뭐락카노 뭐락카노
　썩어서 동아밧줄은 삭아내리는데

　하직을 말자 하직 말자
　인연은 갈밭을 건너는 바람

―「離別歌」에서

㉡ 아베요 아베요
　내 눈이 티눈인 걸
　아베도 알지러요.
　등잔불도 없는 제상에
　축문 당한기요.
　눌러 눌러
　소금에 밥이나마 많이 묵고 가이소.
　윤사월 보릿고개
　아베도 알지러요.
　간고등어 한손이믄
　아베 소원 풀어드리련만
　저승길 배고플라요
　소금에 밥이나마 많이 묵고 묵고 가이소.
　　　　　　*
　여보게 萬述 아비
　니 정성이 엄첩다.
　이승 저승 다 다녀도
　인정보다 귀한 것 있을락꼬,

亡靈도 應感하여, 되돌아가는 저승길에
니 정성 느껴느껴 세상에는 굵은 밤이슬이 온다.

―「萬述 아비의 祝文」 전문

두 시는 이승과 저승에 있는 사람 사이에 대화하는 형식으로 되어 있는 것이 특징이다. ㉠의 시 「離別歌」에서는 강을 사이에 두고 남아 있는 '나'와 떠나는 '너'와의 대화이며, ㉡의 시 「萬述 아비의 祝文」에서는 제상을 올리는 "萬述 아비"와 그의 "아베"와의 대화인 것이다. 이처럼 두 시에는 죽음과 삶이 하나의 존재론적 상황으로 전제되어 있다. 시인은 이승에서만이 아니라 이승과 저승을 넘나드는 이별로서 삶의 죽음이라고 하는 이별의 상황을 설정해 놓음으로써, 인간의 본질이 이별과 만남의 원리에 놓여 있다는 사실을 깊이 인식하고 있다.

그러나 이와 같이 시간적으로 유한하며 공간적으로 제한된 만남의 현실 상황 속에서도 이를 뛰어넘고자 하는 시인의 바람이 이 두 편의 시 속에는 애절하게 담겨져 있다. 특히 시 「離別歌」에서는 "하직을 말자 하직 말자/인연은 갈밭을 건너는 바람"과 "이승 아니믄 저승에서라도/인연은 갈밭을 건너는 바람"이라는 두 연에 집약적으로 나타나 있다. 비록 지금은 이승에서만이 아니라 저승으로까지 서로가 헤어질 수밖에 없지만, 따뜻한 인연으로 만남을 지속시키자는 것이다. 여기서 '바람'은 허무의 상징으로서 인연의 덧없음을 표상한다고 하겠다. 또한 시 「萬述 아비의 祝文」에서도 부자간의 만남이 이승과 저승 사이를 뛰어넘고 있다. 생사를 초월한 만남이 이루어지고 있는 것이다. 특히 이 시에서는 "이승 저승 다 다녀도/인정보다 귀한 것 있을락꼬/亡靈도 應感하여, 되돌아가는 저승길에/니 정성 느껴느껴 세상에는 굵은 밤이슬이 온다."라는 시구처럼, 이승과 저승 사이를 연결시켜주는 촉매가 '밤이슬'로 되어 있다. '밤이슬'은 삶의 덧없음, 인연의 무상함을 표상하는 객관적 상관물로서 이승과 저승을 하나의 세계로 이어주고 있는 것이다. 이와 같이 목월시에는 인간을 한계적 존재로 인식하지만, 이를 뛰어넘어서고자 하는 초월의지가 두드러지게 나타나 있는 것이 한 특징이다.

목월 시집 『無順』에 이르게 되면, 그의 존재론적 사유가 그 인식의 깊이를 더해가고 있는 점을 발견하게 된다. 자아, 혹은 인간적인 삶의 원상을 탐구하던 목월이 보편적인 사물의 존재 원리에 대한 천착으로 시적 탐구의 대상을 이행해 가고 있는 것이다. 그러면서 존재 일반의 본질을 구명하려 시도하고 있어 관심을 환기한다.

> ㉠ 시멘트 바닥에
> 그것은 바싹 깨어졌다.
> 中心일수록 가루가 된 접시.
> 정결한 玉碎(터지는 梅花砲)
> 받드는 것은
> 한 번은 가루가 된다.
> 外郭일수록 原型을 意志하는
> 그 싸늘한 秩序.
> 破片은 저만치
> 하나.
> 냉엄한 絶叫.
> 모가 날카롭게 빛난다.

―「砂礫質1」 전문

> ㉡ 앉은 자리가 나의 자리다.
> 자갈밭이건 모래톱이건
>
> 저 바위에는
> 갈매기가 앉는다. 혹은
> 날고 끼룩거리고
> 어제는
> 밀려드는 파도를 바라보며

> 사람을 그리워 하고
>
> 오늘은
> 돌아가는 것을 생각한다.
> 바다에 뜬 구름을 바라보며,
>
> 세상의 모든 것은
> 앉은 자리가 그의 자리다.

―「無題」에서

　㉠의 시에는 흙으로 빚어져서 일정한 형태를 유지하다가도 깨어지면 가루가 되어 다시 흙으로 돌아가고 마는 접시의 존재론적 원리가 제시되어 있다. '흙'을 질료로 한 접시의 형상은 언젠가 운명의 시간을 맞이하게 되면 다시 흙으로, 무로 돌아가게 된다는 접시 형상의 존재론적 원리가 "싸늘한 秩序."로서 제시되어 있는 것이다. 그런데 이와 같은 접시의 형상적 존재 원리는 비단 접시 자체만이 아니라 모든 존재의 근원적 원리로서도 파악될 수 있다. 사물 일반의 존재론적 원리를 드러낸 것으로 이해된다는 말이다. 접시로 표상되는 존재와 무의 근원적 원리는 그대로 모든 형상적 존재의 일반원리를 대변하는 것으로 이해되기 때문이다. 이러한 점은 연작시 「砂礫質」의 다른 작품에서도 마찬가지로 드러난다.

> 내일이면 사라진다.
> 사라질 때까지의
> 허락 받은 시간을
> 어린것들의 부르짖음 같은 눈.
> 오늘을 더럽히지 마라.

―「砂礫質 4―時間」에서

> 타오르는 성냥 한가치의

마른 불길.
모든 것은
잠간이었다.

―「砂礫質15― 잠간」에서

「砂礫質4― 時間」에서는 '눈'이 정해진 시간 동안 제 형태를 유지하다가 마침내는 사라지고 마는 허무한 존재로서 제시되어 있다. 그리고 「砂礫質15― 잠간」에서는 '성냥불'이 인간을 포함한 존재의 덧없음으로서 허무의 본질을 드러내 주는 시의 표상으로 채용되어 있다. 이처럼 유한한 시간 동안 제한된 공간에서 존재하다가 사라지게 되는 존재 일반의 본질에 대한 날카로운 투시는 ⓛ의 시 「無題」에 총체적으로 담겨져 있다. "세상의 모든 것은/앉은 자리가 그의 자리다."와 "세상의 모든 자리는/떠 버리면 흔적 없다./풀꽃도 자취없이 사라지고"라는 구절이 더욱 그러하다. 목월은 '사라짐', 즉 '무'로서 존재 일반의 원리를 밝히고 있다. 그는 존재 일반의 본질이 무라는 점을 발견함으로써 인간 존재의 유한성과 한계성을 처절하게 자각한 것이다. 그러나 이러한 자각은 시인으로 하여금 절대자에게 보다 의지케 하는 한 계기도 마련해 준 것으로 파악된다. 시집 『無順』에 수록된 시 「無題」의 "막막한 太虛의 혼돈 속에서/처음으로 불러보는/당신의 이름/神이여/神이여"라는 시구에서 그것을 알 수 있다.

(5) 신앙에의 길

목월시에서 신앙시, 혹은 기독교시에 대한 논의는 좀더 깊이 있고 다양하게 이루어져야 한다고 생각된다. 왜냐하면 그의 시는 자연시에서부터 시작되었지만, 신앙시에서 한 귀결을 지었다고 볼 수 있으며, 그의 생애 또한 시인이면서 종교인(장로)으로서 생을 마감했기 때문이다.

그러나 이에 대한 대표적인 논의로는 오세영, 김재홍, 김형필, 신규호,

신익호, 최규창 등의 논문, 또는 평론을 들 수 있을 정도이다.[81] 물론 이들도 부분적인 논의여서 포괄성이 결여되고 있는 것이 사실이다. 따라서 이 자리에서는 목월의 생애와 관련지어 그의 신앙시의 전반적인 특성을 파악하는 데에 중점을 두고자 한다.

목월이 신앙의 길을 걸었을 뿐만 아니라, 신앙시를 창작하게 된 바탕은 이미 어렸을 때부터 마련되었다고 생각된다. 목월의 어머니는 그가 초등학교 4학년 학생일 때부터 교회에 나가기 시작했으며, 그 자신도 미션계인 계성학교에 다녔기 때문이다.[82] 그러나 그의 초기시에서 신앙의 고백과 참회, 은총에 대한 감사와 찬양 등 본격적인 신앙시적 특성을 발견하기는 쉽지 않다. 그의 중기 및 후기시에 이르러서야 이러한 특성을 찾아볼 수 있다. 물론 그의 중기시에서는 신앙시적 특성이 단편적으로 드러난다. 이러한 특성은 자연사나 인간사에 얽힌 이야기들이 시로 표현되는 데 있어서 부분적으로 나타나고 있다.

> ㉠ ……전략……
>
>   *
>
> 桃花가 만발했읍니다.
> 그 充滿한 가지
> 당신·을 향한
> 내 모습을 보십시오.
> 오롯한 누리에 하얀 대낮에
> 피어오른 환한 촛불 암꽃술

---

81) 오세영, 앞의 책, pp.88-111.
    김재홍, 앞의 책, pp.385-389.
    김형필, 앞의 책, pp.80-93.
    신규호, 『목월의 기독교적 귀결』 (≪월간문학≫, 1988. 1), pp.271-291.
    신익호, 『기독교와 한국현대시』 (한남대출판부, 1988), pp.211-231.
    최규창, 「오늘은 자갈돌이 되려고 합니다.」, 『성숙한 신앙의 고백』(종로서적, 1988), pp.107-117.
82) 오세영, 『현대시와 실천비평』 (이우출판사, 1983), p.107.

저윽히 꽃잎하나 이우는데
비로소 마음 한모 기도로 풀리는데
　　　　　*
무성한 당신의 毛髮
그 豊足한 餘裕
청결한 당신의 皮膚
그 청아한 誘惑
바람에 불꽃이 깃드는
洞窟은 툭 튀어서
크낙한 말씀을
나는 孕胎했읍니다.

—「雅歌」에서

숨어서 한철을 孝子洞에서
살았다. 終點近處의 쓸쓸한
下宿집.

이른아침에 일어나
꾀꼬리울음을 듣기도 하고
간혹 聖經을 읽기도 했다.
마태福音 五章을, 고린도前書 十三章을.

仁旺山 해질무렵이 좋았다.
보라빛 山巍 어둠에 갈앉고
램프에 불을 켜면
燈皮에 흐릿한 무리가 잡혔다.

마음이 가난한 者는 福이 있나니…아아 그 말씀. 그 慰勞.
그런 밤일수록 눈물은 베개를 적시고, 한밤중에 줄기찬 비가 왔다.

이제 두번 생각하지 않으리라.

孝子洞을 밤비를 그 祈禱를
아아 강물같은 그 많은 눈물이 마른 河床에
달빛이 어리고
서글픈 平安이
끝없다.

—「孝子洞」 전문

이 두 편의 시는 모두 시집 『蘭·其他』에 수록된 작품이다. 목월이 40대
에 발간한 두 번째 개인시집에 이르러서야 비로소 신앙시를 발견하게 된
다. 그런데 이 두 편의 시에는 성경의 내용이 간접, 혹은 직접적으로 수용
되어 있는 점이 특징이다.

'아가'는 본디 구약성서에 나오는 노래로서, 남녀간에 그리워하며 사모
하는 정을 찬미하는 내용으로 되어 있다. 물론 시 「雅歌」에서 이러한 내
용을 직접적으로 읽을 수 있는 것은 아니다. 그러나 "聖母 마리아가 人子
를 잉태하듯/내가 마리아를 잉태했읍니다."나 "크낙한 말씀을/나는 孕胎
했읍니다."라는 구절에서 시인의 성모마리아에 대한 연모의 정을 읽을 수
있다. 또한 이를 통해 시의 화자가 예수 탄생의 진정한 의미를 이해하게
되었다는 점도 파악할 수 있다. 그런데 이 시에서 시의 화자인 '나'의 모
습이 '도화가 만발한 가지'에 비유되고 있는 점은 이 시가 신앙시이면서
도 자연시와 맺고 있는 관련성을 암시한다. 시 「雅歌」는 구약성서의 내용
을 간접적으로 수용하여 님을 향한 자신의 모습을 자연물에 비유함으로
써 목월의 기독교적 신앙심을 단편적으로 표출한 신앙시에 해당한다는
말이다.

ⓒ의 시 「孝子洞」은 쓸쓸한 일상생활 속에서도 성경 속의 말씀이 주는
위로와 평안에 대해 직접적으로 서술하고 있어 관심을 끈다. 제주도에서
의 신변생활을 정리하고 서울 효자동에서 하숙하던 때의 생활과 감회를
나타내고 있다. "이른 아침에 일어나/꾀꼬리울음을 듣기도 하고/간혹 聖

經을 읽기도 했다."에서는 자연시인으로서의 목월의 모습과 함께 신앙인으로서의 그의 자세를 엿볼 수 있다. 그런데 여기서 '간혹'이라는 부사는 그의 신앙생활이 아직 익숙한 것이 아님을 나타내 준다 하겠다. "仁旺山 해질무렵이 좋았다./보라빛 山巍 어둠에 갈앉고/램프에 불을 켜면/燈皮에 흐릿한 무리가 잡혔다."와 같이 '아침→해질무렵(초저녁)→밤'으로 이어지는 일상적 시간의 흐름 속에서 자연과 벗하며 지내던 시인의 일상생활이 주로 그려져 있다. 또한 "마음이 가난한 者는 福이 있나니…아아 그 말씀. 그 慰勞."라는 시구는 시인의 일상생활 속에서도 성경의 말씀이 커다란 위안이었음을 나타내주는 것이다. 이렇게 본다면 시「孝子洞」은 초기부터 지적되고 있는 목월의 자연시인으로서의 면모와 함께 미약하나마 신앙시인으로서 그의 측면을 드러내고 있는 작품이라 하겠다.

　이처럼 자연사와 인간사로부터 발생되는 감흥에 곁들여 기독교적 소재, 혹은 신앙심을 담고 있는 작품으로는 시집『蘭·其他』에서「下棺」,「生日吟」,「素饌」,「한 票의 存在」등의 시를 더 들 수 있다. 그리고 이와 같이 여린 기독교적 구도정신, 혹은 신앙심은『晴曇』과『慶尙道의 가랑잎』에 수록된 시들에서도 별 차이 없이 발견된다.

　　　㉠　……전략……
　　　　어린 것을 내가 키우나.
　　　　하느님께서 키워 주시지.
　　　　가난한 者에게 베푸시는
　　　　당신의 뜻을
　　　　내야 알지만.
　　　　床위에 饌은 純植物性.
　　　　숟갈은 한죽에 다 차는데
　　　　많이 먹는 애가 젤 예뻐.
　　　　언제부터 惻隱한 情으로
　　　　人間은 얽매어 살아왔던가.

이만큼 낼은 선물을 사오께.
이만큼 벌린 팔을 들고
神이여 당신 앞에
肉身을 벗는 날,
내가 서리다.

─「밥床 앞에서」에서

ⓛ 지금은 禮拜時間을
나는 집에서 詩를 쓴다.

……중략……

祈禱와 詩가 겹친 時間을
환하게 눈을 뜨고
말씀과 말이 부풀어
내 안에 잦아지는 한 꼬투리의 自然.

진실로 우리의 삶이 쓰디 쓴 汁 같지만
당신을 위한 술을 빚게 하시고,
이 時間에 열리는 열매마다
작은 하늘이 깃들게 하옵소서.

새삼, 무엇이 짐이 되고 괴로울 것인가.
기도와 詩가 살아나는 時間에.

─「이 時間을」에서

시 ㉠에는 한 가난한 집의 가장으로서 시인이 자식들에게 느낄 수밖에 없는 측은한 마음이 표현되어 있다. 아이들이 좋아하는 생선이나 육류의 반찬도 아니며, 그것에나마 충분히 먹일 수 있는 밥도 없지만, 많이 먹으라고 해야만 하는 아버지의 애틋한 심정이 드러나 있다. "床위에 饌은 純

植物性./숟갈은 한죽에 다차는데/많이 먹는 애가 젤 예뻐"라는 시구가 그 것을 말해 준다.

그런데 이 시 「밥床 앞에서」에는 이와 함께 하나님의 섭리에 따라 인간은 성장하며, 죽으면 다시 그 앞으로 돌아가게 된다는 기독교적 인생관이 나타나 있어 관심을 끈다. 그것은 기독교적 의미로서 존재 초월과 생의 엄숙성이며 또한 그리스도에 의한 자기구원인 것이다. "어린 것을 내가 키우나./하느님께서 키워 주시지."와 "神이여 당신 앞에/肉身을 벗는 날,/내가 서리다."라는 시구를 통해 이를 알 수 있다. 그러나 이 시에서는 인간사의 애환이 기독교적 정신으로 통합하거나 승화되지 않고 각각 분리되어 나타나고 있는 듯하여 신앙시로서의 한계를 드러내고 있다는 점이 지적되지 않을 수 없다. 시인이 신자로서 알고 있는 '당신의 뜻'과 아버지로서 느끼게 되는 '측은한 정' 사이에는 좁히기 어려운 간격이 있는 것으로 판단되기 때문이다.

시 ⓒ에서는 예배시간에도 집에서 시를 쓰고 있는 시인의 모습을 발견하게 된다. "진실로 우리의 삶이 쓰디 쓴 汁 같지만/당신을 위한 술을 빚게 하시고,"와 같이 세상의 온갖 고통 속에서도 하나님께 대한 찬미의 시간을 갖게 된 것에 대해 감사하는 마음을 읽을 수 있다. 그러나 이 시도 본격적 의미의 신앙시로 보기에는 힘들다. "祈禱와 詩가 겹친 時間을/환하게 눈을 뜨고"나 "새삼 무엇이 짐이 되고 괴로울 것인가./기도와 詩가 겹친 時間에"라는 시구에서는 기도와 시창작 행위가 기본적으로 일치하는 것이 아니라는 목월의 시의식을 역설적으로 파악할 수 있기 때문이다. 또한 이 시 「이 時間을」은 시인의 기도 내용을 직접 시로 형상화한 작품도 아니기 때문이다.

이처럼 시집 『晴曇』에 수록된 시 「電話」, 「秘意」, 「回歸心」, 「一泊」, 「無題3」 등과 시집 『慶尙道의 가랑잎』에 실린 시 「落書」, 「來年의 뿌리」, 「乙支路의 첫눈」 등은 본격적인 의미에서 신앙시로 보기는 어렵다 하더라도 기독교적 소재와 정신으로 말미암아 넓은 의미에서의 신앙시로 볼 수 있다고 생각된다.

　그러나 시집 『어머니』와 『砂礫質』에 수록된 시들에서는 더욱 깊어진 목월의 신앙심을 읽을 수 있어 관심을 끈다.

　㉠　당신의
　　목에 거신
　　십자가 목걸이의 무게를

　　오늘은
　　제 영혼의 흰 목덜미에
　　느끼게 하옵소서.

—「어머니에의 祈禱5」 전문

　㉡　소리내어 기도하는 기도
　　그것을 나는 안다.
　　입을 다물고 하는 기도
　　그것도 나는 안다.
　　무한으로 만발하는 꽃의
　　그 頂點을 나는 안다.
　　나는 무덤 가로 스쳐갈 바람
　　그 바람소리도 들었다.
　　다시 말하거니와
　　나는 처음 소리도 들었고
　　마지막 소리도 들었다.
　　나는 주인이 아니다.
　　나의 주인은 어린 새새끼의
　　노란 입부리에서 미소짓고
　　더운 입김으로
　　가랑잎을 썩혀 주신다.

—「平日詩抄4」 전문

위의 두 편의 시는 모두 연작시의 형태로 이루어진 여러 편의 시 중 일부이다. 그런데 이들 시에서는 목월의 신앙시의 한 특성을 이해할 수 있어 주목된다.

시 ㉠은 기도의 내용을 그대로 시에 옮겨 놓은 듯한 것이 특징이다. 기도가 곧 시이며, 시가 다름 아닌 기도로서 신앙시의 한 면모를 보여주고 있다. 또한 이 시에는 시인의 어머니의 영향으로 신앙에의 길을 걷게 되었으며, 자신도 어머니처럼 중후한 신앙생활의 태도를 지니고자 한다는 점이 나타나 있다. '십자가 목걸이의 무게를/느끼게 하옵소서.'와 같은 어머니에 대한 기도에는 자신도 그와 같이 절실한 신앙생활을 하고자 하는 바람을 나타낸 것으로 볼 수 있다는 말이다.

특히 시 ㉡에는 천지를 창조하셨을 뿐만 아니라 주재하고 계시는 하나님의 섭리를 깊이 이해하고, 그에 순종하고자 하는 목월의 신앙심이 비유적으로 표출되어 있는 것이 특징이다. 기도와 자연현상, 그리고 인간의 탄생과 죽음 등에 감추어져 있는 심오한 의미를 파악한 후에 그는 비로소 하나님의 존재를 믿고 따르고자 하는 마음을 드러내고 있는 것이다. 더욱 이 "나는 주인이 아니다./나의 주인은 어린 새새끼의/노란 입부리에서 미소짓고/더운 입김으로/가랑잎을 썩혀 주신다."라는 핵심구절에는 하나님의 구체적인 모습이 나타나 있는 것이 특색이다. 오세영도 "木月에 있어 기독교 지향의 발전과정은 ①삶의 근원적 조건의 인식, ②자기구원, ③世界에 대한 달관 등이다."[83]라고 설명하고 있다.

이와 같이 시집『어머니』에 수록된「水曜日의 밤하늘」,「갈릴리 바다의 물빛을」,「어머니의 時間」,「하늘에는 榮光·지상에는 平和」,「여든이 되셔도 어머니는」 등과『砂礫質』에 실린「빈컵」,「中心部에서」,「天使에게」 등의 시에서는 더욱 깊이가 있고 세련된 신앙시의 모습을 발견하게 된다.

---

83) 이형기 편저,『박목월평전·시선집』(문학세계사, 1986), pp.13-16.

한편, 시집 『無順』에서는 직접적으로 드러나는 의미에서 신앙시를 거의 찾아볼 수 없는 것이 특징인데, 이는 목월 자신이 신앙시와 일반시를 구분하여, 일반시만을 의도적으로 이 시집에 수록한 데서 발생한 결과라고 생각된다.

그리고 목월이 세상을 떠난 뒤, 1979년 발간된 유고시집 『크고 부드러운 손』에는 성숙한 신앙의 고백으로 이루어진 신앙시가 71편이나 수록되어 있다. 이 시집에 이르게 되면, 그의 기독교 신앙시가 더욱 완결되어 하나의 기독교적 세계관을 형성하는 모습을 발견하게 된다. 즉 작품을 통해 하나님의 섭리를 순종하는 믿음의 생활을 그대로 보여준다. 삶을 창조하고 주재하며 완결시켜주는 절대적인 힘으로서 그리스도에 대한 완전한 믿음을 강조하고 있다는 뜻이다.

> ㉠ 이른 새벽에 일어나
> 내외가
> 돋보기를 서로 빌려가며
> 성경을 읽었다.
> 눈이 오고 있었다.
> 「예수 그리스도의 나심은
> 이러하니라」
> 마태복음 1장 2장
> 읽을수록
> 그 신비
> 그 은총
> 너무나 감사해요.
> 아멘.
> 그리스도의 탄생 안에서
> 우리는 거듭나고
> 차분한 마음으로
> 성경을 읽었다.

―「성탄절을 앞두고」에서

ⓛ 평온한 날은 평온한 마음으로
　　당신의 이름을 부르게 하시고
　　강물 같이 충만한 마음으로
　　주님을 생각하게 하십시오.
　　순탄하게 시간을 노젓는
　　오늘의 평온 속에서
　　주여
　　고르게 흐르는 물길을 따라
　　당신의 나라로 향하게 하십시오.
　　三월의 그 화창한 날씨 같은 마음 속에도
　　맑고 푸른 신앙의 水深이 내리게 하시고,
　　온 천지의 가지란 가지마다
　　온 들의 푸성귀마다
　　움이 트고 싹이 돋아나듯
　　믿음의 새 움이 돋아나게 하여 주십시오.

―「평온한 날의 기도」에서

　위에 인용한 두 편의 시를 통해 목월의 기도가 끊이지 않음을 알게 된다. 특히 시 ㉠에서는 "그 은총/너무나 감사해요/아멘./그리스도의 탄생 안에서/우리는 거듭나고"와 같이 예수 그리스도의 은총에 감사하며, 그의 탄생 안에서 거듭나는 것을 발견하게 된다. 또한 시 ⓛ에서는 주에 대한 찬양이 지속되며, 믿음이 새로워지기를 바라는 기원을 읽을 수 있다. '당신의 이름을 부르게 하시고/주님을 생각하게 하십시오./믿음의 새 움이 돋아나게 하여 주십시오.'라는 시구가 그것을 말해 준다. 더욱이 "당신의 나라로 향하게 하십시오."라는 시구에서는 그의 기원이 이승만이 아니라, 저승에서까지도 이루어지기를 바라는 부활신앙을 읽을 수 있다.

　　"그리스도께서 다시 살아나심으로 인하여 우리는 또한 그리스도와 함께
　새로운 생을 누릴 수 있는 특권을 갖게 되었다. 왜냐하면 그의 성령으로

> 말미암아 우리도 그의 거룩한 성품을 받아 거룩하게 될 수 있기 때문이다.
> 우리는 십자가로 말미암아 죄사함을 받게 되고 열린 무덤으로 말미암아
> 다시 사신 주님에게서 영생을 얻게 된다."[84]

'열린 무덤'으로 말미암아 영생을 얻게 된 것이 바로 부활신앙이다. 목월의 성숙한 신앙 체험은 이렇게 어느 개인의 생활에만 국한되지 않는 부활신앙을 말년의 시편에서 사실화하고 있다.

목월의 신앙시의 원천은 기독교적 휴머니즘이다. 기독교적 휴머니즘으로부터 시작한 목월의 신앙시는 가혹한 현실의 삶을 극복하고자 하나님 앞에 간구하는 자기구원의 자세를 지니게 된다. 그것은 주위의 사람들을 인식하는 생활이 아니라 하나님을 위한 생활로 집중되고 있다. 하나님 앞에서 거듭나는 생활을 통해서 일상생활 속에서 하나님의 성령을 깨닫는 것이다.

> "성령을 받음으로써 비로소 우리들의 사명을 완수할 힘과 권위를 얻은
> 것이다. 그러므로 교회는 세상과 역사 속에서 성령을 통하여 인간 구원과
> 해방의 사명을 담당하는 하나님의 전위대이다."[85]

그래서 목월의 신앙시는 대부분 고백적이다. 그러기에 그는 인간 구원을 위한 지상의 삶과 하늘의 삶을 합일하고자 한다. 그 '높은 삶'에 대한 의지는 부활을 사실화하고 역사화하는 것이다. 기독교적 의미에서 삶이란 자기부정을 통한 자기긍정의 과정이다. 이 힘이 바로 삶의 원동력인데, 그것은 부활 이외에 다른 것이 아니다. 목월의 신앙의 시학은 이렇게 부활신앙에 맞닿아 개화되고 있다. 이처럼 시집 『크고 부드러운 손』에 수록된 시편들에서는 목월의 부활신앙이 그 깊이를 더하고 있으며, 이것이 시로 잘 형상화되어 있다는 사실을 알게 된다.

---

84) 도날드 반하우스, 『부활에서 본 십자가』, 곽인진 역, (대한기독교서회, 1964), pp.14-15.
85) 김영일 외, 『기독교개론』 (형설출판사, 1982), p.190.

따라서 목월의 신앙시는 시집 『蘭·其他』에 실린 시편에서부터 시작되어, 유고시집 『크고 부드러운 손』의 작품에 이르기까지 시간이 흐름에 따라 신앙시적 특성을 더욱 명백히 드러내며 우리 앞에 존재해 있다는 점을 알 수 있다. 즉 그것은 ①기독교적 휴머니즘 → ②하나님의 섭리를 깨닫는 것 → ③부활신앙으로의 길인 것이다. 목월의 기독교적 세계관은 초기시부터 그 바탕에 깔려 있었던 바, 차츰 시세계가 전개되어 가면서 근본적인 삶의 원리이자 방향타로서 의미를 강하게 지니게 되었다는 말이다. 이 점이 자연사에 경도된 초기시보다 후기시에 대한 관심이 고조되는 데서 목월시의 본질이 더 잘 밝혀질 수 있는 소이가 될 것이다.

앞에서 살펴본 바와 같이, 목월시는 주제에 있어서 다음과 같은 특성을 지니고 있다고 생각된다.

첫째, 목월의 시적 출발이면서 한 귀결인 동요와 동시는 유년시절에 대한 회상을 그 기본 골격으로 하고 있으며, 또한 소년 시절의 생활체험을 그 바탕으로 하고 있다. 이를 바탕으로 '고향'과 '자연'에 대한 향수와 그리움을 드러내고 있는 점이 목월의 동시의 한 특징인 것이다. 이는 그의 동요와 동시만이 아니라 성인시에서도 나타나는 특성이다. 또한 목월의 동요와 동시에는 가족간의 호칭이 많이 사용된 것이 또 하나의 특성이다. '엄마', '누나', '고모님' 등이 그것이다. 그런데 이는 목월이 '육친의 정', 혹은 '가족애'에 침윤되어 있었다는 점을 드러내 주는 것이라 하겠다. 또한 이러한 점은 성인시에서도 발견된다. '아우', '자식들', '막내둥이', '아내' 등이 그것을 드러내 주고 있다. 목월은 이들을 통해 인간사의 애환을 나타내고 있다. 특히 동요와 동시에서 '엄마'라는 호칭은 성인시에서 '어머니'라는 호칭으로 변화되어 빈번하게 나타나는 것을 볼 수 있다. 더욱이 연작시 「어머니」에서는 기독교인으로서 그의 어머니에 대한 기억이 선명히 제시되어 있어서, 목월의 동요와 동시에서부터 비롯된 것으로 보이는 '육친의 정', 혹은 '가족애'가 기독교적 휴머니즘 정신으로 고양되어 감을 보게 된다.

둘째, 목월의 동요와 동시에서 발견되는 중요한 특성 중의 하나는, 생명체의 신비로움에 대한 깊은 탐구의식이 드러난다는 점이다. 그런데 이러한 탐구정신이 성인시에서는 생명체만이 아니라 존재일 반의 실존 원리에 대한 특성을 밝히는 존재론으로 심화 확대되어 나타남을 보게 된다. 이처럼 목월시에서 동요와 동시는 그의 시의 원형으로서 성인시에서의 '자연시', '인간사의 시', '존재론의 시', '신앙시' 등과 밀접한 관련성을 갖고 있다.

한편, 동요와 동시에서도 높은 비중을 차지하고 있는 '자연시'는 성인시에서도 마찬가지이다. 목월시에서 자연은 단순히 소재로서만이 아니라, 그가 추구하는 세계관을 효과적으로 전달하기 위해 자신이 직접 개입하는가 하면, 시의 화자를 통해서, 또는 사람은 전혀 등장시키지 않고 후기시에 이르기까지 지속적으로 탐구된 시적 대상으로서의 의미를 지니게 된다.

그러나 목월이 8·15를 거쳐 6·25로 이어지는 역사적 사건을 체험했을 뿐만 아니라, 가정적으로는 아우의 죽음, 개인적으로는 한 여인과의 만남과 헤어짐을 겪으면서, 그의 시는 '자연시'로서만이 아니라, '인생시'로서의 면모도 보여주게 된다. 특히 목월의 중기시에서는 의·식·주 등 개인의 생존권에 해당되는 문제뿐만 아니라, 가족 구성원의 삶과 죽음, 그리고 연인과의 사랑과 이별 등 인간이 생활하면서 자연스럽게 부딪히게 되는 여러 문제들이 폭넓게 다루어져 있다.

더욱이, 목월의 후기시에 이르게 되면, 그가 존재 일반의 본질에 대해 날카롭게 투사하고 있음을 보게 된다. 그는 '사라짐', 혹은 '무'로서 존재 일반의 원리를 밝히고 있다. 목월은, 존재 일반의 본질을 '무'라고 인식함으로써, 인간존재의 유한성과 한계성을 그의 시로 하여금 신앙적 깊이를 더해 가게 한 중요한 요인 중의 하나라고 생각된다. 이로써 목월시는 신앙시로서의 면모를 두드러지게 나타내게 된 것이다.

이렇게 본다면 목월시는 동요와 동시를 시적 출발로 한다는 사실을 알 수 있다. 또한 동요와 동시는 그의 시의 원형으로서 이후의 성인시 창작에 밑바탕이 되었다는 점도 알게 된다. 그렇지만 그의 동요와 동시는 그의 시의 출발이면서 한 귀결로, 그의 시의 큰 줄기와 같은 것이었음은 그의 미발표 유고 동시를 통해 이해하게 된다. 뿐만 아니라 그의 성인시에 있어서 두드러지게 나타나고 있는 다양한 시적 특성은 단순한 단선적인 시적 변모가 아니라 그의 시세계가 정신적 깊이를 더해가는 과정에서 빚어진 결과였음도 짐작하게 된다.

Ⅳ. 문학사적 위치

　목월의 시는 시사적인 면에서 볼 때 멀리는 향가와 고려가요, 시조 및 민요에 그 원천을 두고 있는 것으로 생각된다. 또한 가깝게는 소월과 지용, 그리고 영랑의 시로부터도 적잖이 영향을 받은 것으로 보인다. 목월은 또한 당대시인은 물론 후배 시인들에게도 많은 영향을 주기도 한다. 그러나 많은 평자들이 이에 대해 시사적인 면에서 단편적인 언급을 보여주고 있는 데 그치고 있다.

　본 항목은 목월의 문학사적 위치를 고전시와의 영향관계부터 시작해 당대시와의 영향관계, 그리고 후대시와의 영향관계로 나누어 살펴보고자 한다.

1. 고전시와의 접맥

(1) 목월시와 달의 상상력

　이미지는 상상체계에 있어서 더 이상 가를 수 없는 가장 작은 단위, 즉 상상력의 최소단위를 뜻한다.[1] 그러니까 그것은 한 편의 시가 형상을 이루는 상상력의 원초적 형태로서 이야기·감정(리듬+어조)과 함께 시가 시로 될 수 있는 언어의 기본적 자질이 되는 셈이다. 그런데 동일 민족의 서

---

1) 최재서, 『문학원론』 (춘조사, 1960), p.307.

정 양식에는 일정의 전통적 이미지로서 동일 이미지가 반복적으로 영향·
수수관계를 이루고 있음을 알 수 있다.

목월시가 받아들이고 있는 우리 민족 서정양식의 가장 전통적인 이미지
는 '달'이라 할 수 있다. 말하자면 그의 시 「나그네」, 「佛國寺」 등에서 단
적으로 볼 수 있듯이 '달'의 이미지가 향가 및 고려가요 등의 그것에 원천
적인 모태를 두고 있는 것으로 이해된다. 전통으로부터의 영향 내지 맥락
관계는 시인 자신도 모르는 가운데 이루어지는 것이 상례이고, 오히려 그
럴 때 자연스러운 성취를 얻게 되는 것이다. 그렇다면 우리는 이를 적극적
으로 해석하여 목월시의 '달'의 이미지가 근원적으로 고전시가 일반의 그
것과 깊이 연관되어 있음을 밝힐 필요가 있다.

먼저 목월의 시를 보자.

> 달무리 뜨는
> 달무리 뜨는
> 외줄기 길을
> 홀로 가노라
> 나 홀로 가노라
>   옛날에도 이런 밤엔
>   홀로 갔노라

—「달무리」에서

> 흰달빛
> 紫霞門
>
> 달안개
> 물소리
>
> 大雄殿
> 큰보살

바람소리
솔소리

泛影樓
뜬그림자

흐는히
젖는데

흰달빛
紫霞門

바람소리
물소리.

―「佛國寺」 전문

특히 「佛國寺」는 종결어미가 배제된 명사형 문장으로 이루어져 있다. 그럼에도 불구하고 이들 시는 매우 서정적인 분위기를 보여주는데, 그 주요한 원인은 '달'이 핵심 이미지로 사용되고 있기 때문이다. 물론 위 시들의 서정성이 순전히 '달'의 이미지에 의해서만 창출되는 것은 아니다. 좀더 상세히 살펴보면 전통적 운율, 즉 4음보격 어휘들의 독특한 질서가 낳는 음악성도 이 시의 서정성의 형성에 기반이 되고 있음을 알 수 있다. 그렇기는 하지만 이들 시가 강렬한 서정성을 지니게 되는 데 있어서 가장 결정적인 역할을 하는 것은 '달'의 이미지가 적절히 활용된 데에 비롯된다.[2] 사실 달의 이미지 혹은 달빛의 상상력은 목월시에서 거듭 반복되어 쓰임으로써 하나의 상징체계를 형성한다고 해야 할 것이다.

그런데 이 시들에서와 같은 목월의 '달'의 이미지에 의한 형성화는 신비

---

2) 김대행, 『한국시의 전통연구』(개문사, 1980), p.20.

적이고도 애상적인 분위기를 함축함으로써 향가를 연상시킨다. 향가에서
의 '달'의 이미지는 주지하다시피 인간과 자연의 일체를 전제로 한 신비주
의적 의미를 포유한다.3)

① 향가와 목월시

우리의 전통시인들은 천상의 이미지로서 '별'보다는 '달'을 더 많이 노
래해 왔다. 민족의 전통적 정서에 별보다는 달이 훨씬 잘 어울리기 때문
일 터이다. 덧붙이자면 감각이나 정조면에서 좀더 강렬하게 별보다는 달
이 상상력의 구심점으로 작용해 왔다는 것이다. 달의 이미지는 향가에서
부터 그 면모를 보이는데 목월시의 그것은 이로부터 그 연원을 찾아볼
수가 있다.

먼저 향가 「讚耆婆郎歌」를 보자.

> 열치매
> 나토얀 드리
> 힌구룸 조초 뻐가는 안디하
> 새파룬 나리여히
> 耆郎의 즈시 이슈라
> 일로 나리ㅅ 지벽히
> 郎이 디니다샤온
> ᄆᅀᆞᄆᆡ ᄀᆞᇂ훌 좇누아져
> 아으 잣ㅅ가지 노파
> 서리 몯누올 花判여.

— 양주동 해독

「讚耆婆郎歌」에서 특히 주목되는 것은 달을 중심으로 한 화자의 상상
체계이다. 여기서 달의 이미지를 구름의 이미지와 결합하고, 나아가 기량

---

3) 위의 책, p.19.

의 모습으로 유추하고 있다. 한 연구자의 현대어역에 의하면, 이는 '이슬 밝힌 달이/흰구름 따라 떠난 언저리에/기랑의 모습'이 있다는 뜻으로 된다.4) 그런데 「讚耆婆郞歌」에서 보여지는 바 이러한 '달/구름/기랑'의 상상체계는 목월의 시 「나그네」에서도 그대로 변용되어 나타나 있어 주목이 된다.

특히 「나그네」의 "구름에 달 가듯이/가는 나그네"의 시구가 그러하다. 「나그네」에서 화자는 달의 이미지를 구름의 이미지와 결합하고, 나아가 나그네의 형상으로 유추하고 있다. 그러니까 상상의 체계면에서 보면 「讚耆婆郞歌」의 '달/구름/기랑'의 구조와 유사한 '달/구름/나그네'의 구조가 근원적인 동일성을 보여주고 있는 셈이다. 이렇듯 목월시의 상상체계는 곧바로 향가의 그것에 닿아 있다. 그의 시적 인식체계가 향가의 그것과 결코 다르지 않다는 것이다.

이러한 원천적 영향관계는 목월의 시 「달」과 향가 「願往生歌」의 대비를 통해서도 확인할 수가 있다. 목월의 시 「달」이 보여주는 바의 상상체계와 「願往生歌」의 그것이 두루 유사한 면을 내포하고 있다는 것이다.

물론 목월의 그것과 광덕(廣德)의 그것이 동일한 시적 감동을 포유하는 것은 아니다. 그러나 이들 각 편이 달을 중심으로 한 상상체계에 있어서 만큼은 유사하게 구조화되어 있는 것이 사실이다.

다음은 「願往生歌」의 일부이다.

> 돌하 이데
> 西方까장 가샤리고
> 無量壽佛前 ᄉᆡ에
> 닏곰다가 ᄉᆞᆲ고샤셔
> 디딤 기프산 尊어히 울워러
> 두손 모도호슬바

---

4) 김완진, 『향가해독법연구』(서울대학교 출판부, 1980), p.91.

願往生 願往生

— 양주동 해독

　이 작품 「願往生歌」에서 우리의 관심의 대상이 되는 것은 "둘하이데/西方ᄭ장 가샤리고"이다. 이 시구에서 달은 '西方'에로의 지향을 보여준다. 말하자면 「願往生歌」의 경우 달의 지향성이 '달/서방'의 구조를 포유한다는 것인데, 바로 그러한 점이 목월의 시 「달」에 수수되어 있다는 것이다. 물론 목월의 시 「달」은 '달/불국사 터'의 구조적 대응을 보여주고 있다.

> 배꽃가지
> 반쯤 가리고
> 달이 가네.
>
> 경주군 내동면
> 혹은 외동면
> 佛國寺 터를 잡은
> 그 언저리로
>
> 배꽃 가지
> 반쯤 가리고
> 달이 가네.

—「달」 전문

　이 시에서 달은 '불국사'에로의 지향을 보여준다. 그러니까 '달/불국사 터'의 구조를 포유한다는 것인데, 바로 그 점에서 이 시는 「願往生歌」와 유사한 상상체계를 포유한다고 할 수 있다. 특히 불교적인 소재를 활용하고 있는 점이 그러하다고 본다. 달의 구체적인 지향점은 다르지만 그것들이 이루는 관계의 구조만큼은 유사하다고 하겠다.

이러한 범박한 논의를 통해서 우리는 목월시가 향가의 전통에서 연원하고 있음을 확인할 수 있게 된다. 목월의 상상체계가 향가 작자들의 그것과 근원적 동일성의 궤 위에 서 있다는 것인데, 이런 면면들이 목월시로 하여금 우리시의 서정적 정통성을 함축하게 한다. 목월시의 이러한 특성은 물론 여타의 향가 즉 「彗星歌」, 「怨歌」, 「處容歌」 등을 통해서도 두루 찾아볼 수 있는 모습이다. 그만큼 목월의 시는 신라 향가에 원천적인 뿌리를 두고 있다는 뜻이 되겠다.

② 고려가요와 목월시

목월시의 한 특징을 이루는 달의 상상력은 고려가요의 그것과도 유사한 면을 보여준다. 달은 밤의 어둠을 밝히는 밝음의 한 상징물이다. 그러나 그것에 그치지 않기 때문에 달은 수많은 시인의 시적 관심의 대상이 된다. 많은 경우, 달은 밝음 그 자체에서 사랑하는 님이나 그리움을 유추시킨다. 그리하여 달에의 지향은 밝음에로의 지향이고, 님에로의 지향 또한 그리움의 상관물이 되는 것이 고전시의 상례이다. 이는 고려가요를 비롯하여 전통시에서 특히 두드러지는 것으로서 목월시의 경우에도 공통적인 형질을 이룬다.

먼저 고려가요 「動動」의 일부를 보자.

> 二月ㅅ 보로매
> 아으 노피 현
> 燈ㅅ불 다호라
> 萬人 비취실 즈싀샷다
> 아으 動動다리
>
> 六月ㅅ 보로매
> 아으 별해 ㅂ론 빗다호라

＜blockquote＞
도라 보실 니믈
적곰 좃니노이다
아으 動動다리

八月ㅅ 보로모
아으 嘉排나리마론
니믈 뫼셔 녀곤
오놀낤 嘉排샷다
아으 動動다리
＜/blockquote＞

—「動動」에서

주지하다시피 고려가요 「動動」은 월령체 속요이다. 상기한 부분은 「動動」의 2월, 6월, 8월의 노래로, 달의 형상을 통해 님의 형상을 드러내고 있다. 특히 2월 노래는 앞에서 말한 바 있는 '달→밝음→님'에의 의식 지향을 보여주는데, 그런 면에서 보면 고려가요 「動動」은 우리시의 근원적 상상체계를 담지하고 있다고 해야 할 것이다. 물론 2월 노래에서는 좀더 구체적으로 '보름→등불→만인 비춰실'의 구조를 포유한다.

이러한 면면은 목월시에서도 그대로 찾아진다. 달의 형상과 님의 형상을 동일시하는 면이 특히 그러한데, 물론 그가 고려가요 「動動」의 상상체계를 그대로 반복하고 있는 것은 아니다. 이러한 면면을 살펴볼 수 있는 목월시의 한 예는 「임에게4」로, 이 시에서 그는 거꾸로 님을 통해서 달을 유추한다. 그러니까 「動動」의 의식지향이 '달→밝음→님'의 구조를 보여준다면 「임에게4」의 의식 지향은 '님→밝음→달'의 구조를 보여준다는 말이다. 실상 고려가요 「動動」과 목월시 「임에게4」는 이처럼 도치된 달의 상상체계를 보여준다는 점에서 차이가 있다. 그러나 그것들이 이루는 구조적 관계만큼은 다르지 않은데, 바로 그런 면에서 우리는 목월시의 시적 정서의 원천적인 영향관계를 확인하게 된다.

> 내 색시는 하얀 넋
> 천만년 달밤
>
> 열두 가람 여울목에
> 스며 우는데
>
> 파란 옥 댓마디에
> 아슬한 鶴을
>
> 구름 위에
> 잔잔한 옥피리소리.

―「임에게4」전문

이 시에서 우리의 눈길을 끄는 것은 첫 연의 두 행이다. 여기서 목월이 보여주는 바의 의식지향이 '님→밝음→달'의 구조를 함축한다는 것인데, 물론 구체적으로 그것은 '색시→하얀 넋→달밤'의 형상을 하고 있다. 그러나 다름 아닌 바로 그러한 점이 목월시의 개성적 특성이다. 그렇다고 해서 목월의 이 시가 보여주는 바 기본적 발상이 「動動」의 그것과 크게 다르다는 것은 아니다. 말하자면 목월시의 달의 상상력은 향가에서도 그렇지만 또한 고려가요의 그것에 뿌리를 두고 있다는 뜻이다.

목월시의 이러한 모습은 또 다른 고려가요 「井邑詞」를 통해서도 알 수가 있다. 달과 함께 하는 목월시의 의식지향을 「井邑詞」의 그것과 대비시켜 고찰할 수도 있다는 것이다. 사실 이미지의 유추구조만으로 보면 「井邑詞」 또한 위의 시들과 크게 다를 바 없는 관계를 함축하고 있다. 「井邑詞」에서도 '달→밝음→님'의 유추구조가 별다른 편차없이 반복되고 있다. 물론 이 가요가 앞서의 「動動」이나 「임에게4」처럼 달이 곧바로 님을 상징하는 것은 아니다. 오히려 「井邑詞」에서 달은 님을 비추고 보살피는 사랑의 매개물로 되어 있다. 이런 면에서 보면 「井邑詞」의 의식지향은 '달

→밝음→님'의 구조가 아니라 '달/밝음/님'의 구조로서 달의 상상체계를 함축하고 있다고 할 수 있다.

―「井邑詞」 전문

　이 노래에서 달은 님의 표상이자 그리움의 촉매이다. 화자는 한 자리에 서서 님의 행방이나 걱정할 수밖에 없지만, 달은 임의 모든 것을 비춰줄 수 있는 능력을 갖는다. 그런데 화자에게 있어서 달의 능력은 밝음의 능력으로 님의 존재를 비추어 줄 때에 정작의 의미를 갖는다. 그에게 있어서 달빛의 밝음은 곧 님의 모습을 암시한 것이기 때문이다. 그렇다면 「井邑詞」에서의 달은 궁극적으로 '달→밝음→님'에의 상상체계를 지니고 있다고 할 수 있게 된다.

　이러한 달의 상상체계의 연상구조는 사실 목월의 시에서도 그대로 드러난다. 「井邑詞」가 함축하는 바, '달/밝음/님'의 구조를 목월의 시에서도 익히 찾아볼 수 있다는 뜻이다. 그 대표적인 작품의 하나가 「月夜」이다. 물론 목월이 이 시에서 그러한 연상구조를 동일하게 반복하는 것은 아니다. 그 나름의 변용을 함축한다는 것인데, 다음은 「月夜」의 전문이다.

대밭에는 비단안개다.

달이 구름에서 나오면
동네 가느른 골목이
흰 다님같다.

앞산자락에
작은 松籟 일어 잔잔하고

들 밖으로 달빛감고 달빛감고
사람 그림자 밤길 가고……

아래윗마을 휘영청 달 밝다.

—「月夜」 전문

이 시에서의 달은 「井邑詞」의 그것에서처럼 화자의 강렬한 염원을 담지하고 있지는 않다. 그렇다고 해서 여기서의 달이 앞서의 시와 전혀 다른 유추구조를 보여주는 것은 아니다. 말하자면 이 시에서도 화자는 '달/밝음/님'의 상상체계를 내포하고 있다. 물론 구체적으로 그것은 '달/밝음/산그림자'의 형상으로 드러나는데, 이런 점에서만 보면 「月夜」는 「井邑詞」와 명확한 감각의 차이를 포유하는 셈이다. 그러나 「月夜」가 보여주는 달의 상상력이 「井邑詞」의 그것과 근원적으로 다르지는 않은데, 앞에서도 말한 바 있듯이 동일한 유추구조로 되어 있기 때문이다.

이상에서 알 수 있듯이 목월시의 한 특성을 이루는 달의 상상체계는 원천적으로 고려가요의 그것에도 뿌리를 내리고 있다. 그러니까 그의 시에 있어서 달의 이미지는 본원적으로 민족문학의 오랜 전통으로서 자리하고 있다는 뜻이다. 목월시의 이러한 특성은 물론 다른 고려가요, 즉 「井邑詞」 등을 통해서도 익히 확인할 수가 있다.

(2) 상자연과 미의식

  인간의 삶은 본래 외부세계, 즉 사회와의 관계에 의해서 이루어져 왔다. 외부세계와의 관계, 즉 사회 자체가 인간의 삶의 실체이자 현장이라는 뜻이다. 물론 이 때 인간의 자아가 가장 원초적으로 관계하는 것은 자연이다. 말하자면 인간의 삶은 자연과 근원적으로 얽혀져 있는 바, 인간이라면 누구나 자연에 대하여 일정한 정신자세를 취할 수밖에 없다.

  그런데 자연을 대하는 정신자세, 즉 자연관은 대부분 현실적인 삶에 대한 인식의 태도에 의해서 결정되기 마련이다. 사실 많은 시인들이 인간의 현실에 대해 낙관적인 전망을 갖지 못할 때, 일종의 대리만족 형태로 자연에 집착하거나 또 떠나게 되며 아니면 그것으로 인간의 타락한 현실을 비판해 왔다. 목월 또한 그러한 면모가 발견된다.

  청록파의 한 사람으로서 목월이 자연의 일반에 대해 집중적 관심을 보여왔다는 것은 새삼스러운 지적이 아니다. 그런데 그에게 있어서 자연은 고시가에서의 그것과 별다른 차이를 보여주지 않는다는 점이 특징이다.

  요컨대 목월시의 자연관은 전통적 고시가의 자연관과 근원적으로 맥을 함께 한다. 기실 목월시에 있어서 자연의 한 특징은 정적이고 관조적인 데에 있다고 할 수 있다.

> 芳草峰 한나절
> 고운 암노루
>
> 아래ㅅ마을 골짝에
> 홀로 와서
>
> 흐르는 내ㅅ물에
> 목을 축이고

> 흐르는 구름에
> 눈을 씻고
>
> 열 두 고개 넘어 가는
> 타는 아지랑이

―「三月」 전문

이 시에서 우리는 한 폭의 산수화를 보게 된다. 시적 자아 또는 인간이 배제된 채 산골짜기의 풍광이 묘사되어 있는 이 시는, 그러므로 다분히 정적이고 관조적이라고 할 수 있다. 이렇듯 목월시에 있어서의 자연은 흔히 미적 완성의 대상으로 된다. 그런 의미에서 보면 목월시에 내포되어 있는 자연관은 강호가도로서의 상자연적인 시조의 자연관에 닿아 있다고 할 수 있다.

주지하다시피, 시조에서 자연은 보편적 인식 대상으로 되어 왔다. 특히 고산 윤선도(孤山 尹善道)의 시조에서 그것은 토속적인 시어와 토착적인 절주로 이루어져 두루 관심의 집중을 받고 있다.[5] 그런데 우리는 이러한 특징을 목월의 시에서도 발견하고 근본적으로 목월시가 강호가도로서의 시조와 맥을 함께 하고 있음을 확인하게 된다.

그렇다면 목월시는 시조의 자연관을 구체적으로 어떻게 수용하고 있는가를 살펴보고자 한다.[6]

① 탐미적 자연

자연이 탐미적 대상으로 인식되었던 데는 강호가도로서의 시조에만 보이는 특징은 아니다. 그러나 강호가도라는 시조의 한 영역이 확보되어 있는 것을 보면 시조가 계속해서 자연을 미적 대상으로 탐구했던 것만큼은

---

5) 이병주, 『송강·고산문학론』 (이우출판사, 1979), p.219.
6) 박요순은 『한국문학에 나타난 자연관』에서 이러한 면을 살펴본 바 있다. (서의필 선생 화갑기념 논문집 간행위원회, 1988), pp.544-555.

분명하다. 시조의 이러한 면면은 특히 조선시대 전원에 묻혀 살던 사림파 사대부의 작품에서 더욱 짙게 드러난다.

> 東風이 건 듯 부니 믉결이 고이 닌다
> 東湖롤 도라 보며 西湖로 가쟈스라
> 두어라 압 뫼히 지나 가고 뒷 뫼히 나아온다

— 윤선도 「어부사시사」에서

이 시조에는 화자의 감정이 틈입되어 있지 않다. 우리는 이 노래를 통해 차분히 점묘되어 있는 미적 대상으로서의 자연 풍광을 감지할 뿐이다. 이런 면에서 보면 윤선도의 이 시조는 자연과 매우 엄정한 거리를 획득하고 있다고 할 수 있다. 따라서 여기서의 자연은 자연스럽게 놓여져 있는 전원, 거기 그렇게 있는 대상이 된다. 사실 우리 문학 속에서 자연은 이처럼 그저 완상의 대상으로 되어 왔다. 그런데 윤선도는 자신의 자연을 대하는 태도, 즉 자연을 완상의 대상으로 보는 태도를 보다 적극적으로 다음과 같이 노래하기도 한다.

> 잔 들고 혼자 안자 먼 뫼홀 브라보니
> 그리던 님이 오다 반가옴이 이리호랴
> 말숨도 우움도 아녀도 몯내 됴하 호노라

이 작품은 윤선도의 시조 「山中新曲」 중의 한 편으로, 그의 상자연의 경지가 어느 차원에 이르고 있는가를 확실히 보여준다. 이 시조에서 윤선 도는 자연으로부터 받아들이는 법열의 기쁨을 비교적 적극적으로 드러내고 있다. 이런 면에서 보면 위 시조에 드러나 있는 자연은 명백히 시적 화자의 탐미적 대상으로 되어 있다고 할 것이다.

자연을 탐미적 대상으로 보는 이러한 시각은 목월의 시에 그대로 전이

되어 있다. 그는 시를 보면, 기본적으로 자연을 객관적 탐미 대상으로 파악하는데 다음의 시 「山桃花1」은 그중의 하나이다.

山은
九江山
보라빛 石山

山桃花
두어송이
송이 버는데

봄눈 녹아 흐르는
옥같은
물에

사슴은
암사슴
발을 씻는다.

ー「山桃花1」 전문

　이 시에서 보듯 목월의 시에 있어서 자연은 인간의 삶과 유리되어 하나의 미적 완성의 대상으로 인식된다. 그리하여 이러한 자연엔 인간의 삶이 끼어들 틈이 없다. 그러니까 한 폭의 산수로서 항상 거기 그대로 존재하는 것이 목월시에 있어서의 기본적인 자연관이 되는 셈이다.

　물론 목월시의 자연이 항상 이처럼 탐미적 대상으로만 존재하는 것은 아니다. 고시조 강호가도가 그렇듯이 목월시의 자연관 또한 몇 개의 유형을 보여준다.

② 외경적 자연

　인간에게 있어서 자연은 본질적으로 외경의 대상이다. 고대인일수록 자연에 대한 그러한 자세는 분명했는데, 그들에게 있어서 자연으로부터의 소외는 곧 생존의 포기를 뜻했기 때문이다.

　그리하여 자연은 많은 경우 외경스런 신앙의 대상으로까지 받아들여져 왔다. 사실 인간의 입장에서 보면 자연은 두루 무한한 존재로 인식되었을 터이다. 그런데 무한한 존재로서의 자연에 대한 인식은 「獻花歌」 등의 향가에서도 보여지지만, 정작은 시조에서 중요하게 드러나고 있다. 인간은 자연으로부터 어떤 무한성 혹은 절대성을 발견했을 때 외경의 자세를 갖는다.

> 靑山은 엇데ᄒᆞ야 萬古애 프르르며
> 流水난 엇데ᄒᆞ야 晝夜애 긋디 아니ᄂᆞᆫ고
> 우리도 그치디 마라 萬古常靑 호리라
>
> 　　　　　　　　　　　　－이황 「陶山十二曲」에서

　이 시조에서 화자의 의도는 자연의 영원성, 항구보편성을 자아화하려는 데에 있다. 물론 그것은 자연의 무한한 질서에 대한 화자의 외경적 정신자세에서 비롯된다. 그러니까 이 노래의 화자는 자연일반, 특히 '청산'과 '유수'를 외경적 존재로 파악하는 것이다.

　실상 이 시조에서 산수는 우주의 원리를 형상화한 일종의 비유로 되어 있다. 산수의 질서가 곧 우주의 질서라는 것인데, 그렇기 때문에 화자는 그에 대해서 외경의 자세를 갖는 것이다. 그러나 시조 일반에서 자연에 대한 외경적 자세가 이로부터 비롯되는 것만은 아니다. 때로 혹자는 자연 그 자체로부터 인간을 발견하고, 그러한 관점에서 자연에 대한 외경적 자세를 보여주기도 한다. 다음의 시조를 보자.

> 江邊에 그물 멘 스룸 기러기는 잡지 마라
> 塞北 江南에 消息인들 뉘 傳ᄒ리
> 아모리 江村 漁父ᄂ들 離別조츠 업스랴

이 노래에서 '기러기'는 함부로 잡아서는 안될 것으로 인식되어 있다. 이 시조의 화자가 변방의 소식을 전해주는 상징적 존재로 그것을 받아들이기 때문이다.

이렇듯 강호가도로서의 시조에는 자연을 외경적 대상으로 인식하는 예가 적잖이 발견된다. 이러한 자연관은 목월시에도 그대로 전이되어 드러나는데, 그렇기 때문에 여기서의 논의가 가능해지는 것이다.

목월시의 자연은 일단 신비적 분위기를 보여준다는 점에서 주목이 된다. 물론 목월시의 자연이 포유하는 이러한 신비적 분위기는 그가 자연을 두루 외경적 존재로 인식하는 데에서 비롯된다. 그런데 그의 시에 있어서 신비적 분위기를 유로시키는 주된 자연물은 '바위'이다. 그의 시와 함께 하는 바위는 기실 비의적 분위기를 담지하며 화자의 외경적 정신자세를 함축한다.

> 내ㅅ사 애달픈 꿈꾸는 사람
> 내ㅅ사 어리석은 꿈꾸는 사람
>
> 밤마다 홀로
> 눈물로 가는 바위가 있기로
>
> 기인 한밤을
> 눈물로 가는 바위가 있기로
> 어느날에사
> 어둡고 아득한 바위에
> 절로 임과 하늘이 비치리오

—「임」 전문

> 아아 노고지리
> 노고지리의 울음을
> 은은한 하늘 하늘꼭지로
> 등솔기가 길고 가는 외로운 혼령의 읊조림을
>
> 바위속 잔잔한 은드레박소리……

—「春日」전문

위 두 편의 시에서 바위는 모두 비의적 존재로 인식되어 왔다. 그러니까 목월에게는 바위가 외경적 신비의 한 대상이 되는 셈이다. 그는 특히 시 「春日」의 경우 주석을 달아 바위에 대한 그의 외경적 자세를 표출하고 있다. 주석에 의하면 이 시에서의 바위는 월성군 외동면 녹동리 달밭마을에 있는 지금도 맑은 날이면 선녀들이 물을 짓는 은드레박 소리가 들린다는 바위이다. 바위에 대한 이러한 인식은 시 「임」이라고 해서 다른 것이 아니다. 이 시에서 바위는 "눈물로 가는", 언젠가는 "절로 임과 하늘이" 비칠 바위로 인식되어 있다.

물론 목월이 보여주는 바 자연에 대한 이러한 인식태도가 전혀 새로운 것은 아니다. 앞에서 누차 언급했듯이 목월의 자연에 대한 이러한 외경적 인식 자세는 고시가, 특히 강호가도로서의 시조에서 익히 보아 왔던 것들 중의 하나이다. 따라서 이런 면에서 보더라도 목월시에 있어서 자연은 전통시가의 그것에 깊이 뿌리내리고 있다고 해야 할 것이다.

③ 친화적 자연

인간은 삶 속에서 끊임없이 자연과의 화해를 시도해 온 것이 사실이다. 물심일여(物心一如), 주객일치(主客一致), 천인합일(天人合一)과 같은 노장적, 전통적 정신이 모두 인간의 그러한 의지를 드러낸 것이다. 물론 이러한 화해의 정신은 인간이 자연을 정복하여 산업사회를 이루면서 거의 존재의 기반을 상실해 왔다. 원시사회에서의 자연과 인간의 화해에 대하여 에리히 프롬은 다음과 같이 말한다.

> 인류는 그의 유아기에는 아직 자연과 일체감을 느꼈다. 대지 동식물들은 서로 하나의 세계 속에서 존재했다. 인류는 동식물과 동일시되었는데, 그것은 가면을 쓰는 풍습이나 토템·동물신 등에 대한 숭배로 표현되었다.

그러나 서양의 이러한 논리와 상관없이 동양에서는 줄곧 자연과의 화해가 추구되어 왔음을 부인할 수 없다. 특히 우리 선인들은 고시가를 통해 안빈낙도의 대상으로서 자연과의 화해를 줄기차게 노래해 왔다. 얼핏 현실로부터의 도피처로 보기도 했지만 그들에게 있어서 자연은 항상 근원적 귀일의 대상으로 인식되었던 것이 사실이다. 또한 고시조에서는 자연과 하나가 되어 유유자적하는 삶이 매번 예술적 형상의 핵심대상으로 되어 왔다.

다음은 월산대군의 시조 한 수이다.

> 秋江에 밤이 드니 물결이 차노믜라
> 낙시 드리치니 고기 아니 무노믜라
> 無心한 돌빗만 싣고 뷘배 저어 오노라

이 노래에는 무위로서의 삶이 형상화되어 있다. 낚시를 드리우고 있기는 하지만, 이 시조의 화자가 정작 고기를 낚으려는 것은 삶, 그것이 이 노래의 화자가 생각하는 삶의 이상이라고 해야 할 것이다. 삶에 대한 이러한 관점으로부터 우리가 살펴볼 수 있는 것은 바로 자연에 대한 화해의 자세이다.

고려가요 「靑山別曲」에서 보듯 많은 경우 자연에 대한 이러한 정신자세에는 현실로부터의 소외감이 반영되어 있기도 하다. 하지만 자연을 이처럼 화해의 대상으로 보는 시각은 매우 중요하다. 화해의 정신은 결국 사랑의 정신이고, 현대사회의 제반 문제는 바로 그 사랑의 정신이 결핍된 데에서 오기 때문이다.

다음의 시조는 송순의 것이다. 여기서도 우리는 자연과 일치하여 안빈낙도 하고자 하는 화자의 의지를 읽는다.

이 노래에는 화자의 일상생활이 자연과 얼마나 익숙해 있는지 잘 나타나 있다. 특히 중장의 "半間은 淸風이요 半間은 明月이라"는 대목은 그가 항상 자연과 하나가 되고자 했음을 보여준다. 사실 이러한 자연친화의 사상은 우리 고시가의 핵심적 특징이라고 해도 과언이 아니다.

이러한 면면은 물론 목월의 시에서도 그대로 드러난다. 목월 또한 두루 자연을 친화의 대상으로 인식한다는 것이다. 그러나 그의 자연친화가 무아의 경지에까지 이른 것은 아닌데, 그런 면에서 보면 그의 자연관은 오히려 적극성을 띠고 있는 것으로 생각된다. 물론 여기서의 적극성은 현실로부터의 도피의 적극성을 뜻한다.

> 산이 날 에워싸고
> 그믐달처럼 사위어지는 목숨
> 그믐달처럼 살아라 한다
> 그믐달처럼 살아라 한다

— 「산이 날 에워싸고」 전문

이 시는 자연과 하나가 되고자 하는 시인의 소박한 의지를 담고 있다. 물론 이 작품에서 하나가 되고자 하는 의지의 형식상 주체는 시인 자신이 아니라 산으로 되어 있다. "산이 날 에워싸고" 산과 하나가 되라고 나에게 권하고 있다는 내용을 이 시는 담고 있다. 그러나 그러한 형식상의 배려에도 불구하고, 우리는 이 시에서 하나가 되고자 하는 정작의 의지의 주체가 시인 자신임을 부인하지 못한다. 시인 자신이 "들찔레처럼", "쑥대밭처럼" 살고자 한다는 것인데, 이는 목월의 다른 시 「밭을 갈아」, 「구름 밭에서」 등을 통해서도 알 수 있다. 특히 「구름 밭에서」에서 목월은 적극 의지를 드러내어 "비둘기 울듯이/살까보아/해종일 구름밭에/우는 비둘기"라고 노래한다.

이런 면에서 보더라도 목월시에 있어서의 자연관은 전통적인 것에 뿌리를 두고 있다고 하겠다. 기실 목월의 시는 조선 사대부의 자연관, 즉 강호가도로서의 시조에서 볼 수 있는 자연관을 별다른 변용없이 그대로 수용하고 있다. 요컨대 그의 시는 고시가의 제반 요소로부터 두루 영향을 받고 있다는 것이다.

(3) 민요와 목월시

우리의 근대시는 1920년대 중반에 이르러 일군의 민요시인을 탄생시켰다. 이들은 새로운 시운동의 전통적 자양분을 민요에서 찾았던 사람들로서 기실 근대시 운동의 선구자들이었다. 김억, 주요한, 홍사용, 김소월, 김

동환 등이 그들로, 이들의 작업은 1930년대에 이르러 김영랑, 박목월에게
로 이월된다. 특히 박목월은 많은 경우 시의 형태면에서 반복과 병치의 구
조를 보여주는 바, 이는 그의 시의 방법론이 기본적으로 민요적이었음을
반증한다.

민요시 운동이 문학사에서 전개되기 시작한 것은 대개 3·1독립항쟁 이
후라고 생각된다. 3·1독립항쟁 이후 만주사변의 발흥까지 10여 년간은 일
제가 소위 문화정치를 표방했던 시기이다. 실제로는 일제의 식민통치가
강화되었지만, 이 시기에 두루 민족의식이 확립되고 민중의식이 성장했던
것은 사실이다. 민요시 운동은 이러한 상황에서 비롯된다.

이러한 민요시의 형성요인은 많은 경우 1930년대 후반의 시인 박목월에
게로 그대로 전이된다. 목월 또한 상기의 민요시 형성요인으로부터 자유
롭지 못하다는 것이다. 특히 당대 현실에 대한 시인들의 퇴행의식, 일종의
현실 도피의식에서 민요시가 창작되었다는 논리는 여러모로 시사해주는
점이 적지 않다.

민요시는 한마디로 민요를 지향하면서 쓰여진 현대의 창작시라고 할 수
있다. 이런 의미에서 보면 사실 목월의 시는 정확한 의미에서의 민요시라
고 하기에 곤란한 점이 없지 않다. 그러나 목월의 시가 민요의 영향을 받
은 것은 확실하므로 당연히 민요시의 전통하에서 논의를 해야 할 것이다.

근대시 일반과 관련시켜 볼 때 민요는 대개 구조면 및 시어면에서 그
특성을 드러낸다.7) 목월의 시가 민요의 영향을 받고 있다고 한다면, 따라
서 당연히 민요의 구조적 특성 및 시어적 특성을 먼저 살펴보아야 할 것
이다.

민요의 구조는 대략 두 가지 면에서 특징을 보여준다. 첫째는 반복이고,
둘째는 병치이다. 본질적으로 병치도 역시 반복의 한 방법이지만, 단순한
반복에 그치지 않고 복합적 형식미를 제공해 준다는 점에서 자못 구별된

---

7) Erich Fromm, *The Art of Loving*(New York: A National Genera Company, 1956), p.9.

다. 물론 반복과 병치는 민요에만 나타나는 것은 아니지만, 민요에서 보다 직접적·원형적으로 내재한다는 점에서 그것의 주된 특징으로 되어 있다.[8]

민요의 시어는 개인의 창작시에 비해 보다 직접적인 서술과 솔직한 감정에 기초해 있다. 따라서 민요의 시어는 대부분 방언 및 향토어로 되어 있는데, 민요가 구비문학이라는 점에서 보면 이는 매우 당연하다고 할 것이다.

이러한 민요의 시어는 우선 '공식적 어구'라고 명명되는 '비슷한 어구' 혹은 '동일한 어구'를 반복 사용한다는 점에서 특징을 보여준다. 물론 공식적 어구는 원래 구비서사시나 발라드와 같은 서술민요에서 되풀이되어 쓰이는 관용구이다. 그러나 짧은 서정민요에서도 이와 비슷한 특징이 자주 발견된다. 그런 점에서 '공식적 어구'의 반복 사용은 민요의 시어가 보여주는 일반적 특징이라고 할 수 있다.

민요의 시어는 두루 관습적 표현으로 드러난다는 점에서 또 하나의 특징을 갖는다. 관습적 표현은 민요를 향유한 공동체에 널리 보급되어 타성적으로 사용되는 일종의 수사법이다. 그리고 민요의 시어는 전형적 상징을 원용한다는 점에서 또다른 특징을 보여준다. 전형적 상징은 일종의 관습적 상징으로 민요 전반에서 볼 수 있는 상투적 상징을 뜻한다.

이상에서 살펴 본 민요의 구조면 및 시어면의 특징은 목월의 시에서도 그대로 발견된다. 이러한 점은 목월의 시가 넓은 의미에서 볼 때 민요시의 영역 안에 자리해 있음을 가리킨다. 물론 이는 좀더 섬세하게 목월시의 민요적 특징을 살펴볼 때 구체적으로 점검될 것이다.

① 목월시와 민요구조

목월시의 민요적 영향은 우선 구조적인 면에서 밝혀진다. 시의 방법으로 태반 그는 반복과 병치를 택하고 있는 바, 바로 그것이 민요적 영향의

---

8) 오세영, 『한국 낭만주의시 연구』 (일지사, 1980), pp.47-59.

징표라는 것이다. 먼저 반복의 경우를 보자.

㉠ 히죽이 웃으며 우리집 문턱을 넘어오는 致母
　길씀한 얼굴이 말像진 致母
　팔뚝만한 덧니가 정다운 致母
　소쿠리만한 입이 탐스러운 致母
　──또 왜 왔노. 일 안하고 이놈.
　할아버지가 호통을 치면
　──아재요
　놀아가믄 일도 해야지 앙는기요.
　히죽히죽 웃으며 대답하는 致母.

－「致母」에서

㉡ 열이 오른 이마를 짚어 주시는
　그
　부드러운 손.

　두 손으로
　나의 양손을 꼭 잡고
　잘못을 타일러 주시던
　그
　굳센 손.
　방학에 돌아 온 아들의
　등어리를 어루만져 주시던
　그
　인자로운 손.

－「어머니의 손」에서

㉢ 하직을 말자 하직 말자
　인연은 갈밭을 건너는 바람

　뭐락카노 뭐락카노 뭐락카노

니 흰 옷자라기만 펄럭이고……

오냐. 오냐. 오냐.
이승 아니믄 저승에서라도……

—「離別歌」에서

㉠에서는 시행의 마지막 어휘가 반복되고 있다. 물론 기본적으로는 통사구조 자체가 반복되고 있는데, 그러나 어휘의 어미가 다름으로 하여 전체의 내용은 점차 확산된다. 그러니까 동일한 통사구조에 어휘를 달리 배열하여 의미의 고양을 꾀하고 있는 셈이다. 이는 민요의 가장 기본적인 문장 형태로, 이로부터 음악적 효과도 발생한다.

㉡에서도 기본적으로는 동일한 통사구조가 반복되고 있다. 그러나 ㉡의 시는 행을 반복하는 것이 아니라 연을 반복하고 있다. 그리하여 "부드러운 손"과 "굳센 손", 그리고 "인자로운 손"의 의미가 어머니의 사랑으로 수렴되고 있다. 물론 이 시에서도 연의 마지막 어휘가 반복된다.

㉢의 시는 구절이 반복되는 예이다. 1행에서는 동일한 구절을 반복하면서도 뒷구절의 목적격 조사 '을'을 생략하고 있는데, 시어의 질서에 파격을 주기 위한 고려로 보인다. 따라서 이 경우 반복은 전적으로 운율의 창출에 기여한다.

이렇듯 목월의 시는 대부분 반복적 운율구조를 선택하고 있는 바, 그것은 민요의 전통적 운율을 활용하는 특징을 보여준다. 이런 면에서 보더라도 그의 시가 기본적으로 민요에 착근하고 있음을 알 수 있다.

민요의 구조적 특징으로 또 하나 간과할 수 없는 것은 병치이다. 병치는 전체의 내용이 일련의 통사구조를 중심으로 대칭되어 있는 것을 뜻한다. 목월의 시는 두루 병치의 특징을 보여주는 바 민요의 구조를 수용하고 있기 때문이다.

    ㉠ 불이 켜질 무렵
      잠드는 바람 같은
      목마름.

      진실로
      겨울의 해질 무렵
      잠드는 바람 같은
      적막한 瞑目

―「小曲」 전문

    ㉡ 자하문
      동대문
      門 밖으로 나가는 길에
      달아오르는 해.
      앞산머리의 부끄러운 이마.
      오오냐.
      자하문
      동대문
      문안으로 들어오는 길에
      기우는 햇발.
      앞산머리의 어두운 이마.
      오오냐, 오냐.

―「春分」 전문

㉠의 시는 2연으로 되어 있고, ㉡의 시는 1연으로 되어 있다. 그러나 이들 시는 공히 2등분되어 있고, 각각의 것은 대칭구조를 이루고 있다. 이 대칭관계야말로 병치라고 할 수 있다.

㉠의 시 「小曲」은 연 형태의 병치를 드러내지만, 내용 역시 마찬가지의 원리로 존재한다. 특히 각 연의 마지막 행이 보여주는 바의 병치가 두드러져서 1연에서의 "목마름"과 2연에서의 "瞑目"은 정확히 대조를 이룬다.

그러니까 이 시는 "잠드는 바람 같은/목마름."과 "잠드는 바람 같은/적막한 瞑目"의 대조적 병치에 의해서 시적 분위기를 환기하는 셈이다. 이렇게 형성되는 시적 분위기는 사실 병치의 원리로서밖에는 설명하기 힘들다.

ⓒ의 시는 무연의 시이지만, 섬세하게 살펴보면 1~6행과 7~12행이 병치되어 있음을 알 수 있다. 그러니까 이 시 「春分」 역시 「小曲」과 동일한 구조로 되어 있다는 것이다. 이 시는 전반부 6행과 후반부 6행이 전체적으로 병치되어 있기는 하지만, 정작 병치의 핵심을 이루는 내용은 3행의 "門 밖으로 나가는 길"과 "문안으로 들어오는 길"이다. 이로부터 "달아오르는 해."와 "기우는 햇발."이 병치되고, "앞산머리의 부끄러운 이마."와 "앞산머리의 어두운 이마."가 병치되는 것이다. 이런 맥락에서 보면 이 시는 희망과 절망, 젊음과 늙음의 병치를 통해서 시적 분위기를 환기하고 있는 셈이다.

주지하다시피 병치는 민요의 중요한 구성 방법이다. 이러한 병치가 목월시의 주요 구성원리로 된다는 것은 그의 시가 기본적으로 민요적 전통 위에 서 있다는 것이 된다. 그의 시가 민요적 전통과 함께 하고 있다는 것은 시어면에서도 두루 살펴볼 수가 있다.

② 시어면에서의 상관성

앞에서 우리는 민요의 시어가 방언 및 향토어의 사용, 관습적 표현, 전형적 상징 등의 특성을 보여준다고 말한 바 있다. 이는 목월의 시에서도 두루 발견되는 바, 그리하여 또한 우리는 이에서도 그의 시의 민요적 전승을 확인하게 된다. 다음은 그 구체적 증거들이다.

㉠ 방언 및 향토어의 사용

민요의 시어가 고유어 및 방언을 기반으로 짜여져 있다는 것은 그것을 창작하고 향유하는 사람들이 지방의 향토민이기 때문이다. 말하자면 민요

는 그 지방 민중이 향토적 정서를 반영하고 있다는 뜻이다. 그렇기에 민요
는 방언 및 향토어로서의 어휘적 특성을 보여준다는 것이다.

박목월의 경우엔 특히 시집 『慶尙道의 가랑잎』에서 그러한 경향이 돋
보이는 바 다음은 그 구체적 예이다.

> 귀에 쟁쟁쟁 울리듯 차마 못잊는 애달픈 웃녘 사투리 年輪은 더욱
> 새빨개졌다
>   (가시내사 가시내사 가시내사)
>
> —「年輪」에서

> 그만 일로
> 죄면할 게 뭐꼬.
> 누구나
> 눈 감으면 간데이.
> ……중략……
> 다 못사는 사람 평생
> 니
> 와 모르노.
>
> —「對座相面五百生」에서

> 아베요 아베요
> 내 눈이 티눈인 걸
> 아베도 알지러요.
> 등잔불도 없는 제상에
> 축문 당한기요.
>
> —「萬述 아비의 祝文」에서

> 아우 보래이.
> 사람 한 평생
> 이러쿵 살아도

저러쿵 살아도
시쿵둥하구나.

—「杞溪 장날」에서

임자, 나는 도포자라기.
임자는 포란 물감.
아직도
펄럭거리는
저 도포자라기.
누가 꿈인 줄 알았을락꼬.

—「道袍 한 자락」에서

이들 시는 주지하다시피 방언 및 토속어를 중심으로 구성되어 있다. 그런데 목월시의 방언 및 토속어는 대강 어휘 자체의 차원과 어법 차원으로 나눌 수 있다. 어휘 자체 차원의 예는 위 시의 "가시내", "아베", "도포자라기", "포란" 등이고, 어법 차원의 예는 위 시의 "뭐긴", "와 모르노", "알지러요", "보래이" 등이다.

이런 면에서 보면 그의 방언 및 향토어에의 경사는 주로 어법면에서 이루어져 있음을 알 수 있다. 그러니까 그는 민요 그 자체보다 민요적 분위기를 시적으로 원용하고 있는 셈이다.

ⓒ 관습적 표현

관습적 표현이란 주어진 관념을 재현하기 위하여 같은 율격의 조건 아래에서 정기적으로 비슷한 어구 혹은 동일한 어구를 반복 사용하는 것을 뜻한다. 사실 시에 두 번 이상 같은 어구가 반복해서 나타날 경우 어딘지 모르게 관습적인 느낌을 준다. 이는 구전되는 가운데 보편화되게 마련인데, 목월의 시에서도 익히 발견된다.

⑦ 참깨는 흰깨
　들깨는 꺼먹깨

―「첫서리 온 아침」에서

밭을 갈아 콩을 심고
밭을 갈아 콩을 심고

―「밭을 갈아」에서

갑사댕기 남끝동
삼삼하고나

―「갑사댕기」에서

④ 구름에 달 가듯이
　가는 나그네

―「나그네」에서

달무리 뜨는
달무리 뜨는
외줄기 길을
홀로 가노라

―「달무리」에서

배꽃가지
반쯤 가리고
달이 가네.

―「달」에서

⑦에서 인용한 3편의 시의 구절은 너무도 익숙한 표현을 담고 있다. 과거의 민요에서 익숙히 보아왔던 상투적인 어구들로 이들 시는 구성되어 있다. 이런 의미에서 다분히 관습적인 표현을 보여준다고 할 수 있는데, 그렇다고 해서 이들 시가 민요의 구절을 그대로 표절하고 있는 것은 아니

다. 그것들을 적절히 재구성하고 재창조함으로써 자기 시의 영역을 확보해 가는 것이 목월의 기본 창작방법이기도 하다. 그러나 ㉮의 시들이 익히 보아왔던 민요의 관용어구를 활용하고 있는 것만은 사실이다.

㉯의 시들은 달의 상상력을 보여주고 있는 작품들이다. 이들 시에서 알 수 있는 것은 달과 관련된 그의 시의 관습적 발상으로 목월이 이처럼 미리 준비된 관습적 어구들을 필요에 따라 각개 작품에 적절히 응용하고 있다는 것이다. 그러니까 그는 자기 시 내부에서도 일정한 관습적 표현을 반복해서 사용하고 있다는 것인데, 이는 주지하다시피 민요의 언어가 내포하고 있는 특징이다.

이렇듯이 목월의 시는 기본적으로 민요의 전통 위에 서 있다. 그는 민요의 어휘 체계를 응용함으로써 자기 시의 대중적 기반을 확보한다.

ⓒ 전형적 상징

전형적 상징이란 시인 개인의 특유한 의미를 담지하고 있지 않는 집단의 상징을 뜻한다. 따라서 거기에는 시인의 독창적 세계관이나 인식태도는 배제되며 공동체의 집단적 관념이 무의식적으로 드러난다. '꽃=님', '꽃=여자' 등이 구체적인 예인 바, 목월시의 경우를 보기로 하자.

목월시에서 전형적 상징으로 말해질 수 있는 한 예는 '길'이다. 그의 시에는 '길'의 이미지가 초기시부터 후기시에 이르기까지 두루 전형적 상징으로 나타난다.

> 뵈일듯 말듯한 산길
> ……중략……
> 길은 실낱 같다

—「길처럼」에서

> 외줄기 길을
> 홀로 가노라

| 나 홀로 가노라

—「달무리」에서

| 屈辱과 굶주림과 추운 길을 걸어
| 내가 왔다.
| 아버지가 왔다.

—「家庭」에서

| 퍼런 물빛과
| 冠岳山을 바라볼 수 있는
| 생활의 迂廻路
| 江邊四路에서
| 어제와 다른 오늘의 바람.

—「江邊四路」에서9)

　전통적으로 '길'은 진리 혹은 인생을 상징한다. 그것은 앞장의 상징 고찰에서 살펴본 바 있다. 그런데 목월의 시에서 '길'은 진리라든가 도를 뜻하는 것이 아니라 자신의 인생, 즉 삶의 길을 뜻한다. 따라서 그의 시에 나타나 있는 '길'은 수식어구를 통해 미래의 인생에 대한 기대, 동경을 의미하거나 과거의 인생에 대한 반성·회한 등을 의미한다.

　'길'을 인생으로 비유하는 것은 사실 상투적 발상이고 그러므로 이런 맥락에서 보면 목월시에 있어서 '길'은 전형적 상징이라고 할 수 있다. 민요에서 '오리', '청실홍실'은 각각 '신랑', '신부'를 뜻하는 바 목월시에서 '길'이 '인생'을 뜻하는 것과 다르지 않다는 것이다.

　이렇듯 목월의 시는 민요에서 활용하는 제반 구성원리와 어법을 기반으로 하고 있다. 이는 곧 그의 시가 고전시가의 영향하에서 창작되었다는 사실을 의미하는 것이 된다. 그리하여 우리는 한 시인의 시작품이 태어나기까지 얼마나 많은 요인들이 복합적으로 작용하게 되는가를 깨닫는다.

---

9) 위의 책, p.47.

2. 당대시와의 상관관계

목월의 동시가 처음 당선된 시기는 1933년이다. 그리고 그의 시단 데뷔는 1940년에 이루어진다.10) 이 일들은 그의 나이 17세에서 23세에 이르는 기간의 일로서 목월시의 당대 영향관계를 파악할 수 있는 한 단서가 된다. 즉 이 기간은 그에게 있어서 본격적인 습작기였으며, 아울러 그의 습작 활동은 당시의 문예지 ≪문장≫ 등에 발표된 시, 또는 기존의 시집들에 영향받으며 이루어졌으리라는 점을 추측할 수 있다. 이런 점에 착안하여 목월시의 영향관계를 다음과 같이 지적하기도 한다.

> "가깝게는 소월의 달의 상상력과 흐름의 시학, 지용의 고전적 정서와 세련된 언어감각과 형태주의, 그리고 영랑의 향토적 정서와 탐미주의 및 방언 의식에 영향을 받은 것으로 보인다."11)

위의 견해에 따르면 목월시의 당대 영향은 소월, 지용, 영랑의 시로 압축된다. 필자가 이 항목에서 검토하고자 하는 시인들도 이들이 주축을 이룬다. 아울러 당시 경쟁적 관계에 있었던 생명파 시인들과 비교 검토하고자 한다.

(1) 소월시와의 영향관계

소월시와의 영향 관계에서는 무엇보다도 시의 율격 및 전원 상징들이 주목된다. 소월시나 목월시는 이 점에서 매우 유사한 특징을 갖고 있다. 소월은 전통 시가의 4음보 율격을 3음보로 변환하는 한 모습을 보여 주었다. 말하자면 소월은 4·4조라는 기계적인 음수율에서 벗어나 변화있는 3

---

10) 박목월, 『박목월전집』 (서울: 서문당, 1984).
11) 김재홍, 「목월시의 성격과 시사적 의미」 (≪현대문학≫, 1988.3), p.10.

음보의 율격을 구사해내고 있다는 말이다. 이에 견주어 보면, 목월도 시집
『靑鹿集』이나『山桃花』에서는 소월류의 3음보 율격을 사용하고 있으며,
나아가 이것에 변화를 모색하고 있다는 점도 쉽게 발견할 수 있다. 가령 시
「閏四月」이나「三月」,「靑노루」,「갑사댕기」,「나그네」,「달」,「山色」,
「佛國寺」,「山桃花」,「임에게」 등의 시들이 3음보 율격으로 노래된 시들
이다.

　그 한 예를 보면 다음과 같다.

> 松花가루/날리는/
> 외딴 봉오리//
> 윤사월/해 길다/
> 꾀꼬리 울면//
> 산지기/외딴집/
> 눈 먼 처녀사//
> 문설주에/귀대고/
> 엿듣고 있다

—「閏四月」 전문
(/, //표시: 음보구별, 필자)

　이 시의 율격은 2행이 합쳐 3음보를 이루는 3음보격으로 짜여 있다. 말
하자면 3음보를 2·1로 나누어 배열해서 변화를 주는 소월시의 율격 기교
와 같은 방법이 적용되어 있다.

　그러나 이러한 단조로운 3음보 율격은 경우에 따라 다양하게 변화되기
도 한다. 시「靑노루」는 그 한 예가 된다.

> 느릅나무/
> 속ㅅ잎 피어가는/열두 구비를//
> 靑노루/

맑은 눈에//

도는

구름

ㅡ「靑노루」에서

위의 시에서는 두 가지의 변화를 볼 수 있다. 첫째, 이 시의 첫부분부터 "머언 山/靑雲寺/낡은 기와집/山은 紫霞山/봄눈 녹으면"처럼 단순한 형태로 유지되어 오던 3음보가 3연에 이르면 "느릅나무/속스잎 피어가는/열두 구비를"과 같이 형태상으로 행이 길어지는 변화를 보일 뿐만 아니라 실제 음절수도 상당히 늘어나게 된다. 이것은 시의 의미와 율격을 잘 조화시킨 효과로 볼 수 있다. 왜냐하면 이 3연은 이 시의 '전(轉)'에 해당되는 부분으로서 녹음이 아득하게 전개되는 광경을 제시하기 위한 단락이기 때문이다. 이러한 내용상의 요청에 율격 단위를 늘임으로서 효과를 거둔 셈이다.

둘째, 하나의 율격 단위가 두 연에 걸쳐 전개되는 변화도 발견된다. "靑노루/맑은 눈에/"는 사실상 2음보의 길이로서 한 연을 이루었고 "도는/구름"도 한 음보에 해당하는 길이로서 한 연을 구성한다. 이들 두 연은 한데 합쳐져야 비로소 3음보의 기능을 가질 수 있다. "도는 구름"을 한 연으로 처리한 것은 율격적인 변화와 아울러 끝행의 의미 강조로 볼 수 있다. 이처럼 목월시는 율격면에서 소월의 3음보에 영향받고 또 그것을 변화시킨 것으로 볼 수 있다.

또한 목월시는 전원적인 소재 활용이나 상상력의 유형면에서도 소월시에 가까이 접근해 있음을 확인할 수 있다. 대체로 소월시는 자연을 소재 및 제재로 하고 있으며 흐름, 피어 오름, 흔들림 등과 같은 움직임 또는 변화에 의해 상상력이 작용함을 알 수 있다. 예를 들면, 소월시 「愛慕」는 "왜안이 오시나요./暎窓에는 달빛, 梅花꽃이/그림자는 散亂히 휘젓는데."[12]

---

12) 김소월, 『진달래꽃』(매문사, 1925), p.65.

라는 첫 연에서 알 수 있듯이 낙하와 유동의 소재들이 그리움의 촉매가
되어 상상력을 유발하고 있다. 또한 시 「비단안개」를 보면, 유동적 상승적
소재인 '비단안개'가 상상력을 유발하고 있음을 알 수 있다.

> 눈들이 비단안개에 둘니울새,
> 그새는 참아 닛지 못할새 러라.
> 맛나서 울든새도 그런날이오,
> 그리워 밋친날도 그런새러라.13)

—「비단안개」에서

이 시에서처럼 '눈'으로 표상된 만물의 소생과 그것을 감싸고 움직이는
고운 안개의 환기력은 시적 자아로 하여금 그리움의 정서를 유발하게 한
다. 이처럼 소월시는 어떤 논리나 철학적 사유에 의해 전개되는 것이 아니
라 그 상상력이 자연의 변화에 뿌리를 내리고 있다. 이 점은 또한 목월시
의 한 특징이기도 하다.

특히 목월의 초기시들은 수목이나 산, 하늘, 구름과 같은 소재들이 시적
상상력의 근간을 이룸으로써 전원 상징을 형상화하고 있다.

> 달무리 뜨는
> 달무리 뜨는
> 외줄기 길을
> 홀로 가노라
> 나 홀로 가노라
>   옛날에도 이런 밤엔
>   홀로 갔노라

—「달무리」에서

> 장독 뒤 울밑에

---

13) 위의 책, p.61.

> 牧丹꽃 오무는 저녁답
> 木果木 새순밭에
> 산그늘이 내려 왔다
>   워어어임아 워어어임
>
> —「산그늘」에서

시 「달무리」에서 달 또는 달빛의 하강적인 이미지와 낙하의 상상력 전
개, 시 「산그늘」에서 "牧丹꽃 오무는"의 동적 이미지나 "산그늘이 내려
왔다"와 같은 자연의 변화, 이들은 바로 목월의 시적 상상력을 전개하는
단서가 되고 있다. 즉, 그것은 소재의 유사성이나 상상력의 유형면에서 소
월시의 특징에 근접해 있다고 할 수 있다. 특히 지용이 목월을 추천하면서,

> "北에 金素月이 있었거니 南에 朴木月이가 날만하다. 素月 툭툭 불거
> 지는 朔州龜城調는 지금 읽어도 좋더니 木月이 못지않아 아기자기 纖細
> 한 맛이 좋다."14)

고 하여 소월과 목월을 비교하며, 목월의 민요시적 가능성을 강조하고
있는 사실에서도 알 수 있다.

(2) 지용시의 영향

목월에 있어서 지용의 영향을 매우 지대한 것으로 분석되어 왔다. 지용
의 시 「瀑布」의 한 구절이 목월의 시 「閏四月」로 변형된 것을 비롯하여,
자연 탐구와 언어 탐구도 지용의 그것과 긴밀히 연결되어 있다.
먼저 지용의 시에 나타나는 자연관을 살펴보자. 지용은 자연을 현상적
인 존재 그 자체로 바라보았다.15) 말하자면 그는 실제적 자연을 추구했다.

---

14) 정지용, 「선후평」 (≪문장≫, 1940. 9호).
15) 윤석산, 『소월시와 지용시의 대비적 연구』 (한양대 대학원 석사학위 논문, 1981), p.40.

그의 시에 있어서 자연은 하나의 이미지로서의 구실을 하고 있는 것이다. 이러한 사정은 그가 김기림에 의해 모더니즘 시인으로 칭찬받았던 점을 미루어 보더라도 쉽게 수긍할 수 있는 점이다.

> 蘭草ㅅ잎은
> 차라리 水墨色.
>
> 蘭草ㅅ 잎에
> 엷은 안개와 꿈이 오다.
>
> 蘭草ㅅ 잎은
> 한밤에 여는 다문 입술이 있다.
>
> ……중략……
>
> 蘭草ㅅ 잎에
> 적은 바람이 오다.
>
> 蘭草ㅅ 잎은
> 칩다.16)

―「蘭草」에서

이 시에서 '난초'는 하나의 이미지로서의 역할에 머문다. 감정이입이란 찾아볼 수 없고 객관적 자연으로서 존재한다. 이렇게 볼 때 지용시의 자연관은 목월시의 그것과 아주 다르다. 오히려 앞에서 비교한 소월의 자연과 통하게 된다.

여기서 논의의 초점으로 삼고자 하는 것은 지용과 목월에 나타나는 동양적 자연관의 문제다. 지용의 이미지즘 이면에 자리잡은 추상화된 자연,

---

16) 정지용, 『지용시선』 (을유문화사, 1946), pp.8-9.

또는 동양화적 신비경으로서의 자연이 목월시의 자연관과 일치한다. 1942
년에 간행된 시집 『白鹿潭』을 보면 「長壽山」이나 「白鹿潭」, 「九城洞」
등 많은 시편들이 동양화한 자연의 모습을 담고 있다.

> 골작에는 혼히
> 流星이 묻힌다.
>
> 黃昏에
> 누뤼가 소란히 싸히기도 하고,
>
> 꽃도
> 귀향 사는곳,
>
> 절터ㅅ드랬는데
> 바람도 모히지 않고
>
> 山그림자 설핏하면
> 사슴이 일어나 등을 넘어간다.[17]

—「九城洞」 전문

이 시에서도 이미지스트다운 기교를 발견할 수 있다. 즉 화자는 감정을
직접적으로 노출하지 않고 "꽃도/귀향 사는 곳"처럼 간접화하고 있다.
아울러 이 시는 한 폭의 동양화처럼 자연을 담아내고 있다. '골짜기, 꽃,
산, 사슴' 등과 같은 소재를 통해 '구성동'의 깊고 한적한 풍경을 묘사한
다. 목월의 시에는 지용시의 이러한 동양적 자연이 영향을 준 것으로
파악된다.

> 山은

---

17) 정지용, 『白鹿潭』(동명출판사, 1942), pp.20-21.

九江山
보라빛 石山

山桃花
두어송이
송이 버는데

봄눈 녹아 흐르는
옥같이
물에

사슴은
암사슴
발을 씻는다.

―「山桃花1」전문

山
첩첩
쓸리는 구름

잔솔포기 자라서
嶺넘어 가고

情은 萬里
해으름 千里

객주집 문전에
나귀가 운다.

―「해으름」전문

　이상의 두 편 시에서 드러나듯이, 목월의 자연시는 소재면에서 뿐 아니
라 가락면에서 지용의 시에 근접해 있다. 즉, '산, 꽃, 계곡, 사슴, 나귀' 등

과 같은 소재들이 중심을 이루고 있다. 아울러 이들은 맑고 깨끗한 이미지로 제시됨으로써 시에 신선미를 불어넣고 있다.

　시「山桃花1」에서 자연이 어떻게 다루어져 있는지 살펴보자. 먼저 소재의 배경으로서 '산'이 제시된다. 이 산은 '보라빛'과 '구강산'이라는 수식어에 의해 신비감을 느끼게 한다. 이 신비로움은 물론 삶의 터전으로서 땀과 고통이 배어있는 산이 아니다. 말하자면 신앙적 대상으로서의 신비로움이 결코 아니라는 점이다. 결국 그것은 신비로운 아름다움을 지닌 산이다. '산도화'라는 소재는 도연명의 「桃花源記」를 연상케 하고, '사슴' 또한 십장생으로 불리는 동양예술의 주요 소재 중의 하나이다. 이처럼 목월시의 자연은 동양적 배경으로서의 의미를 지니고 있다.

　이 점에서 우리는 목월시에 나타나는 지용시의 영향을 확인하게 된다. 앞서 제시한 지용의 시「九城洞」이 다소 쓸쓸한 정조를 동반하고 있지만 신비로운 아름다움으로 제시되어 있다는 점에서 그러하다. 뿐만 아니라 소재의 배열 또는 시상의 전개에 있어서도 두 시는 유사점을 지닌다. 이러한 점은 다음 도표를 통해 더욱 분명히 설명될 수 있다.

	九 城 洞	山 桃 花
짜 임	기·승·전·결 (1연·2·3연·4연·5연)	기·승·전·결 (1연·2연·3연·4연)
짜임에 따른 내용	배경제시, 배치물, 변화적 소재, 행위 (골작)(누뤼·꽃)(바람)(사슴)	배경제시, 배치물, 변화적 소재, 행위 (산) (꽃) (물) (사슴)

　위의 도표에서처럼 이 두 편의 시는 발상법이나 시상 전개방식에 있어서도 매우 근접해 있다. 배경을 제시하고, 거기에 정적 소재를 놓고, 변화를 부여하면서 동적 소재로 옮겨가는 일련의 과정이 완전히 일치하고 있다.

　목월시의 이러한 점은 화자의 정서가 비교적 많이 노출된 시들에서도 쉽게 확인된다. 위에 제시한 시「해으름」은 그 한 예가 된다. 이 시에서는 무엇보다도 나그네의 쓸쓸함이 두드러지게 드러나 있다. 그러나 그것은 탄식이나 울음 같은 직접적인 발로가 아니라 자연으로 전경화해서 한 폭의 그림처럼 제시되어 있다. '산, 구름, 솔, 나귀' 등의 동양적 소재를 동반한, 정취가 물씬 풍기는 한 폭의 풍경화이다. 말하자면 정서의 시각화에 중점을 두기 때문에 시에 동원된 자연도 아름다움과 그리움을 담은 배경으로 제시된다는 점이다. 이 밖에도 지용시와 관련해서 형태면의 영향도 분석될 수 있지만 이 점은 그 이전의 소월시나 민요적 가락이 더욱 강하다는 점에서 그리 중요한 영향 관계는 아닌 것으로 판단된다.

(3) 영랑시와의 영향관계

한국 현대시의 형성 과정에서 방언의 시어화에 성공한 예로서 흔히 소월·만해·백석·지용·영랑 등을 꼽고 있다. 그중에서도 본고는 영랑의 방언 어법을 목월시와 비교해 보고자 한다. 그 까닭은 소월·만해·지용 등이 방언을 시어화하는 데 있어서 채택한 방법이 표준어법을 토대로 한 반면 영랑은 표준어법화 하기보다는 방언을 직접적으로 노출하고 있기 때문이다.[18] 말하자면 전자는 표준어법 속에 방언 어휘나 구절이 부분적으로 가미되어 향토적 정서를 표출한 데 비해 영랑이나 목월은 시의 한 행 또는 전체가 방언 어법에 기초하고 있는 경우를 발견할 수 있다.

이러한 경향을 먼저 영랑시에서 찾아보기로 한다.

    ㉠ 三百예순날 하냥 섭섭해 우옵내다

—「모란이 피기까지는」에서

      옳다 그리하야 가슴이 뻑은치야

—「바다로 가자」에서

---

18) 정숙희, 『김영랑문학연구』(인하대 대학원 박사논문, 1987), p.54.
　　홍희표,「김영랑연구」(목원대학 논문집, 1981), p.89.

> 우리는 바다 없이 살았지야 숨 막히고 살았지야
> 그리하여 쪼여들고 울고불고 하였지야
>
> —「바다로 가자」에서

> 짙은 봄 옥 속 춘향이 아니 죽을라디야
>
> —「두견」에서

> ⓒ 「오—메 단풍들것네」
> 장광에 곰불은 감닙 날러오아
> 누이는 놀란듯이 치어다보며
> 「오—메 단풍들것네」
>
> —「오—메 단풍들것네」에서

위의 예 ⊙에서 우리는 영랑시의 방언어법이 ⓒ과 같이 바뀔 수 있는 중간 과정을 발견할 수 있다. ⊙의 예에서는 행의 종결어미를 방언으로 구사하고 있는데 이런 방법은 그리 흔한 예가 아니다. 현대시 형성 과정에서 대부분의 시인들은 종결어미를 방언으로 구사하지 않았다. 따라서 영랑의 방언 구사는 특이한 예에 해당한다. 이러한 방언 구사는 ⓒ과 같이 "오—메 단풍들것네"처럼 과감한 방언 활용 방언으로 발전하게 된다. "오—메 단풍들것네"라는 구절은 방언 일상어를 그대로 시행으로 만들었지만 여타의 다른 행들과 잘 조화된다. 즉, "장광", "곰불은 감닙", "누이" 등의 시어들과 조화를 이루면서 향토적 정서를 표출하는 데 적절하다. 이처럼 영랑시의 방언 사용은 극히 부분적이긴 하지만, 향토적 정서 표출에 기여함으로써 매우 효과적인 시적 기교가 되고 있다.

목월의 시에 나타난 방언의 쓰임새는 매우 다양하다. 어휘는 물론 구절, 행에 이르기까지 여러 가지 용법을 보이고 있다. 그러나 그의 초기시에서부터 그런 것은 아니다. 초기 시집 『靑鹿集』이나 『山桃花』에서는 어휘의 실험적 사용이 있을 뿐이다. 예를 들면 시 「閨四月」에서는 "눈먼 처녀사"라든지, 시 「임에게1」에서 "냇사"(나야…필자주)와 같은 방법이다. 그러나 시집 『蘭·其他』에 오면 "보이소 아는 양반 앙인기요/보이소 웃마을 李生員 앙인기요"(「寂寞한 食慾」)처럼 방언 일상어구가 그대로 시에 쓰이게 된다. 이러한 기법은 영랑시의 어휘 특질과 대응됨으로써 영향 관계에서 주목될 뿐만 아니라 목월시의 기법적 특질 내지는 정신적 바탕을 파악할 수 있는 점에서도 매우 중요하다. 그러면 목월의 방언 의식은 어떠했는지 살펴보자.

우리 고장에서는
오빠를
오오라베라 했다.
그 무뚝뚝하고 왁살스러운 악센트로
오라베라 부르면
나는
앞이 칵 막히도록 좋았다.

나는 머루처럼 透明한
밤하늘을 사랑했다.
그리고 오디가 샛까만
뽕나무를 사랑했다.
혹은 울타리 섶에 피는
이슬마꽃 같은 것을……
그런 것은
나무나 하늘이나 꽃이기보다
내 고장의 그 사투리라 싶었다.

참말로
경상도 사투리에는
약간 풀냄새가 난다.
약간 이슬냄새가 난다.
그리고 입안에 마르는

黃土흙 타는 냄새가 난다.

―「사투리」 전문

위의 시는 사투리에 대한 화자의 정감과 이미지가 잘 나타나 있어 목월의 방언 의식을 살피는 데 많은 시사점을 준다. 먼저 1연에서는 방언이 갖는 음성적 특징과 화자의 반응을 읽을 수 있다. 그것은 "무뚝뚝하고 왁살스러운 악센트"를 갖고 있다. 이처럼 음성적 특질 그 자체로는 전혀 정감이 갈 수 없는데도 화자는 "앞이 칵 막히도록"처럼 눈물이 날 정도의 격한 감정적 반응을 보이고 있다. 이러한 자극과 반응의 모순 속에서 우리는 목월의 혈연 또는 지연에 대한 애틋한 정, 나아가 고향에 대한 간절한 그리움을 읽을 수 있다. 말하자면 그에게 있어서 경상도 방언은 혈연 또는 지연의 상관물로서 그의 강한 향수만큼 소중한 것이다.

2연에서 시인은 방언의 속성에 대해 시적 상관물을 통해 비유로써 제시한다. 방언은 '머루처럼 투명한 밤하늘/오디가 새까만 뽕나무/울타리 섶에 피는 이슬마꽃'으로 비유된다. 이와 같이 방언은 하늘과 나무와 꽃처럼 느껴지는 근원적 자연에 뿌리내리고 있다. 또한 그것은 '머루, 오디, 울타리'와 같은 생활 체험과 결합되는 일상적 삶의 모습이다. 이렇게 볼 때 목월에 있어서 방언이란 가다듬지 않은 천연 그대로의 자연성과 일상적 삶의 표상이라는 점을 우리는 쉽게 파악할 수 있다. 그러기에 그에게 방언은 3연에서처럼 '풀냄새, 이슬냄새, 흙냄새'와 같은 향토적 자연의 이미지로 와 닿는 것이리라.

목월은 이러한 방언의식 속에서 실제 방언을 구사한 시를 쓴다. 시「致母」, 「訥談」, 「訥談」, 「皮紙」, 「귓밥」, 「노래」 등은 그 대표적인 예가 된다.

바보 <이반>은
純土種 사투리를 썼다.
동아밧줄처럼 굵고 질기고 우둘두둘한 경상도 사투리를.

> ……중략……
> 第二條
> 어메와 아베는
> 섬기는기라.

—「訥談」에서

> 히죽이 웃으며 우리집 문턱을 넘어오는 致母
> 길쑴한 얼굴이 말像진 致母
> 팔뚝만한 덧니가 정다운 致母
> 소쿠리만한 입이 탐스러운 致母
> ──또 왜 왔노. 일 안하고 이놈.
> 할아버지가 호통을 치면
> ──아재요
> 놀아가믄 일도 해야지 않는기요.
> 히죽히죽 웃으며 대답하는 致母.

—「致母」에서

위의 방언 구사 예는 앞서 고찰한 영랑의 방언 구사와 매우 흡사하다. 표준 어법 체계 속에 방언 어법을 혼용하는 것이다. 그렇게 함으로써 영랑과 목월은 방언의 시어화 기법을 통해 향수라는 원초적 정감을 담아내고 있다. 시 「訥談」에서 "어메와 아베는/섬기는기라."와 같은 인륜의 강조, 그것은 문명화한 도시생활의 일면이라기보다는 혈연과 지연으로 묶여 공동체적 삶을 영위하는 시골의 생활윤리이다. 이러한 주제를 그는 방언의 시어화 기법으로 표현한다. 역시 시 「致母」에서도 그러한 기법이 적절히 구사되어 있다. 세련되고 단정한 도시 남성이 아니라 투박하고 허술하면서도 인정미 있는 시골 남정네를 방언을 통해 묘사해 내고 있다.

이상에서 살펴본 바와 같이 목월의 방언 구사는 영랑의 기법에 가까이 접근해 있다. 그것은 방언 어법을 표준어법의 시 속에 적절히 결합시키는 방법이다. 이들은 그렇게 함으로써 향토적 정감과 향수를 표출하여 방언의 시어화에 성공적인 성과를 거두고 있다.

(4) 생명파와의 관계

목월은 박두진, 조지훈과 더불어 이른바 청록파로 불린다. 그 명칭의 유래 중 하나는 그들이 자연을 시의 중심 소재로 택했다는 점이다. 그러나 그들이 자연을 시적 대상으로 처리한 방법은 각각 다른 면을 지니고 있었다. 백철의 지적처럼 목월은 자연친화적 경향을 지니고, 박두진은 일종의 종교적인 고전지향적 경향을 보인다.[19] 그러나 목월의 자연친화 경향은 자연예찬이나 자연몰입만을 의미하는 것은 아니다. 그에게 있어 자연이란 서정의 세계, 인간적 정감의 시적 상관물에 해당하기 때문이다.

이런 측면에서 정한모의 다음과 같은 지적은 목월시의 상관 관계를 파악하는데 매우 시사적인 면을 지닌다.

> "시사적으로 이들이 직접 반발한 것은 모더니즘이었다. 유치환, 서정주, 오장환 등이 인간의 심장으로써 문명과 공허한 재치에 반항하였다면, 청록파는 자연으로써 퇴색한 도시와 위험한 문명시대에 대립하려 하였다. 그리하여 절박하고도 유한한 현실과 문명을 거부하고 영원한 생명의 고향을 찾으려 한 것이다."[20]

위의 인용문에서 지적된 바와 같이 청록파와 생명파의 출발점은 동일선상에 놓인다. 서정주가 추구한 '인간 생명의 가열한 몸부림'이나 청록파의 자연탐구는 결국 모더니즘에 대한 반발이었다. 그러나 이러한 출발의 동질성에도 불구하고 이들의 시세계는 대립적 위치에 놓이게 된다. 그들이 보여주는 시적 갈등과 고뇌는 매우 큰 편차를 보여주고 있다. 예를 들면

---

19) 백철·이병기, 『국문학 전사』 (신구문화사, 1972), p.446-448.
20) 정한모, 『현대시론』 (보성문화사, 1979), p.190-191.

이성을 향한 사랑을 노래하는 데 있어서도 목월이 절제되고 순화된 감정을 보이는 반면, 미당은 직접적이고 노골적인 표현을 보이고 있다.

다음 두 시를 비교해 보자.

> 가시내두 가시내두 가시내두 가시내두
> 콩밭 속으로만 자꾸 달아나고,
> 울타리는 마구 자빠뜨려 놓고,
> 오라고 오라고 오라고만 그러면,
>
> 사랑 사랑의 石榴꽃 낭기 낭기
> 하늬바람이랑 별이 모두 우습내요.
> 풋풋한 山노루 떼 언덕마다 한 마리씩,
> 개구리는 개구리와, 머구리는 머구리와,
>
> 굽이 江물은 西天으로 흘러내려……
> 땅에 긴 긴 입맞춤은 오오 몸서리친,
> 쑥잎을 지근지근 이빨이 희허옇게
> 짐승스런 웃음은 달더라 달더라
> 웃음같이 달더라.

─「입맞춤」전문

> 냇사 애달픈 꿈꾸는 사람
> 냇사 어리석은 꿈꾸는 사람
>
> 밤마다 홀로
> 눈물로 가는 바위가 있기로
>
> 긴 한밤을
> 눈물로 가는 바위가 있기로
>
> 어느날에사

> 어둡고 아득한 바위에
> 절로 임과 하늘이 비치리오

—「임에게1」 전문

위의 두 편은 서정주의 「입맞춤」과 박목월의 「임에게1」이다. 두 시인이 모두 20대의 나이에 쓴 시들이다. 무엇보다도 이들은 동일한 사랑을 주제로 하면서도 상이한 정서처리 방식을 보여준다는 점에서 비교 자료로 쓸 만하다.

서정주의 시 「입맞춤」을 먼저 분석해 보자. 송욱이 지적했듯이 이 시는 "지성과 윤리와 미학의 결핍을 뼈저리게 느끼는"[21] 서정주의 초기시에 해당한다. 이 시는 형태상 3연으로 나뉘어져 있으나 의미상으로 또는 구문상으로 두 부분으로 나눌 수 있다. 그 첫 부분이 1행에서 6행까지이다. 이 부분에는 화자와 '가시내'와의 유희가 서술된다. 유희의 서술은 여과 장치 없이 있는 그대로 또는 과장된 모습으로 나타난다. "가시내두"의 연발이나 "울타리는 마구 자빠뜨려 놓고"와 같은 고조된 흥분 상태가 그대로 서술된다. 또한 둘째 부분에서도 이러한 성적 유희가 자연적 본능, 동물적 본능임을 '개구리, 머구리' 등을 등장시켜 대비해 보여준다. 말하자면 이성 간의 성적 유희는 동물적 본능, 생명체가 지니는 삶의 욕망과 같은 원초적인 그 어떤 것이라는 점을 말하고 있다. 이러한 생명현상에 대한 탐구는 그의 제1시집 『花蛇』 전편에 걸쳐 나타나고 있다.

목월의 시 「임에게1」은 시집 『靑鹿集』 중에서 이성에 대한 그리움을 가장 애절하게 노래한 시편 중의 하나이다. 그러나 여기에서 화자와 임은 서정주의 「입맞춤」에서 보인 육체적 정염의 세계와는 달리 정신적 세계로 승화되어 있다. 사랑의 성취, 임과의 만남은 '애달픈 꿈/어리석은 꿈'과 같은 불가능에 가까운 일이지만 화자는 "절로 임과 하늘이" 비칠 날을 기대하고 있다. 화자의 상관물인 '바위'에 임이 비치는 것을 화자와 임과의

---

21) 송욱, 「서정주론」, 『서정주연구』 (동화출판공사, 1986), p.20.

만남으로 본다면, 그것은 화자와 하늘과의 만남과 같은 것이다. 이렇게 볼 때 임과의 만남 또는 사랑의 성취는 '하늘'과의 만남이라는 의미를 지닌다. 이 시에서 '하늘'은 '밤, 눈물, 어둠'에 대립되어 있다. 말하자면 '하늘'은 비애, 고통, 그리고 절망과 같은 비관적 현실을 벗어나서 환희, 자유 또는 희망의 세계에 이르고자 하는 시적 상징이라 하겠다. 따라서 이 시가 의미하는 사랑의 성취는 '하늘'과 같은 정신적 사랑 세계 또는 플라토닉한 사랑에 이르는 길인 것이다.

이렇게 비교해 보면 목월과 미당의 초기 시세계는 보다 분명히 드러난다. 이들은 모두 모더니즘에 반발하고 나섰지만—물론 기교적인 면에서 목월이 모더니즘적 영향을 전혀 받지 않은 것은 아니다.—미당이 본능적 육감적 세계에서 생명에의 탐구에 몰두했다면, 목월은 그리움의 세계마저도 정신적 승화를 추구했다는 점에서 이들의 차이를 발견할 수 있다.

다음은 목월과 유치환과의 상대성을 살펴보자.

<blockquote>

그의 이마에서부터
어둔 밤 첫 黎明이 떠오르고
비 오면 비에 젖는 대로
밤이면 또 그의 머리 우에
반디처럼 이루 날은 어린 별들의 찬란한 譜局을 이고
오오 山이여
앓는 듯 天地에 엎드린 채로
그 孤獨한 등을 萬里虛空에 들내여
默然히 瞑目하고 自慰하는 너
—— 山이여
내 또한 너처럼 늙노니.
</blockquote>

—「山1」 전문

유치환의 시 「山1」은 시인의 자아탐구의 일면을 보여주는 시이다. 그는 이 시가 수록된 『靑馬詩抄』 서문에서 "시인이 되기 전에 한 사람이 되리라는 이 쉽고 얼마 안된 말이 내게는 갈수록 감당하기 어려움을 깊이 깊이 누우쳐 깨다르옵니다."22)라고 말한다. 이러한 그의 문학적 고백은 그의 관심이 자기를 인간으로 확립시키는 일에 있음을 알게 해준다.

이 시에서 '산'은 시적 자아의 상관물에 해당한다. 따라서 '산'의 의미를 구체적으로 분석함으로써 시인의 자아의식을 파악할 수 있다. '산'은 먼저 순환적 시간 속에 놓인 존재로 분석된다. 밤에서 여명으로 그리고 다시 밤으로 순환 또는 지속적인 흐름 속에 놓인 존재라는 점이다. 그런 순환 속에서 '산'은 "비 오면 비에 젖는" 순응적인 존재이다. 그러나 '산'은 어둠 속에서도 "별들의 찬란한 譜局"을 이고 있는 이상지향적 존재이다. 이러한 산의 양면성은 그 다음 행에 이어지는 '고독/자위'로서 보다 분명히 요약된다.

이렇게 볼 때 이 시에서 '산'으로 표상된 시적 자아는 현실적 고통과 고독 속에서도 이상을 향해 있으므로 자위하는 미래지향 내지는 자아 완성을 지향하는 존재로 파악된다. 이러한 자아탐구 내지 자아완성의 의지는 시 「日月」에서 "마지막 우러른 太陽이/두 瞳孔에 해바래기처럼 박힌 채로/내 어느 不意에 즘생처럼 무찔리기로//오오 나의 세상의 거룩한 日月에/또한 무슨 悔恨인들 남길소냐."처럼 강한 의지로 표출된다. 이처럼 유치환 시의 자아탐구는 던져진 존재에의 긍정과 의지적인 자아완성에로의 의지로 요약할 수 있다.

이에 비하여 목월은 운명에의 순응적 삶이라는 성실성의 추구에 비중을 두고 있다. 말하자면 시 「산이 날 에워싸고」에서 '들찔레처럼 살아라 한다/쑥대밭처럼 살아라 한다/그믐달처럼 살아라 한다' 처럼 삶 자체에의 순응, 긍정 그리고 성실성을 강조하고 있다. 시에 타나는 이러한 삶의 태도는 그의 신앙에서 비롯된 것으로 보인다. 시 「生日吟」을 보자.

---

22) 유치환, 『청마시초』 (청색지사, 1939), p.5.

단하루도
내마음대로 左右할 수 없는
이 안타까운 길을
너무나 멀리 걸어왔구나.

무엇을 따로 所望하랴.
돛만 올리고
뱃길은 그분이 점지하실 것.
베풀어 주셔서 있게한
아득한 뱃길을
따라가는 내가.

—「生日吟」에서

그에 있어서 삶은 "단 하루도/내마음대로 左右할 수 없는" 것이며 "그분이 점지하실 것."이다. 따라서 그의 삶은 "있게한/아득한 뱃길을/따라가는" 것이다. 이처럼 목월시에 드러나는 삶의 모습은 천명에 진심을 다하는 성실성만이 가장 바람직한 것으로 파악할 수 있다. 청마가 자아완성에의 의지를 불태운 것으로 시적 치열성을 보였다면 목월은 운명에의 긍정과 성실성으로 시적 진실을 추구했다고 하겠다.

3. 후대시에의 영향

목월시가 후대시들에 어떤 영향을 미치게 되는가를 알아보기 위해서 먼저 목월의 문단적 위치나 활동을 파악하는 일이 선행되어야 할 것이다. 왜냐하면 목월은 일제 말기에 시작 활동을 전개하기 시작했고, 뒤이어 8·15 해방이라는 역사적 전환점은 문학은 물론 정치, 사회, 경제, 문화 전반에 걸쳐 일대 변혁을 가져왔으며 그로 인해 목월의 문단 활동이나 역할에도 큰 변화를 가져왔기 때문이다.

> "해방을 맞이하는 우리 문학의 준비는 너무나 빈약했다. 더구나 대부분의 지도급 문인들이 친일적 과오에 크든 작든 맺어져 있어 문학운동의 구심점이 형성되기 어려웠고 국제적 환경도 불리하게 돌아갔다. (……) 식민지 시대에도 해결되지 못했던 민족주의자와 사회주의자의 대립이 해소되기는 커녕 새로운 형태로 격화될 불리한 바탕이 주어진 것이다."[23]

다시 말해서 해방 후의 문단은 친일잔재의 냉엄한 청산보다도 이데올로기 또는 정치 상황과 맞물려 양분된다. 해방 후 조직된 문학가 단체들을 보면 다음과 같다.[24]

순서	명 칭	구 성 원	성 격
①	조선문학건설총본부	임화, 김남천, 이태준…	·1945. 8. 16. 조직 ·박헌영 지지노선
②	조선프롤레타리아 문학동맹	이기영, 송영, 홍구…	·1945. 9. 17. 조직 ·'문전'에의 반기
③	조선문학가동맹	홍명희, 이기영, 한설야…	·1946. 2. 8. 조직 ·①과 ②의 통합 ·남로당지령에 의한 정략적 문단단체 ·기관지 ≪문학≫ 8호 발간 ·『연간조선시집』 간행(1947. 3)
④	중앙문화협회	박종화, 이헌구, 김광섭…	·1945. 9 조직 ·좌익계의 파당적 체계에 대항 ·『해방기념시집』 간행
⑤	전조선문필가협회	정인보, 박종화 채동선…	·1946. 3. 13 조직 ·민족자결과 완전자주 독립의 촉성 ·민족진영 문화인들의 결속
⑥	조선청년문학가협회	유치환, 김동리 서정주, 박두진 조지훈, 박목월…	·1946. 4. 4 조직 ·민족진영의 문학적 전위세력 ·민족문학의 세계사적 사명의 완수를 기함

---

23) 최원식, 『민족문학의 원리』 (창작과 비평사, 1982), p.351.
24) 한국문인협회 편, 『해방문학 20편』 (정음사, 1966), p.10-12에서 발췌함.
   신동한, 「해금문학론」 (≪월간문학≫, 1990. 8월호), p.184-187.

위의 표에서 보이는 바와 같이 해방공간의 한국 문학은 우리의 정치 상황과 긴밀하게 맞물려 전개되다. 사회주의 경향의 문인들은 <문학건설총본부>와 <프로예술동맹>을 조직했고, 이것이 다시 통합되어 남로당 계열의 문학 단체 <조선문학가동맹>을 결성하게 된다. 이 단체는 문학의 예술적 탐구보다는 정치사회적 연관성을 강조하게 된다. 이러한 사회주의 문학에 대응하여 순수문학계열의 문인들이 <중앙문화협회>와 <전조선문필가협회>가 결성된다. 여기서 목월과 관련해 주목되는 점은, 그가 소속된 단체가 <조선청년문학가협회>라는 점이다. <조선청년문학가협회>는 사회주의 문학가 단체의 정치적 문학추구에 대항하는 순수문학 진영의 문학적 전위 세력이었다. 말하자면 목월은 해방공간의 문단 대립 상황에서 순수문학 진영을 선택했고, 또 그 전위 세력의 중심 인물 중의 한 사람으로 변모해 갔다.

이러한 목월의 문단 활동은 분단 이후에 비로소 본격화된다. 분단 후 사회주의 계열의 문인들이 대거 월북하면서 공백이 생긴 남쪽문단에 중심세력으로 떠오르기 시작한 것이다. 6·25전쟁이 발발하자 우파 문인들은 <문총구국대>를 조직하여 전쟁에 직접 종군하게 된다. 물론 목월도 조지훈, 서정주, 이한직, 김윤성, 구상 등과 더불어 그 일원이 된다. 그리고 1·4후퇴 뒤, 3군별로 종군작가단이 새로 조직될 때 목월은 공군에 소속된다. 이렇게 볼 때 목월은 이데올로기면에서 이른바 문협 정통파로 불리우는 우파 문학의 선봉 중의 한 사람이라 할 수 있다. 한편 그는 문단저널리즘에도 적극 관계하면서 1949년 학생 잡지 ≪여학생≫ 편집 발행을 시발로 해서, 1950년 ≪시문학≫을 편집 발행하고, 1970년대 이후 월간 시전문지 ≪심상≫을 창간 발행한 사실을 보더라도 해방 이후 순수 문학으로 특징지워지는 남쪽 문단의 주류를 형성했다는 점을 우리는 쉽게 이해할 수 있다.

목월이 8·15해방에서 6·25전쟁으로 이어지는 기간에 남쪽 문학의 선봉으로 활약한 문학 정신은 어떤 것이었을까? 이 점에 관하여 우리는 우파

문학의 이론이었던 순수문학론을 지적할 수 있을 것이다. 그러면 논의 전
개를 위해 당시 우파문학론으로서 김동리의 순수문학론과 조지훈의 순수
시론을 간략히 살펴보기로 하자.

> ㉠ "순수문학이란 한마디로 말하면 문학정신의 本領正系의 문학이다.
> 문학정신의 본령이란 無論 인간성 옹호에 있으며 인간성 옹호가 요청
> 되는 것은 個性亨有를 전제한 인간성의 창조 의식이 신장되는 때이
> 니 만치 순수문학의 본질은 언제나 휴머니즘이 基調되는 것이다."25)

> ㉡ "시인은 민족시를 말하기 전에 그냥 시 자체를 알지 않으면 안된다.
> 먼저 시가 된 다음 그것이 민족시로도 되고 세계시도 될 수 있을 것
> 이므로 시의 전통이 확립되지 못한 이 땅의 시가 민족시로서 세계시
> 에 가담하기 위하여서 먼저 일어난 것은 순수시 운동이 아닐 수 없
> 다. 순수시 운동은 곧 시의 본질적 계몽 운동인 동시에 그의 발전이
> 그대로 민족시의 확립이기 때문이다."26)

㉠에서 김동리는 휴머니즘으로서 순수문학의 이론적 근거를 제시한다.
사실상 이 주장은 우파민족주의 문학이론을 대변한 점에서 목월 시론의
한 뿌리를 밝힐 수 있는 단서가 된다. 더욱이 ㉡에서 보인 조지훈의 시론
은 청록파로 출발하고 해방공간에서 문학 이념을 같이한 목월 시론과 근
접해 있다. 말하자면 해방공간에서 견지했을 목월 시론은 이러한 우파문
학론과 동일선상에 놓여 있는 것이라 하겠다.

> ㉠ "나는 한국적인 정서의 바탕위에 나의 청춘의 애달픔을 수놓으려고
> 애썼던 것이다."27)

> ㉡ "시도 꽃을 가꾸는 일과 흡사한 일면을 가지는 것이다. 우리가 뜰에
> 한 포기의 꽃을 가꾸고 숭상하는 일에 실질적인 무슨 목적이나 보람

---

25) 김동리, 『문학과 인간』 (백민출판사, 1948), p.106.
26) 조지훈, 「순수시의 지향」 (≪백민≫ 7집), p.166-167.
27) 박목월, 『山桃花』 (영웅출판사, 1956), p.2.

을 추구하지 않는다. 그것은 일종의 취미요, 그 보람은 꽃을 가꾸는 그 자체일 뿐, 다른 것일 수 없다."28)

　　ⓒ "모든 정력과 성의를 추천받는 한 그것에 집중하였던 것이다. 하지만 그것이 오히려 자연스럽게 시를 빚거나 성장시키는 일에 장애가 되었던 것이다. 왜냐하면 붓을 잡는 손에 과도한 긴장과 의욕이 서리게 되고, 그것이 내면의 정서가 우연하게 흘러나올 수 있는 자연스러움을 막기 때문이다. 그러므로 그 자신의 내면에 충실할 뿐, 그외의 어떤 것도 시의 창조 작업에는 불순한 것이다."29)

　인용문 ㉠에서 목월은 '한국적인 정서'를 강조하고 있다. 이 글이 시집 『山桃花』의 서문임을 감안할 때 그가 말하는 '한국적인 정서'란 당시 좌파문학론과는 상대적 위치에 있음을 알 수 있다. 왜냐하면 시집 『山桃花』의 정서는 좌파 문인들이 공격의 대상으로 삼는 정의 세계이기 때문이다.

　인용문 ㉡에서 우리는 "실질적인 무슨 목적이나 보람을 추구하지 않는다."라는 구절을 주목할 필요가 있다. 이 말은 문학이 현실과의 관련이나 사회성보다는 문학 자체의 심미적 정서에 충실해야 한다는 목월 시론을 피력한 것이기 때문이다. 이것을 인용문 ㉢과 연결시켜 보면 자유로운 영혼에서 흘러나오는 심미적 정서, 그것만이 가장 좋은 작품을 이룰 수 있다는 주장으로 요약할 수 있다. 이처럼 일종의 순수문학 내지 예술지상주의적인 문학론이라고 하겠다. 목월 시론 또는 문학론은 앞서 고찰한 조지훈의 순수시론과 궤를 같이 한다고 하겠다.

　이러한 문단지도자로서의 실세와 순수시론을 바탕으로 해서 목월은 시를 썼으며 또 많은 시인들을 추천함으로써 문단의 세력과 영향을 확충해가기 시작한다. 따라서 목월시가 후대 시인들에게 미치는 영향은 순수시론에 바탕을 둔 서정주의, 자연중심주의, 미학주의, 영원주의, 보수주의 등으로 남쪽 문학의 특성이면서 동시에 보수적인 측면에서, 민족문학적 전

---

28) ＿＿＿, 「내성적 사모」, 『구름에 달가듯이』 (삼중당, 1975), p.293.
29) ＿＿＿, 「시와 생활」, 『밤에 쓴 인생론』 (삼중당, 1966), p.232.

통 계승이라는 측면에서 공헌하게 된다.

이러한 목월의 영향이 결코 바람직한 것만은 아니다. 해방공간의 좌·우 대립에서 우파 문인들에게 공통적으로 결여되고 있는 사회·역사의식의 문학적 형상화가 목월시에서 현저히 거세되어 있을 뿐 아니라 그의 영향하에 놓여져 있는 대다수 시인들에게도 그대로 영향을 미쳤기 때문이다. 자연적·순응적·미학적 편향성이 문학의 예술성에 치중하는 결함을 낳게 했다는 말이다. 바람직한 문학이란 인간의 삶, 특히 사회·역사적 삶을 바탕으로 예술성을 추구해야 한다는 점을 감안할 때, 문학 속의 사상성은 예술성에 우선해서 그 뼈대가 되어야만 하기 때문이다. 말하자면 사상성과 예술성이 서로 하나로 융화되고 고양될 때 훌륭한 문학 작품이 되는 것이다.

목월의 영향을 받은 시인들로는 1950년대의 박용래, 박재삼, 임강빈, 신경림 등을 우선 꼽을 수 있다. 이들은 오늘날 우리 시단에서 중진의 위치를 차지하고 있는 시인들이다. 그리고 보면, 목월시의 영향은 현 시단의 중진들이라는 징검다리를 건너 오늘날 젊은 시인들에게로 또 연결되는 셈이다.

그러면 다음에서 이들 시인들에 나타나는 목월시의 영향을 살펴보기로 한다. 아울러 1960년대의 허영자, 강우식, 오세영 등 서정성과 전통성을 중시하는 시인들에게서도 목월의 영향을 간략히 살펴보기로 한다.

(1) 박용래에 미친 영향

박용래의 시에서 목월시와 관련해 주목되는 점은 향토적 정서에의 탐구이다. 이 점에 관하여 이미 필자가 지적한 바 있듯이 박용래는 "누구보다 우리의 風光과 鄕土와 風物을 통해 고유의 이미지와 운율을 만들기 위해 관념이 배제된 간결한 어조"30)를 통하여 향토적 정서를 담아내고 있다.

말하자면 박용래의 시적 방법은 우리가 앞서 논의했던 목월의 방법론에 근접해 있다. 가령 박용래의 시 「三冬」은 목월의 시 「他鄕에서」와 구별 하기 어려울 정도로 유사한 시적 방법론이 적용되고 있다.

> 오늘, 또 하루가 저무는 해질무렵
> 하숙집 부엌에서 자그락거리는
> 그릇 부딪는, 숟갈 부딪는 소리.
> 문득, 눈물겨운 마음으로 책상 위에
> 어머니. 손가락으로 써보는
> 오늘, 또 하루가 저무는 해질무렵.

—「他鄕에서」 전문

> 어두컴컴한 부엌에서 새여나는 불빛이여
> 늦은 저녁床 치우는 달그락 소리여 비우고 씻는 그릇 소리여
>
> 어디선가 가랑잎 지는 소리여 밤이여 섧은 盞이여
>
> 어두컴컴한 부엌에서 새여나는 아슴한 불빛이여.

—「三冬」 전문

이 두 편의 시는 먼저, 행 배열을 통한 의미 조직면에서 동일한 기법을 쓰고 있다. 첫 행을 다시 끝 행에 반복하면서 '저녁'이라는 시간 배경 또는 '쓸쓸함'의 의미를 강조한다. 그리고 그 가운데의 행들은 '쓸쓸함' 또는 '그 리움'의 구체적인 요소들을 청각 이미지로 형상화하고 있다. 시간으로서 '저녁'은 하루를 마감하는 시점이라는 의미 외에도 이제부터 어둠 속에 화 자가 갇혀 있어야 하는 외로움의 시작이며, 그것은 또 시 「三冬」에서처럼 생의 쓸쓸함을 느끼게 하는 시간이기도 하다.

---

30) 홍희표, 「향토시인연구—박용래」(목원대논문집 제7집, 1984), p.7.

이와 같이 고독 또는 그리움으로서의 시간 인식은 이 시들의 상상력의
한 출발점이 된다. 어떤 한계가 지워진 시간의 인식에서 시인은 그리움이
나 생의 고독을 느끼게 된다. 그리고 그것은 유년 체험 속의 '어머니' 또는
'불빛'이라는 생명감각에 이르게 된다. 말하자면 한계적 시간 인식이 전자
는 '어머니'에 대한 그리움으로, 후자는 "아슴한 불빛"이라는 생명의식으
로 변화함으로써 정서적 균형을 얻게 된다. 즉 그들 모두가 공통적으로 보
여주는 시적 정서의 처지를 향토적 정감에 의존하고 있다. 부엌의 설겆이
소리, 그것이 청각 이미지로 전달되는 점에서 우리는 시골의 정경을 떠올
리게 된다. 이처럼 목월과 박용래의 시들은 상상력을 과거의 방향, 전원
또는 향토적 정서로 이끌어서 정한을 처리하는 공통적인 특성을 보여준다.
이러한 자연과 정한의 처리 기법에서 발견되는 특징은 '생략의 여운'이
다.31) 즉 선적인 생략의 여운으로서 감동의 집중감을 돋구고자 한다.

목월의 시 「佛國寺」는 한 행을 제외한 모든 행이 명사나 명사구로서
이루어져 있다. 모든 설명을 배제하고 사물로써 천년 묵은 불국사의 적막
한 고요를 떠올린다. 이것은 몽타쥬 수법에 의한 즉물적인 표현방식이다.
아무 것에도 구애되지 않는 본체의 세계, 말하자면 그 본체가 모든 언어
표현의 원천인 것이며, 그 원천을 통한 선적 침묵은 가능한 것이다.

이와 마찬가지로 박용래의 대부분의 시편들도 용언과 서술어미를 철저
하게 생략한 선적 침묵의 공간을 보여준다.

> 해종일 보리 타는
> 밀 타는 바람
>
> 논귀마다 글성
> 개구리 울음

---

31) 위의 논문, p.86-91.

아 숲이 없는 山에 와
뻐꾹새 울음

駱駝의 등 起伏이는 丘陵
먼 오디빛 忘却

―「散見」 전문

이 시는 모든 연이 조사를 달지 않은 명사로 맺어져 있다. 이 기법은 어떤 인위적인 설명을 배제하고 시의 행간에 깃드는 생략의 여운을 증대시킨다. 말하자면 그것은 침묵의 공간을 통하여 감동을 높인다. 그리고 각 연에 안정감과 긴장감을 동시에 조성하여 중심 시어의 의미 강도를 높인다. 그러므로 그의 이런 생략법은 언어에 대한 예민한 자각과 반응의 결과라고 할 수 있다. 특히 목월의 초기시에서 활용되었던 몽타쥬에 의한 생략 기법이 박용래에 와서 또다시 재현되고 있는 것은 그들이 원초적인 향토애에서 생성된 삶의 초월의지 및 달관의 세계를 '생략의 여운'으로 그리고 있기 때문이다.

(2) 박재삼과의 상관성

박재삼은 시집 『追憶에서』에서 자신의 시적 위치를 다음과 같이 밝힌 바 있다.

"산업화시대에 밀려선지 획이 뜻대로 잘 안 나가는 느낌이다. 그러나 서툴더라도 내 때묻은 쉰 목소리나마 찾을 수 있다면 다행이라는 생각이다. 새는 죽을 때 목소리가 아름답다고 했는데, 아직 죽을 때가 멀었는지 아름다운 목소리에서도 나는 멀었다는 자책감이 앞선다. 좀 신나는 곡조를 뽑으려니 그것이 아득하기만 하다."[32]

---

32) 박재삼, 『追憶에서』 (현대문학사, 1983), p.5.

그의 말처럼 박재삼은 그의 시편들에서 '신나는 곡조'보다 한 많고 서러운 이 나라 향토의 질곡과 그로부터 파생된 애수를 노래하고 있는 게 특징이다.

해와 달, 별까지의
거리 말인가
어쩌겠나 그냥 그 아득하면 되리라.

사랑하는 사람과
나의 거리도
자로 재지 못할 바엔
이 또한 아득하면 되리라.

이것들이 다시
냉수사발 안에 떠서
어른어른 비쳐오는
그 이상을 나는 볼 수가 없어라.

그리고 나는 이 냉수를 시방 갈증 때문에 마실밖에는 다른 작정은
없어라.

―「아득하면 되리라」 전문

이 시는 사랑을 주제로 하고 있다. 시 속의 화자는 간절한 그리움을 지니면서도 그것을 속으로만 애태우며 견디어내는 소극적인 자세를 보인다. 이처럼 그의 시는 한국의 전통적인 서정의 한 재현으로서, 소박한 일상 생활과 향토에서 소재를 찾아 애련하고 섬세한 여성적 가락으로 노래하면서 한국적 정한의 세계를 담아내고 있다. 그러나 그의 시가 한 또는 애상의 토로로 일관하는 것만은 아니다. 한 또는 애상이 현실에 대한 인식의 소산이라면 이에 대한 긍정과 극복 또는 사랑이 시적 의지로 나타나고 있다.

이 점에서 우리는 박재삼의 시가 목월시의 '일상적 삶에 대한 긍정과 사랑'이라는 기본적 주제와 맞닿아 있음을 확인할 수 있다. 말하자면 목월의 중기시에서 보여주는 인생의 의미 천착과 관련지을 수 있다는 뜻이다.

> 晋州장터 生魚物전에는
> 바다밑이 깔리는 해다진 어스름을,
>
> 울엄매의 장사끝에 남은 고기 몇마리의
> 빛發하는 눈깔들이 속절없이
>
> 銀錢만큼 손안닿는 恨이던가
> 울엄매야 울엄매
>
> 별밭은 또 그리 멀리
> 우리 오누이의 머리맞댄 골방안 되어
> 손시리게 떨던가.
>
> 晋州南江 맑다 해도
> 오명가명
>
> 신새벽이나 밤빛에 보는 것을,
> 울엄매의 마음은 어떠했을꼬,
> 달빛같은 옹기전의 옹기들같이
> 말없이 글썽이고 반짝이던 것인가.

—「追憶에서」 전문

위의 시 「追憶에서」의 경우처럼 박재삼은 자신의 주변을 형성하고 있는 삶의 현장을 시화하고 그들의 아픔과 슬픔을 '우리 오누이', '울엄매'와 같이 자기화함으로써 이겨내고자 한다. 일상적 삶이란 이처럼 고통스러운 것이지만 그 속에서 보여주는 시적 자아의 인간애는 분명 삶의 고통을 이겨내려는 극복 의지의 표현인 것이다.

　이처럼 박재삼의 시는 삶의 고통스러움을 긍정하고 또 따뜻하게 감싸안
으려는 인간애를 보여준다는 점에서 목월시와의 영향관계를 찾아 볼 수
있다. 그러나 박재삼의 가락은 목월과 달리 더욱 섬세하고 애련한 비극적
정조를 띠고 있음도 사실이다.

(3) 임강빈의 경우

　임강빈은 자연 또는 사물을 관조함으로써 일상적 삶의 의미를 발견하고
이를 꾸밈없이 시화하는 데 주력하고 있다. 이 점은 목월이 시집 『砂礫
質』 이후에서 보여주는 일상성 속의 시적 추구와 맥을 같이한다.
　임강빈의 시 「冬木」을 보자.

> 한 뿌리에 자란
> 나뭇가지
> 그 가지와 가지 사이에 생긴 間隔.
> 겨울엔 너무 빤히
> 그것이 보인다.
> 바람 끝에
> 멈추는 寂寞이
> 내 뼈마디를 흔들어주곤 한다
> 줄곧 나는
> 한 나무만을 보아왔을까.
> 한 뿌리에서 자라
> 그 가지와 가지 사이에 생긴 間隔.
> 그 사이로
> 하루를 오르내리는
> 비탈길이 보인다.

밤을 한층 춥게 하는
별이 보인다.

―「冬木」전문

　이 시는 연의 구분이 없다. 그것은 임강빈 시의 형태상 한 특징이라고
할 것이다. 그러기에 그의 시는 의미 단락을 중심으로 파악해야 한다. 이
시는 대체로 네 부분으로 나눌 수 있다. 먼저 1~6행에서는 겨울나무의
모습이 제시된다. 그것은 하나의 사물이 지니는 닫힘과 열림의 차이 또는
투명과 불투명의 차이를 암시한다. 7~9행에는 시적 자아와 사물과의 관
계가 설정된다. 말하자면 잎이 떨어져나간 겨울나무는 시적 자아의 상관
물이다. 10~11행은 전(轉)의 과정이다. 시적 자아가 새로운 깨달음을 얻
는 과정이다. 그것은 하나의 사물이 투명성을 획득할 때 또 다른 세계를
볼 수 있음을 의미한다. 끝으로 12~18행은 사물 이면의 또다른 세계를
구체적으로 제시한다. 그것은 "비탈길", "별" 등과 같은 상징적 사물이다.
"비탈길"은 인간의 이상 또는 이상세계로 나아가는 신산함과 외로움을 상
징한다.

　이렇게 볼 때, 이 시는 나무를 통하여 인간의 이상과 현실을 동시에 조
명하고 있음을 알 수 있다. 이와 같은 자연에 대한 관조의 자세는 목월시
에서 그 한 원천을 찾을 수 있다. 가령 목월시「閑庭」의 한 부분을 예로
들면 다음과 같다.

마른 菊花대궁이가 고누는 하늘로

구름이 달린다. 毛髮이 消滅하는
구름이 달린다. 돛을 말며

마흔과 쉰 사이의 나의 하늘아래

> 가늘게 흔들리는 뜰이여.

― 「閑庭」에서

이 시에서 시적 자아는 "菊花대궁이"로서의 흔들림에서 자아의 모습을 발견하고 있다. 이러한 점은 주로 목월의 40대 시에 나타나서 전반적인 특징을 이루고 있다. 이처럼 임강빈의 시는 목월시를 한 모델로 삼은 것으로 파악된다. 그의 대부분의 작품들은 세속주의에 물들지 않은 관조하는 자연과 사물과의 친근감을 차원 높게 승화시켰으며 주정적이되 감상을 배제하였다. 그리하여 그는 관조 속에서 인간의 의미, 삶의 의미를 천착하고 있다.

(4) 신경림의 서정성 문제

신경림의 「목계 장터」는 목월의 「산이 날 에워싸고」와 유사한 발상법과 가락조를 지니고 있다.

> 하늘은 날더러 구름이 되라 하고
> 땅은 날더러 바람이 되라 하네
> 청룡 흑룡 흩어져 비 개인 나루
> 잡초나 일깨우는 잔 바람이 되라네

― 「목계 장터」에서

> 어느 짧은 山자락에 집을 모아
> 아들 낳고 딸을 낳고
> 흙담 안팎에 호박 심고
> 들찔레처럼 살아라 한다
> 쑥대밭처럼 살아라 한다

― 「산이 날 에워싸고」에서

물론 이 두 시는 농촌의 현실을 통한 인간의 정서, 한, 울분, 고뇌 등을 기초로 하여 자연과 하나가 되고자 하는 시인의 전통적인 자연관을 담고 있다. 또한 "하늘은 날더러 구름이 되라 하고/땅은 날더러 바람이 되라 하네"라는 신경림의 가락은 "흙담 안팎에 호박 심고/들찔레처럼 살아라 한다" 라는 목월의 가락을 두루 수용하고 영향을 받고 있다.

이와 같이 신경림의 초기시들은 목월의 초기 시편들과 연관지어 볼 수 있다. 물론 전자가 농촌 현실의 모순이나 부조리에 보다 비판적인 반면에, 후자는 정감적 세계에 충실한 점이 서로 다르다. 그러나 목월의 시세계가 정에 치중한 농촌 현실이라면, 신경림의 『農舞』는 가난과 고통의 현장성에 중점을 둔 농촌 현실로 볼 때, 일종의 발전적 계승이라는 측면에서 양자를 비교해 볼 필요가 있다.

먼저 신경림의 시 「겨울밤」을 살펴보자.

우리는 협동조합 방앗간 뒷방에 모여
묵내기 화투를 치고
내일은 장날. 장꾼들은 왁자지껄
주막집 뜰에서 눈을 턴다.
들과 산은 온통 새하얗구나. 눈은
펑펑 쏟아지는데
쌀값 비료값 얘기가 나오고
선생이 된 면장 딸 얘기가 나오고.
서울로 식모살이 간 분이는
아기를 뱄다더라. 어떡할거나.
술에라도 취해볼거나. 술집 색시
싸구려 분 냄새라도 맡아볼거나.
우리의 슬픔을 아는 것은 우리 뿐
올해에는 닭이나 쳐 볼거나.
겨울밤은 길어 묵을 먹고.
술을 마시고 물세 시비를 하고

색시 젓갈 장단에 유행가를 부르고
이발소집 신랑을 다루려
보리밭을 질러가면 세상은 온통
하얗구나. 눈이여 쌓여
지붕을 덮어다오. 우리를 파묻어 다오.

―「겨울밤」에서

  이 「겨울밤」은 우리 농촌 현실이 가지고 있는 풍경을 노래한 이야기시로 볼 수 있다. 이 경우에는 그 서사성 때문에 이용악과 백석의 영향을 떠올릴 수도 있다. 그러나 이 항목에서는 주로 목월시와 연관시켜 본다.

  이 시에는 척박한 농촌의 삶과 그 속에서도 한낱 실오라기 같은 꿈을 지녀보는 쓸슬함이 '겨울밤'으로 묘사되고 있다. 농촌의 현실은 '들과 산은 온통 새하얗구나/쌀값 비료값/식모살이 간 분이' 등과 같이 추위와 가난, 그리고 슬픔으로 가득하다. 여기에서 '우리'는 '묵내기 화투를 치고/묵을 먹고/술을 마시고/유행가를 부르고'와 같은 자포자기적 행동 또는 무료함을 달래는 행동을 보인다. 그러나 그들은 '올해에는 닭이나 쳐 볼거나./돼지라도 먹여 볼거나'와 같이 희망을 잃지 않는 끈질긴 생명력을 지니고 있다. 말하자면 이 시는 궁핍한 농촌 현실을 고발하면서도 또 가난과 고통 속에서도 실낱같은 희망에 의지하며 살아가는 민중의 모습을 형상화한 시이다.

  이러한 신경림 시의 한 근원으로서 목월시를 살펴보면, 목월은 그러한 모순의 삶 자체를 하나의 숙명으로 파악하며 그것을 능동적으로 극복하기보다는 순응하려는 수동적인 경향을 띤다. 가령 시 「皮紙」를 보면, "낸들 아나./목숨이 뭔지/이랑 짧은 돌밭머리/모진 桑나무"처럼 삶이란 운명 그 자체라는 점이 강조된다. 따라서, 목월의 경우는 식모살이를 간다든지, "닭이나 쳐 볼거나."와 같은 의지적인 면보다는 "아베요/어메요/받들어 모시고" 사는 것으로서 농촌의 정감의 세계 또는 순응적인 인생관을 드러내고 마는 데 아쉬움이 있다.

그렇지만 신경림의 시는 원초적인 면에서 목월이나 미당 등 분단 후 남쪽시의 주류를 이루던 전원 서정시에서 그 태반이 형성됐다고 볼 수 있다. 목월이나 미당은 분단 후 남쪽시단에서 하나의 등단 교과서 역할을 수행해 왔기 때문이다. 신경림의 현실에 기초한 삶의 서정도 그 밑바탕엔 목월류의 전원서정이 깔려있다는 말이다. 실상 1950년대만 하더라도 신경림은 전원서정에 크게 기울어 있었다는 사실이 그 예증이 된다고 하겠다.

⑸ 그 밖의 시인들의 시

허영자는 직접 목월의 추천을 받고 나온 대표적인 시인 중의 한 사람이다. 그의 시는 우리 여류시인들이 지니고 있던 감상성을 어느 부분 뛰어넘어 내밀하고 심오한 이미지를 형성하고 있는 것으로 보인다. 그런데 이러한 시어의 절제와 전원적인 이미지에 대한 집착은 목월의 영향을 강렬하게 보여주는 것으로 이해된다.

허영자는 시 속에 한 이상적인 존재를 스스로 만들어 놓고 그 존재에 접근하여 융합하고자 하는 타오름과 그 타오름만큼 부딪치는 쓸쓸한 아픔을 서로 변주하여 노래하고 있다. 그 존재 방식은 바로 사랑의 확인 작업이라 할 수 있다. 사랑하므로 그 존재 방식은 증명되는 것이다.

> 邊山 바닷물은
> 하오 다섯시에도
> 오히려 따스하였읍니다……
>
> 엽서를 읽으며
> 나는 울고 싶었다.

기명색 노을 지는
하오 다섯시
人生은 이렇게 저무는데

느닷없어라
가슴 속 깊이 깊이
출렁이는 파도 소리

―「邊山 바다」 전문

이 시에서도 "파도 소리"는 영원히 움직일 수 없는 사랑의 존재이다. 그 "파도 소리"는 따스한 엽서 때문에 더욱 더 "가슴 속 깊이 깊이" 출렁인다. "노을 지는/하오 다섯시"처럼 사랑은, 인생은 그렇게 객관적 거리를 두고 저무는 것이다. 이 「邊山 바다」의 작품에 대하여 오세영은 다음과 같이 언급하고 있다.

> "원초적 순수 앞에 떨고 있는 한 인간의 외로운 그림자를 만나게 될 것이다.
> 　시인은 자신의 內面 속에서 일상적 삶과는 단절된 또 하나의 자신이 고독하게 숨쉬고 있음을 발견하는데, 그녀는 그것을 결코 憐憫으로 바라보지 않는다."[33]

연민과 아픔 속에서도 객관적 거리를 두고 있는 허영자는 항상 사랑의 근원적인 인식 위에서 줄다리기를 하고 있다. 그래서 그녀의 시는 항상 연가풍에서 벗어나지 못하고 있다. 다시 말하면 모든 존재의 인식을 사랑의 자로 재면서, 그 이룰 수 없는 사랑으로 해서 스스로 아픔을 새기고 있다. 우리는 목월의 사랑시 「눈물의 Fairy」의 또 다른 세련된 감각적인 모습을 허영자의 시에서 만날 수 있다는 말이다.

또한 강우식의 시는 4·4조, 3·4조의 음악성에 의해 강한 향토적 색채

---

33) 오세영, 『현대시와 실천비평』 (이우출판사, 1983), p.336.

감각과 인생에 대한 향수를 애틋하게 때로는 강렬하게 나타내고 있다. 그런 여러 가지를 목월의 초기시 영향이라 할 수 있다.

> 몸을 팔더라도 자유가 있는 땅에 가거라
> 열여덟 꽃다운 나이에 피난을 와서
> 썩은 살로 얼굴을 파는 마흔이다
> 이만하면 사람 사는 거 팔자가 아닌가
>
> —「四行詩抄10首 백넷」 전문

이 시는 그러한 면의 일부를 단적으로 보여준다. 간결과 생략으로 함축성 있는 전통적인 시를 강우식은 쓰고 있다. 물론 여기에는 서정주의 원색적인 영향도 지대하겠지만 특히 자수율에 많은 신경을 쓰는 그는 목월의 초기 운율권에서 벗어나 나름대로의 새로운 운율을 만들어 가고 있다.

> 우리들의 단잠을 바치고 있던 베개 위에는
> 그녀 위에 엎어져서 보던 꽃이 있었읍니다.
> 하늘을 베갯잇으로 흔들리는 그리움을 보며
> 옛날의 그녀 생각하며 휘파람을 붑니다.
>
> —「프리지아」 전문

「프리지아」도 강우식이 즐겨 쓰는 형식인 4행시이다. 원래 4행시의 전형은 한시의 절구에 있었다. 아울러 우리 현대시에서도 영랑시는 4행시의 한 선구자인 바, 이 4행시라는 시형을 기승전결의 이미지 전개 방식과 대구법으로 많이 사용한다. 그러나 1960년대 후반기에 와서 그는 이런 4행시의 형태적 실험에 매달리게 된다. 그것은 한마디로 전통적인 형태의 틀을 고수하고자 하는 데 있는 것이다. 강우식은 이 4행시의 틀에다 '생명의 의지'로 내용을 담고자 한다. 그 '생명의 의지'로 나타난 것이 '성충동'이다. 그런 성충동의 여러 모습을 하나의 시적 상관물인 프리지아를 통해 묘사하고 있다.

　오세영 또한 목월의 영향을 받은 대표적인 시인 중의 한 사람이다. 나이
브한 감각성을 밑에 깔고 존재론적 인식을 추구하는 오세영의 작품에서도
우리는 목월의 현저한 영향을 감지할 수 있다. 특히 목월의 『砂礫質』과
오세영의 「그릇」 연작은 대동소이한 발상법임을 알 수 있다. "깨진 그릇
은/칼날이 된다/무엇이나 깨진 것은 칼이 된다"(「그릇·1」), "비우기 위하
여/채우는/矛盾의 空間/은 결코 롭지 않다/비어있는 그것이 충족이므로"
에서 보듯 이런 전통적인 비유나 잠언적인 경구는 목월의 『砂礫質』에서
많이 보아온 것이다.

—「화로」에서

　오세영의 시집 『無明戀詩』의 마지막 84번째 작품이다. 『無明戀詩』는
연작시이다. 이 연작시는 '무명'이란 불교의 진리를 밑바닥에 깔고 있다.
'무명'이란 진여(眞如)에 대하여 무자각한 것, 진여가 한결같이 평등한 것
을 알지 못하고 현상의 차별적인 여러 모양에 집착하여 현실세계의 온갖
번뇌와 망상의 근본이 되는 것을 말한다.

　이 「화로」에서도 현실세계의 여러 번뇌와 망상이 '눈이 되어', '바람 되
어' 나타난다. 그러나 화자는 그 번뇌와 망상을 화로에 담아 없애버리고자

한다. 그렇지만 그것은 "빈방 섣달 하순 어두운 밤"처럼 없어지지 않고, 오히려 영원한 그대처럼 "눈오는 소리"로 "갈잎소리"로 다가온다. 그래서 화자는 더욱 더 "귀멀고 눈멀어서" 무명의 밤은 길다. 무명에서 벗어나 열반으로 나가고자 하는 구도의 노래가 바로 이 「화로」이다. 이처럼 오세영은 삶의 본원적인 무명 속에서 우리 인간의 존재를 종교적 비유로 드러내고자 한다. 이것은 목월의 중기시 이후에 드러나는 종교적 모습이기도 한 것이다.

이와 같이 1960년대 중요 시인인 허영자, 강우식, 오세영 등의 작품에서 우리는 목월의 직접적이면서 깊은 영향을 읽을 수 있다. 특히 목월에게 추천을 받은 시인들로 구성된 목월회의 대부분의 시인들은 말할 것도 없다.

목월이 추구한 향토주의, 순수주의, 형식주의, 전통주의, 보수주의가 주류를 이루던 우리 분단 후 시단에서는, 이런 목월의 경향이 당대의 모든 시인들에게 긴밀히 연결되어 있음을 알 수 있다. 이런 여러 영향이 우리 현대시를 풍요하게 해주는 밑거름 역할을 한 것도 또 부인할 수 없는 사실인 것이다.

V. 마무리

　박목월은 일제 말기에 작품 활동을 시작하여 해방 이후 1970년대까지 우리 시단의 대표적인 시인의 한 사람으로 활동해 왔다. 말하자면 그는 일제 말기의 민족말살정책 하에서도 시창작을 통하여 모국어와 민족혼을 지키려고 노력했으며, 해방 이후에는 순수문학 진영의 한 중심 인물로서 사실상 남쪽 문단의 한 대표적 위치를 지켜왔다고 하겠다. 뿐만 아니라 부단한 창작 활동으로 한국적 전원 서정의 세계를 깊이있게 형상화하여 많은 독자들에게 깊은 감동을 주기도 하였다. 그런 까닭으로 그는 후대 시인들에게도 지대한 영향을 미치게 된다.

　목월이 타계한 지도 어언 10여 년이 지났다. 그간 그에 대한 연구는 일부 부정적인 평가를 받는가 하면 다른 연구자들에 의해서 긍정적 평가를 받으며 전개되어 왔다. 이러한 시점에서 목월시에 대한 평가는 총체적인 관점에서 다시 이루어져야 하리라고 판단된다. 따라서 연구자는 그의 시 전작품을 대상으로 운율 분석, 방법과 주제, 그리고 문학사적 위치와 영향관계를 고찰하였으며 그 결과 다음과 같은 결론을 얻었다.

　먼저, 운율면에서 목월시는 전통적 율격의 계승과 현대적 변용이라는 특질을 지닌다. 그의 작품 활동은 동시에서 시작된다. 그리고 이 점은 목월시의 운율적 장치 마련에 한 계기가 된다. 즉, 그는 동시에 2음보, 3음보 또는 후렴구와 같은 민요 율격을 차용하여 한국의 전통적 가락을 바탕으로 시를 쓰게 된다. 그러면서도 그는 나름대로의 다양한 율격 모형을 이루어내고 있다. 그중 대표적 형태는 3음보격과 4음보격이다. 한편, 그의 후기시에 나타나는 율적 특성은 산문화 경향을 보이는데, 그 까닭은 복잡한 현실적 주제를 밀도있게 수용하기 위한 것으로 해석된다.

다음으로, 시적 형상화에 있어서 이미지와 상징은 목월시 방법론의 중심이 된다. 먼저 이들은 식물·동물과 같은 전원적 소재들에서 광물·인간과 같은 신성적 이미지들로 이행되는데, 이는 목월시의 주제 변화와 밀접한 관련이 있다. 그의 시들에 나타나는 주제는 동심지향과 휴머니즘, 자연탐구, 인간사의 애환, 존재론적 탐색, 신앙에의 길 등으로 설명할 수 있다.

첫째, 동심지향과 휴머니즘은 그의 동시·동요 세계를 통하여 일관되게 드러나는 주제이다. 또한 그것은 그의 시작 생활 전반을 감싸는 순수에의 지향이기도 하며, 기독교적 휴머니즘의 발로이기도 하다. 둘째, 그의 시에 있어서 자연은 그가 추구하는 세계관을 효과적으로 전달하기 위해 자신이 직접 개입하는가 하면, 시의 화자를 통해서, 또는 사람을 전혀 등장시키지 않으면서 개인적이며 사회·역사적으로 변천해 가는 상황하에서 스스로 체득한 시인의 느낌과 생각을 투사하는 대상이 된다. 그리고 동·식물 이미지나 상징이 이 주제와 관련지어 구사되고 있다. 셋째, 인간사의 애환은 구체적으로 사랑과 죽음, 현실과 이상, 육신과 정신, 그리고 이성과 지성 등 온갖 실존적 삶의 문제들과 부딪치고 갈등하면서 그의 시에 삶의 무게를 담게 된다. 그리고 인간사의 애환에 대한 시적 자아의 태도는 비애나 적막함 등의 비관적 정서를 그대로 노출시키지 않고 정신적으로 상승된 삶에 대한 갈망으로 치환시켜 나타내고 있다. 다만 아쉬운 점은 실존적인 삶의 인식이 사회·역사의식으로 확대되어 나타나지 못한 점이다. 이 주제에는 주로 광물적·인간적 이미지와 상징들이 쓰이고 있다. 넷째, 목월 신앙시의 근원은 기독교 휴머니즘이라 할 수 있다. 그의 신앙시는 가혹한 현실의 삶을 극복하고자 하나님 앞에 간구하는 자기구원의 자세를 지니게 된다. 그것은 주위 사람들을 의식하는 생활이 아니라 하나님을 위한 신앙 생활로 집중되고 있다. 하나님 앞에서 거듭나는 생활을 통해서 하나님의 섭리를 깨닫는 삶이다. 말하자면 그는 지상의 삶과 천상의 삶을 조화시켜 나아가고자 한다. 그 높은 삶에 대한 의지는 부활을 사실화하고 역사화하는 것이다. 이처럼 목월의 신앙시는 부활신앙에 맞닿아 개화하고 있다. 여기에는 하늘과 빛의 상징, 즉 신성 이미지들이 시적 방법으로 구사된다.

그 다음으로 고전시가와의 맥락에서 볼 때, 목월시의 달의 상상력은 신라향가와 고려가요의 그것에 뿌리를 내리고 있다. 그의 시에 있어서 달의 이미지는 본원적으로 민족적인 문학다움의 오랜 연륜과 함께 한다. 한편, 목월시에 있어서의 자연관은 조선 사대부의 자연관, 즉 강호가도로서의 시조에서 볼 수 있는 자연관을 수용하고 있다. 또한 목월시는 민요의 방법론과도 맞닿아 있다. 방언 및 향토어의 사용, 동어 반복과 같은 공식적 구문, 상투적 수사법과 같은 관습적 표현, 그리고 전형적 상징으로서 '길'의 사용 등과 같은 점에서 목월시는 민요의 방법론을 적용한 것으로 볼 수 있다.

또한 당대시와의 상관 관계에서는 먼저 소월을 들 수 있다. 목월시의 3음보격이나 전원 서정은 소월시와 유사성을 지닌다. 즉 자연의 변화를 통하여 시적 상상력을 획득하고 동일한 자연적 소재들이 형상화되어 있다는 점에서 이들은 상관 관계에 있다고 볼 수 있다. 이들의 시는 자연의 신비 속에 내재한 신성을 발견하고, 그 경이로움을 예찬한 시들이 많다. 따라서 목월시는 정신적 흐름의 맥락에서 소월의 영향을 받은 것으로 추론해 볼 수 있다. 한편, 목월시의 방언 구사는 영랑시와 근접된 방법론으로 볼 수 있다. 그것은 방언 어법을 표준 어법의 시 속에 적절히 결합시키는 방법이다. 이들은 그렇게 함으로써 향토적 정감과 향수를 표출시키고 있다. 정지용 또한 목월에게 지대한 영향 관계에 있다. 끝으로 생명파와는 대립적 관계에 있음을 알 수 있었다. 미당이 본능적·육감적 세계에서 생명에의 탐구에 몰두한다면, 목월은 그리움의 세계마저도 정신적 승화를 추구했다. 그리고 청마가 자아완성에의 의지를 불태운 것으로 시적 치열성을 보였다면, 목월은 운명에의 긍정과 자기 성실성으로 시적 진실을 추구했다고 볼 수 있다.

아울러 해방 이후 목월의 문단 활동이 활발히 전개됨에 따라 후대 시인들에게도 많은 영향을 미치게 된다. 박용래의 시에서 보이는 향토적 정서와 그 형상화 기법, 박재삼의 시에서 보이는 생에 대한 긍정의 주제, 임강빈 시의 관조의 세계, 신경림 시의 농촌적 서정성의 문제, 그리고 허영자·강우식·오세영 등의 서정시에 이르기까지 많은 영향을 발견할 수 있다.

결국 목월시는 한국 현대시의 형성과 전개 과정에서 일제강점기와 분단 후를 이어주는 교량적 위치에 놓인다고 하겠다. 특히 기법과 정서면에서 한국시의 전통을 계승하고, 개성적으로 변용함으로써 한국 현대시를 발전시켜 나간 점에서 목월시의 시문학사적 의의를 찾을 수 있다. 그의 시가 사회·역사의식의 결여라는 결함을 지님에도 불구하고 한국시의 서정적인 내면을 심화하고 결고운 언어로써 민족어의 완성을 지향한 것은 주목에 값하는 일이 아닐 수 없다. 다만 분단으로 인해 사회·역사적인 응전력을 강조하는 시들이 타의에 의해 강제로 불온시되는 상황으로 말미암아 이러한 질높은 서정시마저도 상대적으로 폄하될 수밖에 없었다고 하겠다. 이 점에서 앞으로 카프시 등 이들 사회적인 내용의 서술이 본격적으로 연구되는 것과 함께 목월시 등 순수서정시들도 깊이있게 연구되어 우리 민족 문학의 지평이 열릴 것을 믿어 의심치 않는다.

참고문헌

□ 자 료

박목월 외, 『靑鹿集』, 을유문화사, 1946.
______, 『朴泳鍾童詩集』, 조선아동회, 1946.
______, 『초록별』, 을유문화사, 1946.
______, 『山桃花』, 영웅출판사, 1955.
______, 『보라빛 素描』, 신흥출판사, 1958.
______, 『蘭·其他』, 신구문화사, 1959.
______, 『慶尙道의 가랑잎』, 민중서관, 1968.
______, 『靑鹿集·其他』, 현암사, 1968.
______, 『靑鹿集·以後』, 현암사, 1968.
______, 『朴木月 自選集 1～10』, 삼중당, 1975.
______, 『無順』, 삼중당, 1976.
______, 『크고 부드러운 손』, 영산출판사, 1979.
______, 朴木月遺稿詩集, 『소금이 빛나는 아침에』, 문학사상사, 1987.

□ 단행본

김대행, 『우리시의 틀』, 문학과비평사, 1989.
______, 『한국시의 전통연구』, 개문사, 1980.

김소월, 『진달래꽃』, 매문사, 1925.

김시태, 『한국현대작가작품론』, 이우출판사, 1982.

김영일 외, 『기독교개론』, 형설출판사, 1982.

김완진, 『향가해독법연구』, 서울대출판부, 1980.

김우창, 『궁핍한 시대의 시인』, 민음사, 1977.

김윤식, 『속·한국근대문학사상』, 서문당, 1973.

______, 『한국현대시론비판』, 일지사, 1975.

김재홍, 『한용운문학연구』, 일지사, 1982.

______, 『한국현대시인연구』, 일지사, 1986.

______, 『현대시와 역사의식』, 인하대출판부, 1988.

김종길, 『시론』, 탐구당, 1965.

______, 『진실과 언어』, 일지사, 1974.

______, 『시에 대하여』, 민음사, 1986.

김준오, 『시론』, 문장사, 1982.

김춘수, 『한국현대시 형태론』, 해동문화사, 1968.

______, 『김춘수전집2·시론』, 문장사, 1982.

김 현, 『상상력과 인간』, 일지사, 1979.

김현승, 『현대시 해설』, 관동출판사, 1972.

김형필, 『박목월시연구』, 이우출판사, 1988.

박두진, 『한국현대시론』, 일조각, 1970.

박재삼, 『追憶에서』, 현대문학사, 1983.

박종홍, 『세계의 대사상·14』, 휘문출판사, 1972.

백철·이병기, 『국문학전사』, 신구문화사, 1972.

서우석, 『시와 리듬』, 문학과 지성사, 1981.

서정주, 『한국의 현대시』, 일지사, 1969.

성기옥, 『한국시가 율격의 이론』, 새문사, 1986.

송욱 외, 『서정주 연구』, 동화출판공사, 1986.

신익호, 『기독교와 한국현대시』, 한남대출판부, 1988.

오세영, 『한국낭만주의시연구』, 일지사, 1980.

______, 『현대시와 실천비평』, 이우출판사, 1983.

오탁번, 『현대문학산고』, 고대출판부, 1976.

유치환, 『靑馬詩抄』, 청색지사, 1939.

이병주, 『송강·고산문학론』, 이우출판사, 1979.

이상섭, 『문학비평용어사전』, 민음사, 1988.

이승훈, 『박목월』, 지식산업사, 1981.

______, 『한국현대시 작품론』, 문장사, 1981.

이재철, 『아동문학개론』, 문운당, 1967.

이형기, 『박목월평전·자하산 청노루』, 문학세계사, 1986.

정병욱, 『한국고전시가론』, 신구문화사, 1983.

정지용, 『백록담』, 동명출판사, 1942.

______, 『지용시선』, 을유문화사, 1947.

정창범, 『달빛되어 떠난 청노루 나그네』, 문지사, 1981.

정한모, 『한국현대시의 정수』, 서울대출판부, 1976.

______, 『현대시론』, 보성문화사, 1981.

조남익, 『현대시 해설』, 세운문화사, 1978.

조병춘, 『한국현대시사』, 집문당, 1980.

조연현, 『한국현대문학사』, 성문각, 1969.

조윤제, 『한국문학사』, 탐구당, 1968.

종교교재편찬위원회 편, 『종교현상과 기독교』, 연대출판부, 1983.

최원규, 『한국근대시론』, 학문사, 1977.

최원식, 『민족문학의 원리』, 창작과비평사, 1982.

한계전, 『한국현대시론연구』, 일지사, 1983.

한국문인협회 편, 『해방문학20년』, 정음사, 1966.

한국현상학회 편, 『현상학이란 무엇인가』, 심설당.

한양문학회 편, 『목월문학연구』, 민족문화사, 1983.
한용운, 『님의 침묵』, 회동서관, 1926.

□ 논 문

감태준, 「미당과 목월의 비교 연구」, 한양대대학원, 1982.
고 은, 「실내작가론」, ≪월간문학≫, 1969. 8.
권명옥, 「목월시 연구」, ≪심상≫, 1983. 3.
권영민, 「목월의 습작시 두편」, ≪심상≫, 1982. 12.
김관식, 「청록파의 천지서설」, ≪신세계≫, 1956. 2.
김광림, 「박목월의 시세계」, 『101편의 시』, 1982.
김동리, 「삼가시와 자연의 발견」, ≪예술조선≫, 1948.
______, 「목월과의 사월여행」, ≪심상≫, 1978. 3.
______, 「3차원의 본질은 순박과 정한」, ≪한국문학≫, 1978. 5.
______, 「목월시의 비밀과 강점」, ≪현대문학≫, 1978. 6.
김시태, 「목월의 제주시편」, ≪제주문학≫, 1972. 11.
______, 「이미지와 아뜰리에」, ≪현대문학≫, 1973. 5.
김열규, 「정서적 인식과 종교적 위탁」, ≪심상≫, 1980. 4.
______, 「화해된 슬픔의 미학」, ≪심상≫, 1983. 4.
김용직, 「시조와 기법」, ≪심상≫, 1983. 4.
김우종, 「숙명적인 기도」, ≪현대문학≫, 1960. 12.
김우창, 「한국시의 형이상」, ≪세대≫, 1968. 7.
김윤식, 「박목월론」, ≪심상≫, 1977. 6.
______, 「도라지 하늘꼭지에 이르는 길」, ≪심상≫, 1979. 3.
김인환, 「목월시와 자연」, 문교부연구보고서 어문학 5권, 1971.
김재홍, 「목월시의 성격과 시사적 의미」, ≪현대문학≫, 1988. 3.

김종길, 「박영종의 인품」, ≪횃불≫, 1969. 1.

______, 「향수의 미학」, ≪문학과지성≫, 1971. 가을.

______, 「시를 어떻게 읽을 것인가」, ≪심상≫, 1974. 2~4.

______, 「청록집의 의미」, ≪심상≫, 1978. 11.

김준오, 「한국시에 있어서의 전통성 문제」, ≪심상≫, 1980. 10.

김춘수, 「청록파의 시세계」, ≪세대≫, 1963. 6.

______, 「이미지의 소멸」, ≪심상≫, 1973. 11.

______, 「두개의 적막사이」, ≪문학과지성≫, 1979. 가을.

문덕수, 「박목월론」, ≪문예춘추≫, 1965. 6.

박목월, 「시작의 보람」, ≪현대문학≫, 1964. 9.

______, 「<杞溪장날> 시작노우트」, ≪동아일보≫, 1968. 1. 27.

박정례, 「한국현대시의 종교성에 대하여」, 충북대학원 석사학위논문, 1981.

박철석, 「목월과 두진의 시」, ≪현대문학≫, 1978. 2.

박치원, 「박목월의 산도화」, ≪시문학≫, 1978. 10.

박화목, 「청록파 시인의 미래」, ≪경향신문≫, 1949. 9. 28~29.

배형우, 「청록파 시인의 자연관 연구」, 동아대석사학위논문, 1978.

성낙희, 「목월시에 나타난 감각표현」, ≪숙대학보≫, 1969. 제9호.

소광희, 「목월의 시정신 연구」, 지헌영선생회갑기념논총, 1971.

신규호, 「목월시의 기독교적 귀결」, ≪월간문학≫, 1988. 1.

신동욱, 「지상적 삶의 한계의식과 사랑」, ≪한국문학≫, 1978. 5.

______, 「박목월의 시와 외로움」, 관악어문연구, 1978. 12.

______, 「지상적 삶의 한계의식과 사상」, ≪심상≫, 1983. 4.

신동한, 「해금문학론」, ≪월간문학≫, 1990. 8.

신 협, 「한국시에 있어서의 평화지향적 경향」, ≪심상≫, 1981. 6.

양주동, 「시와 운율」, ≪금성≫ 3호, 1924. 5.

오세영, 「박목월의 변모」, ≪현대시학≫, 1971. 6.

______, 「자연의 발견 그 종교적 지향」, ≪한국문학≫, 1978. 5.

유종호, 「토착어의 인간상」, ≪현대문학≫, 1952. 12.

윤석산, 「소월시와 지용시의 대비적 연구」, 한양대학원 석사학원논문, 1981.

윤재근, 「목월의 시세계」, ≪현대문학≫, 1976. 6.

______, 「박목월의 지향성」, ≪심상≫, 1978. 5.

이건청, 「하늘이 되신 선생님」, ≪현대문학≫, 1979. 6.

이광수, 「시조와 자연율」, ≪동아일보≫, 1928. 11. 2~7.

이기철, 「서정시의 형태적 승리」, ≪현대문학≫, 1979. 6.

이명자, 「미발표 박목월 유작시 10편 해설」, ≪문학시상≫, 1979. 5.

이병기, 「율격과 시조」, ≪동아일보≫, 1928. 1. 28~12. 1.

이성교, 「크고 부드러운 손」, ≪심상≫, 1979. 3.

이승훈, 「목월과 춘수」, ≪현대시학≫, 1970. 5.

______, 「시인의 변모」, ≪문학과지성≫, 1977. 여름호.

______, 「목월선생님 생각」, ≪심상≫, 1980. 3.

이재철, 「목월동시의 구조분석」, ≪심상≫, 1980. 3.

이형기, 「박목월의 변모」, ≪문학춘추≫, 1964. 7.

______, 「박목월론」, ≪심상≫, 1983. 10.

전봉건, 「목월, 카멜레온의 소묘」, ≪세계≫, 1964. 5.

전재수, 「개편 고등국어교과서의 현대시해설」, ≪시문학≫, 1975. 9.

정숙희, 「김영랑문학연구」, 인하대학원 박사학위논문, 1987.

정지용, 「선후평」, ≪문장≫, 1940. 9호.

정창범, 「박목월의 시적 변용」, ≪현대문학≫, 1979. 2~3.

정태용, 「박목월론」, ≪현대문학≫, 1979. 2~3.

정한모, 「철두철미 시인이었던 목월」, ≪현대문학≫, 1978. 6.

정호승, 「나그네의 마을에 가서」, ≪심상≫, 1980. 3.

조동일, 「현대시에 나타난 전통적 율격의 계승」, ≪운율≫, 1980.

조병춘, 「박목월론」, ≪심상≫, 1980. 4.

조상기, 「박목월론」, 동국대논문 제3집, 1980.

조윤재, 「시조자수고」, ≪신흥≫, 1930. 4호.

조지훈, 「순수시의 지향」, ≪자민≫ 7집, 1947.

주요한, 「노래를 지으려는 이에게(1)」, ≪조선문단≫ 창간호, 1924.

최창록, 「청록파의 시사적 의의」, ≪어문학≫ 통권 23호, 1970.

______, 「청록파에 있어서의 자연의 해석」, ≪현대문학≫, 1971. 10.

최하림, 「감상적인 사람」, ≪심상≫, 1983. 3.

홍기삼, 「나그네. 윤사월」, ≪월간문학≫, 1970. 6.

홍희표, 「김영랑연구」, 목원대학 논문집, 1981.

______, 「향토시인연구－박용래」, 목원대학 논문집 제7집, 1984.

황금찬, 「박목월의 신앙과 시」, ≪심상≫, 1980. 3.

______, 「창조와 상실 I 」, ≪심상≫, 1983.

□ 외국서적

Abrams. M. H. *A Glossary of Literary Terms*, Holt. Rinehart and
        Winston, lnc. 1971.

Alex preminger 편, *Princeton Encyclopedia of Poetry and Poetics*,
        Princeton University Press, 1974.

Bachelad. Gaston, *La Flamme D'une Chandelle,* 이가림 역, 「촛불의
        미학」, 문예출판사, 1976.

Brooks Cleanth & Warren, R. P. *Understanding Poetry*, New York:
        Holt Rinehart & Winston, 1960.

Cirlot. J. E. *A Dictionary of Symbols*, philosophical Library, 1962.

Erich Fromm, *The Art of loving,* New York: A National Genery
        Company, 1956.

Hawkes Terence, *Metaphor,* 심명호 역, 「은유」, 서울대학교출판부,

1980.

Lewis, C. D. *The Poetic Image*, London: Faber & Faber, 1934.

Lotman, *la Analiz poetikcheskogo Teksta*, 유재천 역,『시텍스트의 구조분석』, 가나출판사, 1987.

Smith B. H. *Poetic Closure*, Chicago: the Univ. of Chicago Press, 1974.

Wellek, R. & Warren, A. *Theory of Literature*, Harcourt, Brace & World, 1976.

찾 아 보 기

목월시의 형상과 영향

인쇄일 초판 1쇄 2002년 08월 26일
　　　 2쇄 2015년 03월 20일
발행일 초판 1쇄 2002년 09월 10일
　　　 2쇄 2015년 03월 23일

지은이 홍 희 표
발행인 정 찬 용
발행처 **국학자료원**
등록일 2006.113.02 제2007-12호

서울시 강동구 성내동 447-11 현영빌딩 2층
Tel : 442-4623~4 Fax : 442-4625
www. kookhak.co.kr
E- mail : kookhak2001@hanmail.net

가 격 15,000원

*저자와의 협의 하에 인지는 생략합니다.